"北大培文杯"
创意写作大赛优秀作品

PKU PEIWEN
CREATIVE WRITING 倾听

 第一季 未来的声音

曹文轩 主编

北京大学出版社
PEKING UNIVERSITY PRESS

图书在版编目（CIP）数据

倾听未来的声音："北大培文杯"创意写作大赛优秀作品（第一季）/ 曹文轩 主编.
—北京：北京大学出版社，2014.10
ISBN 978-7-301-24900-0

Ⅰ.①倾… Ⅱ.①曹… Ⅲ.①文学–文学欣赏–青少年读物 Ⅳ.①I106-49

中国版本图书馆CIP数据核字（2014）第225095号

书　　　　名：	倾听未来的声音："北大培文杯"创意写作大赛优秀作品（第一季）
著作责任者：	曹文轩　主编
策 划 编 辑：	丁　超　　于铁红　　张　辉
责 任 编 辑：	于海冰
标 准 书 号：	ISBN 978-7-301-24900-0/I·2817
出 版 发 行：	北京大学出版社
地　　　　址：	北京市海淀区成府路205号　100871
网　　　　址：	http://www.pup.cn　新浪官方微博：@北京大学出版社 @培文图书
电 子 信 箱：	pkupw@qq.com
电　　　　话：	邮购部 62752015　发行部 62750672　编辑部 62756934　出版部 62754962
印　　刷　者：	三河市国新印装有限公司
经　销　者：	新华书店
	720毫米 × 1000毫米　16开本　24.5印张　280千字
	2014年10月第1版　2020年5月第5次印刷
定　　　　价：	38.00元

未经许可，不得以任何方式复制或抄袭本书之部分或全部内容。
版权所有，侵权必究
举报电话：010-62752024　电子信箱：fd@pup.pku.edu.cn

出版说明

本书是"北大培文杯"创意写作大赛的优秀作品集。既有初赛的优秀作品，也有决赛的获奖作品，比较全面地反映了此次大赛中学生的创意写作水平。

"北大培文杯"创意写作大赛是北大培文联合北京大学、清华大学相关院系发起，面向青少年的具有革命性的写作大赛。为响应国家加强文化软实力建设的号召，满足文化产业大发展对创意文化的高层需求，激励广大青少年为实现中国梦而奋发努力，提升青少年的创造性思维和汉语表达能力，我们急切需要一种切合国家文化发展和教育改革的文体，一种切合青少年感知现实生活的新写作，而传统的写作范式既不适应当前教育改革的需要，也不适应新人类的心灵和感受需要，正是基于以上的现实和未来需要，我们提出了创意写作的概念。

其实，创意写作（creative writing）在西方已经不是很新的概念，翻译过来就是创造性写作，不同的流派和作家对此阐释不完全相同，但是大抵表达了一种强烈地改变写作模式的诉求。创意写作是一种开放的写作方式，文体开放，思维开放，表达开放，正如《人民日报》所说："给心灵一个说话的机会"，让写作回归心灵，让思维成为创意的源泉。唯有创造性思维的培养，方能带来创意写作的可能。

我们希望用创意写作打破青少年写作的僵化模式，引领青少年的创造性和独特性，大赛宗旨非常明确："意在发掘标新立异的青少年写作人才，力倡青少年以鲜活的视角和独特的艺术手段去反映当代社会人们对于真善美的追求，鼓励其创作具有独特审美感受的作品，大胆而巧妙地传达时代精神。"我们在北大吹响创意写作的号角，不管初赛还是决赛的题目都由评委会专家集体命题，我们希望题目本身就具有创意，所以我们的题目难度大、弹性大，给写作者留下了很多的写作空间。

初赛和决赛的作品让我们惊异于青少年的创意写作才能，这个巨大的发现让我们充满了信心，我们以前看到的中学作文完全是被考试制度和僵化题目所约定的，只要给青少年足够的空间，他们的创造性就会纷至沓来。

当然，我们在参赛作品中也发现了很多问题，有的学生对现实生活冷漠，以为创意就是没有根基的胡编乱造和任意穿越。好的作品一定是来源于生活，无限的想象力要落地，表达力要强，这个集子里汇集的这些优秀作品呈现了中学生的创意写作能力，每篇作品后都附有专家点评，恰如其分的评点从细部导引写作者向前远行。

《倾听未来的声音》是一种谦卑的姿态，倾听这些还在生长的声音，这些声音具有无限可能性，它们属于现在，更属于未来。

青春等你书写，创意改变世界！

"北大培文杯"创意写作大赛编委会

2014 年 9 月 18 日

大赛顾问、著名书画家、北京大学中国画法研究院院长范曾为大赛题字

决赛阅卷评委名单：

曹文轩　著名作家、北京大学教授、北京市作家协会副主席
田沁鑫　著名话剧导演、编剧
张福贵　教育部中文学科教学指导委员会委员、吉林大学人文学部部长
谢有顺　中山大学中文系教授
罗　岗　华东师范大学中文系教授
徐则臣　新锐作家、评论家
李建军　中国社会科学院文学所研究员
顾建平　《长篇小说选刊》主编
宁　肯　《十月》副主编
邵燕君　北京大学中文系副教授
萧立军　《中国作家》副主编
肖　鹰　清华大学哲学系教授
陈旭光　北京大学艺术学院副院长
陈剑澜　《文艺研究》副主编
顾春芳　北京大学艺术学院副教授
倪文尖　华东师范大学中文系教授
石一枫　《十月》编辑、新锐作家
高秀芹　北京大学中国诗歌研究院副院长
朱　竞　《中国作家》编审

北京大学教授、著名文艺评论家谢冕题字："文学的希望 在未来，在青年。"

著名作家、出版人郭枫（中国台湾）题字："青少年抒写美好中国梦 中国梦照亮美好青少年 祝贺北大培文杯创意写作大赛胜利成功。"

国家广电总局副局长、全国政协委员张丕民题字:"创意是创意产业的基石。祝创意写作大赛成功!"

北京大学中文系教授、北京大学语文研究所所长温儒敏题字:"创意写作好。"

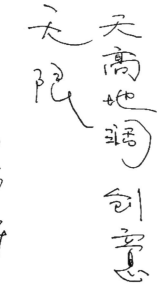

中国作家协会副主席李敬泽题字:"天高地阔 创意无限。"

在美的面前惊讶、流连、赞叹……

　　　　　　　　　　　　　　　　曹文轩

著名作家、北京大学教授曹文轩题字:"在美的面前惊讶、流连、赞叹……"

在创意中寄寓梦想！

　　　　　　　　　白烨

著名文艺评论家白烨题字:"在创意中寄寓梦想！"

不要阻止奇迹发生，要支配日月，让雷电大作。

　　　　　　　格非

著名作家、清华大学教授格非题字:"不要阻止奇迹发生，要支配日月，让雷电大作。"

期待培文杯创意写作大赛成为天下第一品牌！

　　　　　　　　　王一川

北京大学艺术学院院长王一川题字:"期待培文杯创意写作大赛成为天下第一品牌！"

《人民文学》主编施战军题字：
"让好的文学 伴随美的成长。"

《长篇小说选刊》主编顾建平题字：
"美好新世界 创意无极限。"

新锐作家徐则臣题字："创意写作，成就好文学、好作家。"

著名导演宁敬武题字："让创意写作和美文汉语在互联网时代碰撞，产生震动我们心灵的好文章！祝大赛成功！"

《当代电影》主编皇甫宜川题字："祝'北大培文杯'成功！成为培养青少年创造性思维和汉语表达能力的土壤。"

目录

序 001
用新的文字创造新的世界 / 曹文轩

远方

007 — 124

你已在远方 / 高玮晨 009
对一段文明的独白 / 曹雨晨 019
青春的故事 / 董苑佑 026
远去的村庄 / 李豪珂 046
爱在时光中穿行 / 马清溪 053
阿朵 / 秦晗 059
南城旧事 / 盛琳娜 069
如水墨青花般的爱 / 吴艳华 078
你已在远方:长行 / 杨启彦 089
思念远方,而在远方 / 张艺璇 091
难忘的,还是那片深蓝 / 章佩芷 101
不可逃避的人生 / 赵格 106
李鸿章仕途的最后时光 / 邹小曼 114

秘语

129 — 279

- 长安三记 / 张恩齐 131
- 当心铺 / 壹焕 140
- 秘语 / 龚湜 147
- 警官艺术 / 陈紫晗 177
- 稻草人 / 江超男 191
- 闭上双眼，我看见 / 焦安然 202
- 烟花门事件 / 南若晨 210
- 米兰的镜子 / 尚静 216
- 看 / 孙烨 221
- 皇帝的天衣 / 王锐 235
- 楞伽经 / 于汇文 246
- 石头 / 张涵之 258
- 寻猫记 / 郑昱彤 269

心门

281 — 352

开门之后 / 高玮晨 283

悔与愿 / 江超男 288

路过草原之青春门 / 雷金蒙 293

仙境之门 / 李泽翎 302

宿命门后 / 董苑佑 310

门里门外 / 柳雨薇 316

馒头门事件 / 南若晨 322

谢谢你，让我跨入友谊之门 / 聂歆雨 328

守门人 / 秦晗 331

门，打开之后 / 张涵之 339

附录 353

决赛获奖名单 355

大赛组织机构名单 358

大赛初赛 / 决赛命题 368

名家谈创作 369

创意写作：给心灵一个说话的机会 373

曹文轩

序　用新的文字创造新的世界

"北大培文杯"创意写作大赛是到目前为止我见到的最有品位、最有格调的一个写作大奖赛，她已经有了一个非常优美的开端，她来日方长、道路悠远，辉煌还在明天。

我看了参赛选手写的文章，从心里感到羡慕，也很有感慨，我参加过全国各式各样的大奖赛——新概念作文大赛、美文家资格大奖赛等，看了年轻人的文字，每次都会感到吃惊。中国的教育体制、中国的语文教学、作文教学固然还存在很多问题，但是这些年由于大学老师、中学老师和社会各方面力量的共同努力，实际上我们的语文教育和写作情况已经发生了天翻地覆的变化。

当年新概念作文比赛让我代表评委讲话的时候，我记得说过一句话，我说看了学生们的文章我对我们民族未来的语文水平抱了很大的希望，我记得我中学时候写作的情况，如果和他们相比，我在高中写的作文太幼稚了。真的是这样的，我们那个时代，那个时候脑子里有什么？空空的，什么也没有，不像现在的年轻人有如此丰富的思想，那么有驾驭语言的自信心。我们在经历一场语言革命，我发表过一个看法：我们这些年进行的语文革命绝不亚于五四那场语言革命，我觉得这场语言革命的深刻性远远超过那一次。你看一个国家从小学老师、中学老师到大学老师，甚至惊动了政府，上上下下都在谈语文、谈写作，我们这次举办的作文大赛惊动了那么多人，这些人都是这方面的高手和专家，他们从四面八方聚拢到北大，辛辛苦苦地看参赛选手的文章，为这些文字讨论、争执，这种景象在全世界可能是绝无仅有的。我们周围有很多人在为年轻人创造非常好的写作语境，他们能够写出一手好文章，关键是写作语境改变了，这一点非常重要，我们要感谢他们的文字，但也要感谢为他们创造了写作上层语境，从而使他们写出好文字的人。

如何写作？我以为刚开始写作的时候像学画一样，学画要从素描开始，不可能一出手就是油画，必须从素描开始，甚至要一直强调。即使你的写作已经达到了出神入化的境界了，你的画已经是价值连城了、一画难求了，你仍然还要有一个素描心态，素描甚至就是一种艺术，梵高的画今天卖了大价钱的，许多都是素描。

我常常拿契诃夫的作品来举例。如果说博尔赫斯代表了现代形态的短篇小说的高峰的话，契诃夫就代表了古典形态短篇小说的高峰。那一年我为《十月》杂志做了一年的专栏，第一期做的是契诃夫，我记得文章最后的结尾是这样写的：契诃夫死了，来到了天堂。上帝正在睡觉，听到了契诃夫的脚步声，就问：你来啦？契诃夫说：我来了。上帝说：你来了，短篇小说怎么办？正是这样的一个作家，他写过一部叫《草原》的小说，我经常拿这个《草原》举例子，向同学们讲写作应该是一种什么心态。《草原》是契诃夫常常被我们忽略的作品，可我认为这是契诃夫作品里面最棒的、最精彩的一篇作品。他讲的是一个男孩到很远很远的地方去上学，这一天他坐着一辆马车出发了，马车行驶在一望无际的草原上,草原很大,天空很大,学校很远,小孩很小。这个小孩心里面很孤独,就在这个时候,我看到契诃夫在他的小说里写了一句话,他说:天空飞过来三只鸟,那个鸟的名字叫鹬。从天空飞过来三只鹬,当我看到这句话的时候,凭我一个职业的敏感,我就觉得这句话非常非常不简单,我就画了一道杠,我觉得这句话背后藏着非常非常细腻的心灵,鹬从天空飞过来的时候,这个叫契诃夫的人把它数了一遍:一只,二只,三只。

然后,下面还有更精彩的,契诃夫说:那三只鹬飞走了,越飞越远,直到我们看不见它了,马车继续行驶在一望无际的草原上,草原很大,天空很大,学校很远,小孩很小,这个小孩心里面很孤独。就在这个时候,契诃夫又写了一句话,我看到这个地方又在下面划了一道杠,这句话是这样说的:过了一会儿,那三只鹬飞走了,越飞越远,可是过了一会儿,先前的三只鹬飞了回来。天空是那么的大,鸟又是那么的多,你契诃夫何以一口咬定,这三只鹬就是先前的三只鹬?因为我刚才说过,契诃夫这个人是具有非常耐心的人,三只鹬飞过来的时候,他一只一只仔细地辨认了他们,三只鸟飞回来的时候,他一眼认出来,你们这三个家伙,就是我刚才看到的那三只鸟。在这个地方我们看出了一个伟人、一个大师的功力,把小说写到炉火纯青的地步也仍然保持他最早写作的东西,素描心态。

说完第一个阶段过后,你就要往第二阶段走,这就是我讲的文字的虚构、想象的阶段了。契诃夫虽然始终保持着素描心态,但是在素描前提下他也有大量的想象和虚构,虚构和想象需要知识动力来推动,想象是枚火箭,推动这个火箭的是什么,是知识和经验这两个东西,它们一起来推动它，缺一不可。话又说回来，想象力是可以超越的，就是说你要意识到要注意培养自己的想象力，一件事情到了一定的时间，不要让它停下来，要往前拓展，往前延伸，你要步步想，再往前还能走得通吗？还能再往前走吗？

有一个成语叫无中生有，这是贬义词，可是我在下面做讲座的时候给孩子们讲，这不是一个贬义词，它是一个褒义词，它其实有着深刻的古代哲学意义，它是告诉我们大千世界来自何处，所谓的大千世界，我们看到的，我们知道的，我们可以用手触摸到的这个世界。这个有是从哪里来的，是从无来的，无是无限的无，对于写作而言无中生有其实是一个很高的境界，带着生活的记忆和经验，我们将身体扭转过去，面对无边无际的苍茫，然后我们开始天马行空地想象，于是天堂出现了，没有的物象出现了。我们用文字创造了一个新的世界，我们既拥有造物者给予我们的世界，又拥有我们自己创造的世界，我们是这个世界上最富有的物种，某种意义上就是因为我们可以用神奇的文字，去创造新的世界。因此，我们说，你写你的文章，我写我的文章。

最后，我还是再次重复我说过许多次的话：能写一手好文章，这是一个人的美德，谢谢！

2014 年 8 月 8 日

大赛启动

◁ 自左至右：大赛顾问范曾、周其凤、谢冕在开幕式上愉快交谈

▽ 嘉宾启动水晶球

△ 自左至右：曹文轩、刘伟、谢冕、周其凤、李敬泽、高秀芹为大赛揭牌

▽ 开幕式嘉宾合影

大赛启动

◁ 北京大学常务副校长刘伟致开幕词

著名书画家、▷
北京大学中国画法研究院院长范曾致辞

中国作家协会副主席李敬泽致辞 ▷

△ 著名作家、北京大学教授曹文轩致辞

◁ 大赛评委、北京大学教授戴锦华致辞

远 方

> 我是北京汇文中学高二年级的高玮晨。我喜爱读书、写小说，尤其喜爱研究俄罗斯历史和中俄关系。曾在社区参加过社会实践活动。

高玮晨

你已在远方

远方在哪儿，它究竟有多远。你也许认为那是溯洄从之，道阻且长；抑或是土地平旷，屋舍俨然，终将是要踏遍一路的未知，方可到达，或是永远不可能到达的地界。但事实上，那所谓的远方可能不过近在咫尺，闭上眼就能触到它的衣襟，抬起头便能听到它的召唤，回过身即能看到它罩在你身上的倒影，那大概就是远方，而我们习惯称它为信仰。

——题记

【你从远方而来】【沙俄视角】

我是生活在地球最北部的国家，肃杀寒冷、了无生机，日日夜夜被包裹在一片茫茫白色之中。周围是雪，周围的周围还是雪。

所以如果说起远方这个词，我能想到的最远的地方，便是跨过高耸的乌拉尔山脉，越过滚滚的黑龙江，那里有个繁荣而富足的国度。那里的遥远不只是路途上,更是一种生活上的遥不可及,热乎乎而金灿灿地,弥漫着文明的气息。那里有绫罗绸缎,锦衣玉食。那里的热闹叫车如流水马如龙;那里的哀婉叫清明时节雨纷纷;那里的豁达叫醉卧沙场君莫笑;那里的忠勇叫留取丹心照汗青。

那个国家叫中国,我曾见过他几次,骑着高头大马,居高临下而气定神闲地望着我。

"吾乃天朝上邦,无意于蛮夷之人互通有无。"这样不接地气、不近人情。

他岁数很大,自从很早很早就开始有了。但他也很年轻,好像永远都没驯化过自己高高在上的烈火般的雄心壮志。

那时我就觉得,这个国家,他踏遍一路坎坷从远方而来,也注定,会到远方去。

【我看不到远方】【中国视角】

我从远方而来,却不知道会到哪儿去。

1840年,想必这是无论多少年后我也不会忘记的一年。一直引以为傲源远流长的历史就是在这一年终结的。

我坐在自己看起来与二百年前并无差异的紫禁城里,昔日高大巍峨的庄重宫殿如今只像个金色的囚笼,他们把我关在这儿,然后肆无忌惮地舔舐着我的土地,吸吮着我的民脂民膏。

我近乎麻木地在成摞的关税协定、割地赔款的条约上签下他们强加给我的名字"支那",然后掏出长长的雕工精美的烟枪狠狠地吸上一口。

浓重的罂粟花的香气呛得我咳嗽，咳到最后眼泪都咳了出来，大滴大滴地漫湿了桌上乱七八糟的条款。然后突然捂着脸，哭得像个孩子。

这洋玩意儿，好是好，就是太呛人，催泪。

这样的日子没有个尽头，反而日复一日变本加厉。强盗们一个个带着不甘落后的欲望纷纷而至，饿狼扑食一般洗劫着我从远古的回音中一路走来所获得的一切。

值得一提的是俄罗斯，那是个贪得无厌而野心勃勃的恶熊。他将中东路像道伤疤一样缝在我东北的土地上，在江东六十四屯和海兰泡留下堆积如山的尸骨。但是他问我："支那，你是中国吗？"

我抬头茫然地看着他，我不明白他的意思。

他不屑地冷哼着，斜睨着我，但蓝紫色的眸子里却有一丝认真："我是说中国从远方而来，那又准备到哪儿去呢——"

还没等我想明白他的问话，他就一点点拿走了外兴安岭、唐努乌梁海。

这头北方野蛮而贪婪的熊！我咒骂着。凭借几句极富深意的话语就以为能使我前嫌尽弃感激涕零？我从远方而来，我选择到哪儿去，那一切都是我自己的事情。

更何况，这个问题我也不知道，我没得选择。

我已经看不见远方了。

【你看那里就是远方】【苏俄视角】

带着光辉和荣耀从历史踽踽而来的中国，如今已经看不到未来了。我一边忙于和德国他们的战斗，一边暗暗地想。

那条受了伤的老龙上下翻飞地挣扎着,左冲右突寻求着道路,却是一次次狠狠碰壁,再原路折回重新挣扎着。他早就不再了解现在的世界,洗了多少次牌的地球早就不是他习惯的规则,所以无论他做什么,都是徒劳无功、黔驴技穷。

然而1919年春末夏初,我知道或许我错了。那天是在法国,我们在巴黎和会上制定战后新秩序。我漫不经心地听着日本宣誓接管胶州湾的振振有词,漫不经心地听着美英法道貌岸然利欲熏心地从中调停。我拒绝把思考花在听他们拉锯战一般的争夺上,我还有远比这些更加炙热的红色理想。

"我方代表拒绝在合约上签字。"

是这个老成持重但是掷地有声的话语把我拉回现实的,我看到中国,他站在他的桌子后面,一双黑眸沉静,却别有一股力量,那是属于中国——而不是支那——的眼神。

我看着他,感觉他已经回答我了。

"支那,你是中国吗?"

"中国从远方而来,又准备到哪儿去呢?"

第二天天还没亮,我起来拿着一瓶伏特加在塞纳河上闲逛,远远看见他站在桥头,远远凝视着巴黎左岸的风光。我没有多想,就走到他旁边去,正犹豫开口要说什么,却看见他眼角的泪迹。我用手轻轻捂住他流泪的眼睛,另一只手扶着他的肩膀,让他面向东边的方向。

我放开手,和他一起抬起头心醉神迷地看着——初升的旭日将天际染成一片耀眼而庄重的红。那是布尔什维克的颜色,是信仰的颜色。

"中国。你看那就是远方。"

【我想和你去远方】【中国视角】

啪,啪,哒哒哒……

东北的雪原上响彻着不绝于耳的枪声。我狠狠地一口咬掉了手榴弹的拉环,向着稀稀拉拉的那一撮日军的方向扔了过去。

"深夜花园里,四处静悄悄——"身后响起浑厚深沉的歌声,我回过头,那位北方的同志悠闲地靠在战壕里,一口一口喝着他那寸步不离身的伏特加。

我走过去,抢过来喝了一口,坐在他旁边。经过八年艰苦卓绝的战斗,现在抗日战争已经接近了尾声。苏联出兵东北,作为援军帮助我们进行最后的扫尾工作。我们蜷缩在黎明前最后的黑暗里,半期待半担忧地等待着胜利的降临。

"这快一百年了,这么结结实实的胜利,还是头一回。"我想找点什么话说。

"哈——可真不容易,中国。"他并没多走心似的答了一句。我也明白,尽管我先前辉煌的时日比他们这些国家的整部历史都长,但如今在这些孩子制定着世界规则的时候,在他们眼里我才是个咿呀学语蹒跚学步的孩子。

远方远得足以配得上叫远方,要走的路漫长得足以称得上是漫长。我还有很多该学习的东西——在这胜利之后,譬如军事,譬如民主,譬如科学,譬如——信仰。

那时我简直不敢想象就在四年后,已经匆匆经过的夏天的热气还没散去,满街的绿叶刚刚泛起一点黄边儿的时候。在一个晴朗的下午,

倾听未来的 声音

我站在高耸的、曾经彰显帝王家至高无上皇权、现在却是历史新纪元的里程碑的天安门城楼上。听着铿锵有力的义勇军进行曲，看着如1919年他让我看的朝霞一般鲜丽的五星红旗，回身望着前来建交的大鼻子的同志。

"我不是支那，我是中国。我想和你去远方。"

【远方的路只能一个人走】【苏联视角】

"所有的专家、资金、技术撤回，中国，我不管你有没有什么所谓自然灾害，当初欠我的债，给我分文不少地还回来。"

这是1960年我与他说过的最后一句话。他抬起头瞪着比他高上半头的我，黑色的眸子里的眼神那么熟悉。我记起来了，那眼神——千年前我仰望着跨在骏马上的他时见过，巴黎和会上抬头听着他掷地有声的话语的时候见过，在东北的战场上注视他让手榴弹划出一道弧线的时候见过。

我曾经怕过、心疼过、珍视过，现在是恨着这种眼神，这种从始至终、一以贯之地搭配着这如墨的黑眸的眼神。也许这就是中国真正从远古一直带到现在的东西，当初我们洗劫一空、抢走或摧毁掉的不是这个，我们从头到尾都没有让他失去过这个。而这才是远方赐予他最重要的东西。

我们当初谁也没意识到这个，以至于他现在竟敢用这种眼神望着我。

后来那些东西都还回来了，带着先前所有的情分和信任，一并原封不动地还回来。那时我倒宁愿他还不上这些，倒宁愿他在饥贫交迫穷困潦倒的时候再回来喊我一句老大哥，然后我摆摆手一笔勾销，继续拉着他在这红色的大路上走，就当什么也没发生过。我以为没有了我的扶持和束缚他不行。但我又算错了。

十几年后我看到他和美国、日本出现在同一张报纸上，头版头条。跨洋握手、乒乓外交，打得那么火热，不亦乐乎，搁置争议，其乐融融。

那时我就想，"不愧是"中国，你和几千年的你一模一样，没有丝毫改变过。你的那种心气儿，不是我们所能揣测、定义和理解的。

你比我明白，即使同样是耀眼庄重的红色，同样是初升的旭日朝阳，在莫斯科的天上，或者是北京，看到的是不一样的。

你比我明白，远方的路啊，只能一个人走。

【远方是信仰的栖息地】【中国视角】

远方的路，注定是要我一个人走。每一个脚印，都要凭着自己的意愿而迈下，就算可能走弯路，就算泥泞不堪遍布荆棘，也不需要外人来指手画脚。

二十世纪九十年代的某一年，我收拾着自己从前的物件。尘封了多年的夹杂着热血的回忆摩肩接踵汹涌而出，有当初跟日本打仗时缴下的"王八盒子"手枪，有新中国刚成立时候的"一化三改"宣传海报，有大炼钢铁时期的纪念章。如今我慢慢摸索着存活在这世界上的道理，与这国际规则磨合得也越来越得心应手。科教兴国、双百政策、市场经济，越来越契合于自己的航标被一步步摆正，磨掉了棱角，换得了发展。但我始终坚持着每日早晨随着国旗升起时的国歌看朝霞的习惯，那种属于远方的红,从未褪过色。

"夜色多美好,令我心神往,莫斯科郊外的晚——上——"不小心碰到了什么东西,熟悉的音乐一下子席卷了整个房间。我拿起它,一个小小的音乐盒,还是苏联在五十年代初送我的。那个大鼻子佬。

六十年代,我与曾经指着朝阳告诉我那是远方的同志分道扬镳,我以为没有了他我会垮,事实上也走了不少冤枉路;七十年代,我慢慢地跟先前的"敌人们"开展正常邦交,敌人成了朋友,同志却成了敌人;八十年代我们都试图改善关系,但没等我们来得及,他就走了。1991年12月那日我在北京,瞟了一眼报纸,大标题说的就是这个。

我竟会无端地难过、压抑。

支那,你是中国吗?

从远方而来的你,又要到哪儿去呢?

中国,那里就是远方了。

你说得真不错,我的老大哥。当旭日从地平线冉冉升起,以圆圆的一丁点儿的身躯染红了半边天,它升起的地方,就是远方了。远方不是一定要有多远的距离和多长的征程,而是一种似百炼钢又似绕指柔的力量。它那么虚无缥缈,一个看不见亦摸不着的名词,难以名状,难以定义,每个人都有自己独一无二的理解;但它又那么真实,真实到你感觉得到它在你体内,日复一日抽丝剥茧般地影响你、改变你、塑造你。

远方就是信仰的栖息地。苏联,你已经不知道,在那条你开辟出来却没有走完的路上,如今皓日当空,天地茫茫一片庄严的红。而这条路的终点,就是远方。

【你已在远方】【俄罗斯视角】

2013年3月,我站在莫斯科的机场上等着换届之后首访的中国。

飞机安稳地降落,我看着他跟在他的主席身后,一身西装革履,稳重而安静,挂着得体的笑容。只是领带是红色的,就是那种,我们记忆里的那种红。

出于礼节,我带他游览整个莫斯科。在红场上,他久久伫立在列宁墓跟前,一句话也不说。"我终究没坚持下去,对不起。"我略带抱歉地说出了声,也不知道是说给他,是说给列宁同志,还是说给自己。

他摇摇头,转身向别处走了,突然又停下,转头看着我,那黑眸里又是记忆里那种明晃晃的眼神:"老大哥,我是说——就算你已经不是了,俄罗斯。如果你会去祭奠以前的你的话,帮我转告他。我是带着骄傲从远方来的,就注定,要带着信仰到远方去。"

不记得是几个月后,我在一张国际报纸上看到了他,西装革履,红色的领带,如墨的黑眸和独属于这黑眸的眼神。他微笑着注视着台下的记者,却像是注视着他十三亿的人民,注视着让世界仰视的源远流长的远古文明,注视着委曲求全任人宰割的近代血泪史,注视着在一轮朝阳下曲折探索的漫漫征程,注视着一片光明大好的灿烂未来。他说他有一个中国梦,一个长远的宏大的却真实的中国梦。

地平线上的旭日早已升起,当空的骄阳在他的周身笼罩上一层金红色。我透过报纸,与那独属于中国的眼神相撞。

"中国,你已在远方。"

(作者学校:北京汇文中学)

专家点评

现代中国从何处来？向何处去？作者从中俄视角回溯了中国从近代走向现代的历史。中国，这个自远方来要到远方去的国度，在经历了近代的种种磨难之后渐渐苏醒，开始继续"复兴"这个远方之梦。作者以宏大的政治视野、广博的历史知识和深厚的文学素养，表达了对中国未来走向的深远寄望，其间饱含了作者的拳拳赤子之心。文章高瞻远瞩、气势磅礴、立意深远、文采飞扬，是较为难得的寄兴之作。

> 我是中国人民大学附属中学高一年级的曹雨晨。我喜欢读书、学化学和弹钢琴。喜欢读历史小说、诗词散文,旧书常读多遍;喜欢化学是因为觉得它兼有科学的严谨和哲学的想象;钢琴则可以调和生活中的古板。我还时常参加中学生模拟联合国会议,也做义工项目。参加过哈佛大学举办的"中国大智慧"……

曹雨晨

对一段文明的独白

我知道你已在远方——一千年前的烟尘把你深深埋葬。但是你的样貌和精魂却会永远烙印在我们的心坎上。

——题记

雾失楼台,月迷津渡,繁华逐水。我最喜欢做的事情,就是在寂静不失温和的雨雾傍晚,捧起一本书卷,细细品读。我的书中有古时候的故事,它们像溪流一样从洪荒蜿蜒而来,往未知蹒跚而去。以前轻狂,总想捉住这溪流的痕迹;却每每发现:人与文字之间的距离,其实就等于天涯和海角之间的距离、我和你之间的距离。最终,我只能在卷帙汗青之中,幻想你旧时的模样。不知不觉中,我斗胆提起笔,为远方的你,勾勒出从前的画像。

忘记告诉你,我姑且将这肖像的名字,定作"宋朝印象"。

衣冠

我眼前首先映出的是一个卓然而立的身影，宽衣长袖的飘逸翩若惊鸿。你的衣冠衬托出你温文和蔼的容颜。圆领长袍，峨冠丝绦。你终结了五代的乱世，承袭起盛唐的衣钵。是你重新为华夏衣冠正本清源。你的子民在盛大的民族节日里穿上礼服，或在仲秋放荷花灯、或在中元祭祀先人。你的衣冠有唐时的开放——酥胸半掩、薄纱披肩；同时也有另一面的保守和恬淡——对襟上襦、东坡巾。虽然病态的缠足也自你而始，但你还是发扬了汉服的含蓄、飘逸、浩然正气。

《左传》云："中国有礼仪之大，故称夏；有服章之美，谓之华。"发扬和继承本是你的子孙应尽之责。纵然深衣广袖已经不能适应当下的社会，但在中华民族传承了几千年的民族节日里，着一身华夏礼服，总是一种缅怀、一种情思。然而你的一些子孙，却斥责推行汉服的人们"封建迷信"、"穿寿衣上街"。他们想必未尝领略过你服饰中细节的独特魅力。念及此，我决定要把你的襟带勾画得飘然如风；把你的广袖描摹得含蓄如水。因为我发现你外在的美，美得是那么自然。几乎不需要绘画的基础，就能轻易让人陶醉。

故事

勾画完你的衣冠，我提起笔来描摹你的容颜……然而，我却不得不一次次地停下来思索。你面庞的线条缺乏刚挺，你掩在长袖中的臂弯也少了飘逸。我长叹一声，放下笔，捧起一卷书——我想从后人的文字里，找到你尘封的故事。或许，从这些故事里，我能够一窥你的心灵。

你的富足安逸世人皆知，你积累的财富超迈汉唐、令明清望尘莫及；你文采粲然、风华绝代：唐宋八家中你独占六席；你科技的发达超越当时的任何一个邻国；你的进取精神酝酿出了许多的革新变法……但是你强盛吗？你的声名不能远播，你被今人视作"积贫积弱"……我伏案深思，是否"拗相公"的作新欺人和程朱理学让你僵硬腐朽？十里秦淮的水榭歌台又让你娇柔无力？

我摇了摇头，因为——我看到了另一面。你以"政治开明"标榜，因为你的开国皇帝赵匡胤立下规矩，终你一世，不可杀士大夫。于是，在舟沉崖山的最后一刻，你的身边，有数十万不屈的子民。你在强大的异族中生存，生生不息地战斗了三百二十年。王安石变法积蓄了熙宁开边的财富，程朱理学虽然失之于禁锢人性，却在你最后的时刻绽放出道义的光辉——那是陆秀夫跳海前的最后一瞥、那是文天祥在大都刑场对你的最后一拜……我的眼眶有些湿润了。我想，你的子孙应该牢牢记住这些故事，就像在脑海中刻下你的容颜——儒雅不失刚毅的面庞、飘逸而坚如磐石的傲骨。

长调小令

现在，我要给你"点睛"了。但让我感到困惑的是，无论我从后人那里了解到多少你的风姿，终也落不下最后的两笔。我对你的认识，似乎仍旧停留在大致的轮廓。于是，我决心再耽搁一会儿——我找到一些史册之外的东西，在它们之中，我相信能够捕捉到你双眸里的神韵。

你用繁华做道场，融入丝丝几许愁香；在青铜的鼎镬里氤氲紫兽中的轻烟、萤火中的光芒、瀑布中的水雾和柔草上的芬芳；再斧以罡风、新月、繁星、秋海棠；文火细煨，加几勺岁月、洒半星流光；蒲扇清扬，出一碗一千年凝炼的文字汤。品之，兼以轻歌、曼舞、锦瑟、胡笳，韵味悠长。这场千年的盛宴，名曰：宋词。

宋词像是一千年前为你谱写的流行歌曲，用忧伤的文字串起惆怅的音符，组合成长调小令，明白而简单。宋词可贵，它好像是那么的恰好，简约到让人刚刚好能完全读懂，又不因为简明而俗气。

那些歌曲中的平淡是你与生俱来的特质，像是掬一抔甘甜的山泉水，清澈透明。苏东坡说："人间有味是清欢"；晏殊说："不如怜取眼前人"。你的词人小楼香径、纤杨细柳的锦瑟人生，纵是珠玉满堂，亦不轻言富贵。而是追寻另一种红尘中的潇洒、热闹中的宁静、充实中的空芜。于是在他们的笔下，你有了"梨花院落溶溶月，杨柳池塘淡淡风"的含蓄，"竹杖芒鞋轻胜马，谁怕，一蓑烟雨任平生"的淡然。唐诗像是一场富贵的洛阳花事、满庭肆意绽放的牡丹，宋词则是一场连绵清秀的梨花雨。在这场足足下了三百二十年的雨中，那些离别的岁月、独处的孤寂、重逢的欢愉、告白的羞涩；那些裙裾翩翩、举案齐眉、寤寐思服、辗转反侧；填入宋词，从此驻足在这烟火人间。

看得出来，你喜欢品悟平静的生命，如同品尝一尊酿造百年的醇酒，清洌沁香；但同时，你也向往不羁的生活、没有枷锁的旅途，如同让心灵出走，流浪在天涯海角。在你的心里，有两个不同的声音，一个名叫婉约，另一个名叫豪放。去听一听这两种声音吧，婉约词人说杏花霏雨、秋风落叶、小桥流水、斜阳西下；豪放词人唱塞外苍凉、猎场轻狂、人生激荡。

我找到了！正是那看似矛盾、实则统一的情绪给你的轮廓披上了一层朦胧的面纱——你洒脱中的随缘自释，婉约中的壮志豪情，才是你目中流溢得最璀璨的神采。最后两笔落下，你似乎鲜活过来，如同在述说一个很久以前的自己。

你的精神

我和你的目光相聚，即便知道你已在远方，却忍不住想要探索：在漫长的岁月里，你究竟给子孙留下了哪些印记？

你无疑是具备两面性的。现在我已经不需要去翻阅浩繁的卷帙了——你衣冠的开放与典雅，你身形的飘逸与浩然和你双眸的温和与坚毅，都已然明白地告诉了我。我凝视着纸面上的你，就像凝视着远方的、你的精神。无疑地，你的精魂，已然镌刻在你子孙的血脉里，生生不息地流淌——你的子孙、我们的中华民族或许不如西方开放，却平和有理、文质彬彬；中华民族爱好和平，却随时准备着不屈的抗争；中华民族没有盛气凌人的傲气，却有着无法撼动的铮铮傲骨！

这些是你给我们民族留下的烙印和财富，你在远方注视着这条东方巨龙的一举一动；我凝视着面前的你的，一颦一笑。

肖像的名字

我凝视着面前的肖像。经过刚才那一番思考，面前的你变得有些朦胧。我知道画像的事情似乎已经很好地完成——只缺少一道工序，给这幅画重新取一个动听的名字。

你的名字叫宋,因为你的开创者赵匡胤发迹于宋州,所以他希望借此保佑你一生平安。可惜宋太祖一定预想不到你多舛的命运——你几次遭到异族的欺凌;你的皇帝有的被掳掠而去,有的在无奈之中肩负起亡国的责任、在无知之年跳入刺骨的海水;你的子民享受过天下膏腴之地的富庶风华,却在不知不觉中成为异族任意驱使的奴隶;你的子孙在后世恣意讥笑你的孱弱,戏谑地在书中把你描写成一个小丑……凡此种种,都使我想到绝不能把这幅作品取名叫做"宋朝印象",因为你经历过了太多太多,而在我眼中的,只不过是你的冰山一角。历史学家们说,穷其一生,能够精研完一整部宋代的历史;我想,他们恐怕还得再用另一生,去领悟你那些故事中的精魂。至于普通人,有的曲解了你、有的忘记了你——因为对于这个世界而言,你早已在远方,似乎早该被遗忘。

然而别忘了,我们的血脉里,已有你的精魂,和许多其他足以令我们自豪的精魂:秦、汉、唐……他们和你一样,如河汉般粲然生辉。今天,我们应该为你们自豪,而也许就在明天,我们将有理由让远方的你、你们,为我们骄傲。

所以,这幅作品的名字就该叫做"你已在远方"。但是,但是,你的子孙、我们的中华民族,应该循着远方的你留下的音容笑貌,无畏地往前走去——就像从洪荒蜿蜒而来,往未知蹒跚而去;就像一路有你的陪伴。

(作者学校:中国人民大学附属中学)

曹雨晨
对一段文明的独白

专家点评

　　该文以思想肖像的方式描画了对宋朝文明的印象。作者带领我们在宋朝的衣冠、故事、词赋和精神里感受宋朝文明的温度，并对宋朝文明进行了审视与反思，没有偏执一端。文章从历史的长远视角体察宋朝文明与中华文明的关联：宋如同秦、汉、唐……等文明一道汇入中华文明的血脉，构筑着中国人的精神世界，指引着中华民族走向远方。文章行文雅致隽永、飘洒俊逸，充满了"以宋写宋"的韵味。

> 我是河南省实验中学分校(实验文博学校)高二年级的董苑佑。擅长写作藏头诗、回文诗、词作、小说等,作品多次在校报上发表。还擅长器乐演奏……

董苑佑

青春的故事

开头字幕:

远方,在年少的我们心中

只是一个美丽的剪影

影影绰绰,美不胜收

我们在此岸苦苦泅渡

试图抓住遥不可及的梦想

一如蝶儿破茧的等待

因为执拗,所以苦痛

因为痛,所以叫青春

第一场

第一幕

镜头虚化:远处街道上的霓虹灯梦幻般地闪烁着。镜头拉近:操场上塑胶跑道上的白色油漆在夜色中隐隐显现。蟋蟀声声，一人跑步的脚步声由远及近，身着校服的男孩跑动的身影逐渐充满镜头，他气喘吁吁，最后瘫倒在跑道旁，头发黏在额头上。午夜钟声敲响，镜头随他的目光转向教学楼。那里一片黑暗，只有高三所在的楼层灯火通明。

老　师［将成绩单摔到桌上］：二模400多分，最近你的状态一直游离于高考之外！回去好好反省！

［镜头回到操场］男孩起身走向教学楼的方向，背影在镜头中越变越小，直至退到画面左下。男孩面前空无一人的小径似乎延展到远方。

旁　白：我叫林寂，育英中学高三七班学生，成绩一般，相貌平平，也没有一个说出来令人羡慕嫉妒恨的老爹，随时会淹没在人群中。哦，差点忘了，今天是高考倒计时68天。

第二幕

课间，同学们在埋头做题或相互打闹。

后座女生A［捅了捅林寂，林寂未停笔，身体微微后倾］：嘿，你打算考哪儿？

林　寂：考哪儿是哪儿呗，没想好呢。

A：切，没意思。

A的同桌［兴奋地］：我打算去上海！

A：赵胜男学霸，你直说想上复旦不得了！不过呢，上海过于浮夸，我要追求梦中的武大，樱花飘飘……［闭眼作陶醉状］

二人继续交谈，林寂前倾回原来的姿势，叹了口气。

旁　白：不是我太无趣，我只是在想，像我这样的人，早已失去了谈论梦想的资格。

第三幕

破旧的出租屋灯光昏暗,林寂推开门。

母　亲：儿子,饭还热着呢!赶紧来吃。

林　寂[敷衍一句]：吃过了。

径直走向房间,重重关上门,坐在床上。

传来父母争吵的声音。

旁　白：可是,我想去远方,逃离这一切,很想很想。

林寂打开门,父亲扔的一只碗正好摔碎在他面前。

第二场

第一幕

老　师[在讲台上读张沐风的作业]：lihua wants a high 潮 with his girlfriend,oh,haha……[全班哄堂大笑]张沐风你给我站起来!

唯一不穿校服的男孩儿站了起来,双手抱胸,满不在乎地看着窗外。

老　师：同学们,作为班主任,我不会放弃任何学生,可是如果你们自我放弃,我也只能……

张沐风：是不放弃我们啊,还是不放过我们?

全班再次哄堂大笑。

下课铃声响起,张沐风走出教室,镜头跟随他脚步拍摄。

走廊上女生的目光转向他。

身后重叠的议论声：男神么么哒！快看帅哥又出现了！哎呀！小玉别犯花痴了，你男朋友不高兴了！

张沐风一撩头发，嘴角上扬，顺手给旁边女生一个飞吻。镜头特写该女生呆在原地的花痴表情。只有一个女生低头迅速走开。张沐风目光稍稍偏向了她的方向。

旁　　白：欢迎收看《走进沐风》栏目，公告栏上为何频频出现恶搞老师的画作？晚自习高三年级为何无故断电？考试前夜摄像头为何"集体罢工"？女生们又为何同时爆发出尖叫？这一切究竟是人性的扭曲还是道德的沦丧？敬请关注育英中学校草，张沐风！还有，那个装作不理我的女生叫何诗琴，老子喜欢她，很久了。

镜头中对应出现：恶搞老师的画作，张沐风拉闸全楼层惊呼，张沐风剪断摄像头线路的画面。

镜头最后定格在倒计时牌：鲜红的"60"。

第三场

第一幕

林寂抱着厚厚的书坐到位置上。

课代表喊：林寂，林寂坐哪儿？

林寂举手示意，课代表将试卷递给他。

镜头特写：60。

林寂抬头看窗外，恰好与何诗琴目光相遇。诗琴低头，匆匆走开。

讲台上。

一个老教师：快高考了，没有高考的样子！你们，你们这是七班群童欺我老无力，怎能对面抄作业！

全班同学狂笑。林寂面无表情。

旁　白：本以为，这种波澜不惊的日子令人生厌。可后来我才明白，平静就是最大的幸福。

第二幕

家门前的路灯将林寂的身影拉得很长。

几个男人搬东西的吆喝声。

重叠着母亲的啜泣声。

几位老大妈的议论声。

一个大爷走过来，拍拍林寂的肩膀，叹了口气。

林寂冲进家里，白漆剥落的墙上，"欠债还钱"四个红色大字。

母亲蜷缩在墙角，肩头耸动。

林寂走过去，抱住她。

镜头转向满天繁星，再转向川流不息的车辆与人群。

对白响起：——欠多少？

——20万。

——多长时间了？

——半年了。

第三幕

公车停下，车门打开。

画面特写一双穿着白色破旧运动鞋的双脚，他们走上车，在一个空座位上重重坐下，脚尖顶到了旁边一双女式凉鞋。

两双脚向各自的方向后挪一步。

镜头拉远，拍到两人全身：林寂，何诗琴。目光相遇又迅速跳开。

沉默几秒。

林　寂：你手里抱着的是什么？

诗　琴 [缓缓打开画纸]：我叫它《远方》。

镜头特写这幅画。

诗琴的声音：你看，满纸都是迷离的光点，就像星空，很近又很远，那天我莫名其妙地被这幅画感动了。

两人并肩下车，张沐风拿着土豪金远远路过。看到两人。

张沐风：我靠……！

旁　白：子曾经曰过，人若犯我，抽他丫的！

第四场

第一幕

一同学 [跑进教室]：月考成绩出来啦！大家快去看——

镜头里画面切分成四部分。

班主任评点成绩的声音。

重叠着其他班主任评点成绩的声音。

一位家长的唠叨。

　　重叠着其他家长的唠叨。

家　长[最后他们的声音汇合到一起]：考个好大学，你们就轻松啦！

旁　白：可是那天，是遥不可及的远方。

　　[镜头特写]林荫道上一片斑驳，一朵花已凋败，花瓣随风落地。

第二幕

　　林寂被四个男人堵在一条小巷里。周围墙上和地面石板上爬满青苔。

　　林寂与他们每个人对视。

一个男人：你小子有种，老子欠债，你这副德行，跟别人欠你钱一样。

林　寂：你们要干嘛？

一个男人：干嘛？你那不争气的爹离婚，跑了！[林寂此时目光一惊]弟兄们现在手头有点儿紧，你自己看着办。

林　寂：我没钱。

一个男人：没钱？有点儿意思。

　　男人拿出弹簧刀逼近林寂，其他三人迅速控制住林寂。林寂扭动身体想逃脱，但无济于事。男人把弹簧刀架到他脖子上，刀片弹出时划伤了林寂的脖子，鲜血下流。林寂用膝盖顶向男人要害，男人一下跌倒，在青苔上滑出几米远。

一个男人：兔崽子这是你自找的，弟兄们，揍他！

　　三个人一拥而上。林寂脸通红，情绪近失控，举起拳头肉搏。

　　男人举起刀冲向林寂，镜头调整为慢动作：在刀尖即将碰到他时，响起。

民　警：住手！

镜头转向巷口，几位民警跑来。

第三幕

张沐风把林寂拖到操场上。林寂一边挣脱，一边说。

林　寂：你干嘛？

张沐风：像个爷们儿一样干一架。

林　寂：神经病。

转身要走。

张沐风[从后面一拳把他打倒在地]：他妈的少废话。

两人扭打在一起。

镜头切换到雨后操场上的小水潭，里面倒映出两人坐在一起的身影。

张沐风：老子喜欢她很久了。[沉默几秒]看你人挺老实，交个朋友吧。

林寂将头埋在双膝中间。

[镜头特写]林寂双脚间的小水潭，一滴水砸破了水潭的平静。

林　寂：你就是个大傻逼。

张沐风将一只胳膊搭在林寂肩膀上。

两人并肩走在校园小径上。

林寂的声音：继续追她呀，需要做什么，哥们儿帮你。

第四幕

林寂回到家，一片漆黑。

门后一根香烟点起，母亲的脸在微光中显现，漠然地看着他。

林寂回到家,对夜空大喊发泄。

恍惚中,迷离的光点幻化成那幅《远方》……

何诗琴的声音响起:你看,满纸都是迷离的光点,就像星空,很近又很远。

特写一颗流星划过。

第五场

第一幕

旁　白:于是,我进入了真正的疯狂。

　　镜头切入快进模式:一天内,教室中同学的进进出出和林寂坐在位置上永远不变的做题的身影。

旁　白:而在没有硝烟的战场上,不断有同盟军退出。

　　有人选择自我放弃。

　　[镜头对应]后座的女生将手机藏在书堆后偷看韩剧。她一边拽过来纸巾擦眼睛一边感慨。

后座女生:欧巴你好帅……

　　林寂一直伏案写习题。

旁　白:有人开始情绪失控。

　　[镜头对应]自习课上一个女生跑出教室,趴在走廊栏杆上痛哭。

　　再特写一张桌子上"杀进复旦"的纸条。

一男生[一把扯下纸条,大吼]:去他妈的复旦!

　　他喘着粗气,逐渐平静下来。看了看脚下的纸条,手支着脑袋,叹了口气，又把它小心翼翼地贴了回去。

张沐风：我连对象都没有，不如自挂东南枝！

林寂一直伏案写习题。

旁　　白：当然，大家的嗅觉变得异常敏感，一点点小事都会被无限放大。

[镜头对应] 一场暴雨倾盆而下。

一同学惊呼[教室里]：下雨了！

班里同学争相挤到窗户前。

一同学：好大的雨！

一同学：愣着干嘛，去外面啊！

全班同学一窝蜂跑出教室。林寂抬头看了看窗外，继续伏案写习题。[从林寂身旁的窗口中拍摄] 几个男生冲进雨中，又回头对屋檐下的同学喊：快来呀！

又有几名男生大叫着冲进雨中。女生们相互对视了几眼，手拉着手冲进了雨中。

地上暴雨砸出点点水潭，同学们相互泼水嬉闹。最后他们手拉着手，组成一个大圈在雨中旋转。尖叫声、笑声响成一团。教室里，林寂依然在伏案写习题。

第二幕

林　　寂：学霸，借下你的错题本好么。

赵胜男[微笑]：哦，好的。不过小心点，明天还我哦。

林寂抱着一摞书奔跑在回家路上。

他路过小巷时，再次遇到这四个男人。

他们从不同的方向围上来。

林　寂 [平静地]：我明白父债子还的道理。从暑假开始我打工还钱。但请你们这一个月不要打扰我，让我冲一个好大学，这对咱们双方都有利。

说完走人，背影在镜头中逐渐变小。

一个男人：大哥，还追不？

另一个男人：算了。

一个男人：……？！

另一个男人：就当我今天脑子被你踢了！

第三幕

林寂打着手电在房间里学习。明显疲惫，身体往前一栽，转而努力睁开眼睛努力恢复清醒。

他拿出圆规猛刺手臂，发出痛苦的喘息声。

再次开始奋笔疾书。

天色微亮，林寂趴倒在桌子上，左臂有若干条血痕，耳朵前头发被汗迹沾湿。

第四幕

[镜头快进]一次次考试，林寂成绩单上的数字不断刷新。

一个同学 [进入教室]：林寂，老班有请！

班主任：你这几周进步的势头很猛，保持住。

林　寂 [点点头]：我会的，谢谢老师。

班主任：怎么，突然开窍了？

林　寂：还能怎么样呢，被逼的。

班主任[意味深长地看着林寂]：总之，不管遇到什么，都要坚持。

　　林寂郑重地点点头。

　　回到教室，张沐风甩给林寂一个面包。

张沐风：我命令你马上解决掉！

林　寂[笑]：成，听你的。

旁　白：突然想起来，几天没吃饭了？两天，三天，还是更久？

张沐风：你现在考试跟撒旦附体一样，我他妈还是傻蛋附体，苍天呐，我该怎么办！

张沐风[狡黠地看着林寂]：哎，你完美地诠释了一头老黄牛是如何……

林　寂：辛勤耕耘的？

张沐风：不，是如何变成一头疯牛的！

旁　白：我看不到曙光，只知道不停地奔跑。似乎这样，就有希望。有了希望，就能到达远方。

第六场

第一幕

张沐风[旁白]：林大头在进行一场惊天动地的逆袭，我在追求一次奋不顾身的爱情。

　　[镜头闪回]礼堂上的红色条幅：欢迎参加育英中学高一新生开学典礼。

主持人：有请新生代表，何诗琴同学上台讲话！

何诗琴身着长裙,走上讲台。

张沐风瞌睡打到一半突然停住,坐直身子,目不转睛地盯着她。

在他眼中,聚光灯下的诗琴周身环绕着光环。

旁　　白：我发誓,不追到你,我就跟张杰的姓!

字　　幕：追爱攻势 loading……

告白次数显示：1

张沐风 [霸道地堵住诗琴去路]：从了老子还是要命?

诗琴抽了他一个响亮的耳光。

次数显示：2

诗琴在教室中学习,窗口升上来几个彩色气球。

诗琴莞尔一笑,伸手抓了一个。

气球上写着：我这么帅,你不怕被抢? 张沐风

诗琴拿起气球丢出窗外。

次数显示：3

诗琴打开一个笔记本,扉页上：I love you　张沐风

诗琴抬头,张沐风一脸坏笑地看着她。

诗　　琴 [厌恶地把本子扔到他怀里]：别烦我了行不行?!

[镜头快进] 诗琴拒绝张沐风的种种场面。

旁　　白：尽管是拒绝,她似乎也对我越来越温柔。

次数显示：98

一场瓢泼大雨倾盆而下,诗琴在走廊上来回徘徊。

张沐风 [举着一把伞站在她身后]：走吧。

诗琴不理他。

张沐风：**不然你要在这里过夜了。**

  诗琴看了他一眼。

  两人并肩走在雨中。

张沐风：不管你信不信，这是我第一次和女生共用一把伞。

诗 琴：哦。别过脸偷笑。

  两人走到一座家属楼下。

诗 琴：我到家了。

张沐风：喂，你会不会喜欢我。

诗 琴[调皮地笑]：不会啊。

张沐风[贴近她，轻轻说]：那我教你好了。

  特写两人的脸几乎贴在一起。

  诗琴闭上了眼睛。

  在两人的嘴唇几乎贴到时，诗琴却低头跑开了。

  张沐风在雨中久久注视她的背影。

次数显示：99

  何诗琴在家中学习，手机震动。

张沐风：何诗琴同学，可愿与我共结秦晋之好，共赴黄泉……哦不，高考？

  手机再次震动。

张沐风：子曾经曰过，男女搭配，高考必备！

  何诗琴笑着摇了摇头，将手机放回原处。

  镜头切换到张沐风家。

  时钟不停地转动，他频繁查看手机。

收件箱不变的数字：0

旁　白：我的第99次告白，仍以失败告终。但我不会再在高考前打扰她了。

第二幕

三模成绩公布。

议论声：林寂年级16，太猛了！为什么黑马偏偏是他！

何诗琴挤到公告栏前，看了一眼，低头走开。

校园小树林里，她靠在一棵树下。镜头远拉，拍摄她美丽的身影。

张沐风从教室窗口看着她。

镜头随张沐风的脚步逐渐靠近何诗琴，慢慢听到她的啜泣声。

张沐风悄悄站在她身后，深吸一口气，轻轻拍拍她肩膀。

诗　琴[抬起头，抹了抹眼睛]：怎么老是你？

张沐风：那个……别哭了，我……我送你回家……好不好？

张沐风沉默了几秒，笨拙地拍拍她的后背。

他在自己身上乱摸了几把，拽出一包纸巾。

张沐风：给你，擦擦眼泪吧。

张沐风：别哭了，要不你看这里。

他抚掉树干上的一层浮尘，指着一处。

张沐风：还是我高一时候刻的呢。

[镜头特写]何诗琴，我喜欢你！

张沐风：这不是在告白哦，只是想让你看到。

何诗琴破涕为笑，张沐风盯着她也笑了。

镜头上扬，夕阳染红天空，一群飞鸟匆匆掠过。

旁　白：从此，我再也不曾忘记这个夏日的芬芳。

教室里，除了林寂伏案学习外空无一人。

第七场

第一幕

礼堂中红色条幅：欢迎参加育英中学 2014 届毕业典礼。

礼堂中人声嘈杂，人们陆续坐下。

林寂看着手中的成绩：600 分。

后座议论：——今年一本线多少？

——老班预估的是 560。

——尼玛这么高？完了完了。

林寂微微一笑。张沐风坐在他的旁边，一言不发。

林　寂：帅哥，玩深沉么？

张沐风：去去去，老子在思考人生！

后台一位女同学向张沐风打出"OK"手势。

林寂[疑惑]：你又搞什么名堂？

张沐风：等着吧，一会儿保证全场尖叫。

教导主任[走上讲台]：同学们，啊，[清了清嗓子]在各位领导的大力支持下，学校为了你们，付出了无数的心血和汗水，首先，让我们以热烈的掌声感谢教育局局长，王……

张沐风[走上讲台打断他]：您老来拍马屁的吧？劳驾先去排个队，毕业典礼我还有更重要的事。

教导主任：你……[刚出口便被一群女生拉下讲台]

台下一阵骚动,然后变得十分安静。

张沐风[大声说]:今天,是我第100次向你告白,何诗琴同学,你愿意么?

全场沸腾了,高呼:在一起!

镜头外界声音虚化,强烈的心跳声成为唯一音源。

何诗琴起立,一束追光瞬间打到她身上,全场目光转向她。

何诗琴:我在那棵树上刻下了同样的话,只不过主角换成了你。

张沐风跑下讲台,两人拥抱在一起,全场起立鼓掌。

校长怔了怔,微笑起立鼓掌。

教导主任一脸不满,偏头看到校长在鼓掌,立刻满脸堆笑,跟着鼓掌。

班主任鼓掌,眼角泛出泪光。

第二幕

讲台上一位领导在发言。

张沐风:太闷了,林大头,咱们出去一会儿。

林、张两人坐在教学楼的台阶上。

张沐风甩给林寂一张名片。

张沐风:暑假来我家店里打工吧,不累,端端盘子送送外卖。底薪3000。

林　寂:你是不是知道了什么?

张沐风:你以为呢?那次警察那么及时是个巧合?没我报警你早成孤魂野鬼了,说不定还有事儿没事儿闯到梦中吓我一跳。

林　寂[狡黠地笑]:3000,少了点儿吧!

张沐风:滚,少搁我这儿贪得无厌。

林寂旁白：那一刻，我突然明白，值得相伴一生的除了恋人，还有你的好基友。

第八场

第一幕

字　幕：十年后

一位女士[身着职业装]：林总，你的快递。

　　林寂身着西装打开快递，红色的婚礼邀请函。

　　[镜头特写]新郎：林沐风　新娘：何诗琴

林　寂[冲到办公室]：小王，马上给我订去北京的机票，越快越好！

小　王：好的，林总。

　　镜头切换到婚礼布置现场。

一个孩子问：小姨，背景上是星星么？

何诗琴[摸摸她的头]：乖，那是一幅画，名字是《远方》。

张沐风[从背后抱住她]：我就喜欢这种既文艺又骚气的风格！

何诗琴[回头凑近他耳朵]：更因为它陪我们走过了整个青春。

　　两人目光相对，逐渐凑近，热吻。

第二幕

　　林寂、张沐风、何诗琴三人走在街上，旁边有人在施工。

　　镜头扫过一个工人的脸，是十年前威胁林寂的小混混。

林　寂[拉住张沐风]：哎，那位，当年堵我的小混混。

张沐风：你打算以牙还牙？

林　寂 [笑了笑]：走，陪我去买水。

张沐风 [搂住何诗琴]：自己去，带三瓶。

　　几分钟后，林寂搬着一箱水从超市里走出来。

张沐风：我擦嘞，傻逼的天性一点儿没变。

林寂 [走过来]：抱歉，没给你们买哈。

　　镜头随林寂的目光转向工地：工人们依然在忙碌，没有人注意到他们。

　　林寂悄悄地将水放到了工人的窝棚里。

张沐风：得，还是我去给咱们买吧。

林寂旁白：曾经看过一组图片，"二战"结束后，一个犹太男孩掷向路旁坦克的不是石块，而是一架纸飞机。在纸飞机坠落的地方，开出了成簇的鲜花。我参透这组图片用了十年，十年了，我终于学会用爱去回馈苦难，感谢苦难赐予我的成长与成熟。

　　婚礼的现场，三人笑得很开心，林寂盯着那幅《远方》出神，脑海中又浮现高中时代的种种画面。

旁　白：远方，其实真的不远。有时，只是那些懵懂的情愫终于有了归宿，有时只是那些没日没夜的付出终于有了回应，有时只是跳脱那些曾经让你窒息的苦难。而更多的时候，它就是一处尚未开启的风景，掀开雨季的幕帘，我们，已经抵达。

结尾字幕:

  既然选择了远方,又何必风雨兼程

  只要跟随那颗向往远方的心

  只要带上最简单的行李和最丰富的自己

  勇敢出发

  你,就已经在远方

(作者学校:河南省实验中学分校[实验文博学校])

专家点评

  原创的青春题材微电影,典型的青春故事,典型的青春问题。面对高考的压力,不同的学生因为各自背景的不同而有了不同的选择和不同的命运。这期间有苦读的收获,有同学的情谊,也有朦胧的感情。有很多真实可爱的细节,整个故事也可以写得更加有个人特色,更加有真情实感,以避免故事桥段过于流俗、青春期思绪过于矫情。

> 我是河南省巩义市第二高级中学东校区高二年级的李豪珂。我爱好看书、听音乐、唱歌,常利用周末去敬老院照顾老人和打扫卫生,积极帮助他人。

李豪珂

远去的村庄

一

我无比怀念那条环绕着村庄缓缓流淌的清澈的河流。

你从村子南段注入,一分为二,一段沿着西边的寨墙平静安详地在北边孕成一个大的堰塘,然后向东流去,和另一段从东南方汇流而来的河水,聚集在村子的东北角,形成了一个巨大的堰塘,然后流向北方,灌溉着青翠的稻田。

你最原始的作用就是护城河,只是现在已经是个河晏海清、四海升平的年代,你原本光荣而艰巨的任务也随着流水付诸,随之而来的便成为我们全村人的冬夏乐园。

夏日的午后,当知了在树头无休止地嘶鸣时,我们这些少年的欢乐时光到来了。稍微宽阔的河道旁站满了小伙伴。高台上的我们模仿跳水运动员,以优雅的姿态向下俯冲,只是更多人的嘴里被河水灌注。

堰塘里开满了荷花,微风拂过,连空气里都弥散着荷香。我们也时常去堰塘，拧一片荷叶，拿回家煮粥或者铺在锅底蒸馒头，满室的清香啊。

夏季的晚上，河道两旁的水草在暑气的熏蒸下，不停地摇晃着脑袋，我们呼朋唤友手持玻璃瓶，在密密的水草丛中忍受着蚊虫的叮咬，捕捉一闪一闪亮晶晶的萤火虫。虽然知道被抓的萤火虫只能苟全性命于一夜，却也不以自己的行为为残忍，总是希冀着自己的蚊帐内光亮闪闪，让自己如同睡在银河系。

除了夏天，冬日的河道堰塘也格外热闹。当北风呼啸过几次，大片的雪花翩然而至，整个大地银装素裹，分外妖娆。下雪的河道是冷清的，小伙伴们都在村子里打着雪仗，化雪时的河道则是繁忙的。当积雪带着大地的温气化为暗涌的河水，河道的温度呈几何级数下降，几个晚上下来，堰塘里就结上了厚厚的冰。穿着轮滑鞋，在冰上的速度别提多快了。当然，也少不了家人的呵斥。

小河以自己的节奏流淌了数十年，本也该以这样的姿态成为永恒。然而，当源头被截成水库，供给人们饮水的时候，没有倾注的小河英年早逝。看着裸露着褐色河床的小河，我时常迷惑，工业时代和农业文明哪一个能给予人更多欢乐？

二

我无比怀念村庄里一排排鱼鳞一样的青色瓦片。

"瓦来自泥土，经过火炼，是土里长出的硬骨，是火中飞出的凤凰。"陈志宏如是说。

一片片铺在屋顶,似鱼鳞,像梯田,晴时遮光蔽日,雨来挡风阻雨。

我一直觉得瓦是村庄最美的歌谣。

风在瓦缝中穿行,如牧童的短笛,在杏花三月拖着清脆的尾音,传递着乡村的古朴与悠老;又如少女的琴弦,在梅子五月摇曳着多情的心事,奏响乡村的宁谧与幽然。

雨在瓦片上滴落,起初像一阵呜咽的洞箫,窸窸窣窣,敲开了来临的前奏。激烈时如战场的琵琶,激越高昂,似乎要把瓦片洞穿。

在屋子里数着雨滴,一粒晶莹的白米,一颗浑圆的珍珠,一条白亮的瀑布,上连屋檐的沟瓦,下接芬芳的泥土,整个村子都陷落了。

村落风暖瓦生烟。夕阳慵懒地倚在树梢,顾盼流转,斜视村庄。鸡鸭回笼,牛羊赶圈,忙碌的乡邻自田间地垄归来。苍碧色的瓦片上飘出了婀娜的白烟,那是乡村美丽的瞬间。

沙土落在瓦片上,天长日久,诉说着光阴的故事。偶尔有好事的鸟儿,在瓦片上遗落了衔着的种子,瓦片上便会长出碧色的瓦松。小的时候得肿脸病(学名"腮腺炎"),妈妈用长长的竹竿打下瓦松,捣碎了敷在脸上,很快便可消肿。

青色的瓦,是乡村对远古的记忆。然而,当钢筋水泥一步步把它逼出了历史舞台,我们又该怎么讲解乡村的历史?

三

我无比怀念村庄里一个个虽不隆重却鲜活的节日。

当秧苗在水田里袅娜出一片青色的时候,一年当中极为重要的一个节日——端午便到来了。清晨醒来,睁开眼顾不上刷牙,便拿着脸盆或者小桶跑到禾田边。把干净的水舀到水桶里,顺带着抓上一两个小蝌蚪,和同伴们嬉闹着往家赶。

从秧田里打来的水,浸上提前跑了十几里路找来的艾叶,一盆驱邪除恶的洗脸水就放置在了青石板上。我曾经追问过这样做的理由,没有人给我说出个所以然,只是说先人就是这样做的,老祖宗的做法总是有道理的。

洗过脸,吃两个艾叶水煮的鸡蛋和粽子,美好的一天便拉开了真正的序幕。村子没有格外的祭祀活动,我们跟着大人,混的就是一个鸡蛋、几瓣煮好的大蒜。

当禾苗低下金色的笑脸,庄户人一年的第二次收割的号角就奏响了。金色的稻浪在镰刀的收缩中轰然倒地,在机器的轰鸣中粉身碎骨。而这个时节,还有我们国人另一个重要的节日——中秋。我还记得跟随父亲夜晚在稻场里看稻子。大而黄的月亮娇羞地躲在高高的稻草垛后。我嚼着干硬的五仁月饼,听着父亲用洪荒的声调讲述远古的故事。

村里的节日,最盛大并隆重的当然是春节。忙了一整年的乡亲停下手里的农活,为过年做准备。二十三,糖瓜粘;二十四,扫房子;二十五,磨豆腐;二十六,去割肉……当然,最高兴的应该是我们这群半大的孩子。毕竟新衣服和压岁钱是谁也挡不住的少年梦想。

可是啊,现在,这些节日我又该从哪里寻觅呢?没有了水源,种稻成了天大的笑话,端午节的洗脸水毫无生气地从水龙头中流出,中秋节的月饼松软酥香却嚼不出幸福的味道,过年的鞭炮恨不得把天炸出一个窟窿……面对此,我该是平静还是悲伤?

四

我无比怀念和我一起成长的小伙伴们。

人生的初始,你们和我一起牙牙学语,一起蹒跚学步。在绿树荫中捉过知了,在小河水里摸过鱼虾,在萧瑟堰塘寻过莲子,在火热教室求得知识……

然而,是谁把曾经亲密无间的我们变成了熟悉的陌生人。

春节期间,我远远地看着你,黑色的长发变成了红色的大卷,素净的脸庞泛起了化妆后的油光,清新的身上飘出了浓烈的薰香。

如果,如果这些能够让人生分,那么我也太矫情。当我们拉着手诉说着分别的时光,你鲜艳的嘴唇吐出"作为一个女孩子上那么多学干什么"时,我的心为之流泪,那个曾经拉着我的手面对地图指点江山的女孩哪里去了?

人生路上的起航,我们跌跌撞撞,而今的搁浅我除了悲伤还是悲伤。

五

我无比怀念那个不大却热闹的村庄。

狗吠深巷中,鸡鸣桑树颠。户庭无尘杂,虚室有余闲。我曾在一个中午吃过十家饭,也曾在半个月住过十家屋。

村里添了新丁,我们端着鸡蛋,背着挂面去看。"多好的小伙子啊,长得和他爹一样壮实!""真俊的小丫头,比她妈还漂亮呢,你看那眼睛,多水灵呀!"村里人的祝福实实在在。

村里去了长者,我们穿了白衣,擎着白帆去送。"昨天还见着呢,今个儿咋就没了,连个念想都不给我们留,真是狠心呀……"村里人的哭声真真切切。

遇到了嫁娶,不用央求,这家拿点板凳,那家兑张桌子,东家出个迎亲的小伙儿,西家添个接亲的媳妇。鼓乐响起,鞭炮齐鸣,一双大好的儿女便在众人的祝福声里结成了相亲相爱的一家……

大伯家的白色母猪生了一窝黑色的小猪崽,张大妈家的母鸡连下了三个双黄蛋,李婶家的葡萄树今年结了可多葡萄,王叔家的桃园明天开始出桃了……谁家的事一眨眼的工夫都能够在村里传开,看稀罕的、尝嘴的,每个人都自得其乐。

只是现在,冷清的村子再也掩不住它的暮气,高楼多了一些,深宅多了一些,人气却少了很多。大伯一家去上海打工了,只留大娘一个人守着清锅冷灶;张大妈被子女接到了青岛,刚盖好的楼房住满了蜘蛛网;李婶家的孩子醉酒撞人逃逸,一家子外出打工还债;王叔家的桃园包给了别人,因为他觉得来钱不快……偌大的一个村庄,到如今,只有三三两两的老人在墙角屋檐下叹息着昨日的风光、明日的恓惶;偌大的一个村庄,到如今,只有三三两两的孩子在没有父母的家中孤单地成长……若干年后,堰塘、青瓦、节日在他们心中会是什么样?

我不知道农业文明的终点是不是人们为了金钱背井离乡,我只知道,面对我熟悉的村庄,我除了流泪祭奠还能再作何想?

(作者学校:河南省巩义市第二高级中学东校区)

专家点评

　　这是一篇关于农村（农业文明）的祭悼文。河流、村庄、农民和节日构成了农业文明的内容，在中国走向现代化的过程中，农业文明的部分消失几乎成了不可逆转的事实。作者通过农村的变化和农民人口的流动表达了对农业文明消失的担忧和如何重建家园的迷惑，这也是我们共同的担忧和迷惑。

　　文章结构清晰，语句优美，表达充满诗意，如能对城市文明作出相应反思将更能增加文章的人文厚度。

> 我是南京市第九初级中学三年级的马清溪。我爱好广泛,写作、看书、画画……乐于参加社会实践,其中最让我高兴的社会实践活动是作为南京青奥教育文化代表、南京青奥志愿者参加2014年在南京举办的青年奥林匹克运动会。我还在17K小说阅读网上发表了小说《烟笼寒水月笼沙》《后弦》《十月醉董年》等,获得不错的点击率。
>
> 路漫漫其修远兮,吾将上下而求索!

马清溪

爱在时光中穿行

这是一对鱼。

由坚硬的青色岩石雕琢而成,碎光空濛,鳞片投下零碎浅淡的清影。那眼睛好似会动,圆润透亮,白里透褐。薄硬的胸鳍,微开的透明的鳍条相向交缠,细腻的尾鳍微挑。这对鱼相叠纠缠,密不可分,仿佛下一刻会融于一体。

考察队第一次登上月球,放下我一人留守在此。

或许是多年未曾被人发现,这对鱼安然躺在荒芜的沙地上。虽然极地气候恶劣,但这对鱼外壳仍光滑细致,无甚斑驳的印迹。

眼前透明的外罩防护层被我呼出的蒸腾的热气打得朦胧,蒙上一层细密的水珠。我眼眶有几分干涩,有些迟疑地蹲下身子,我喘着粗气,被厚重的宇航服挤得有些窒息,双手有些笨拙,缓缓抚摸那对鱼。尽管

倾听未来的声音

隔着厚厚的面料,那深深浅浅的沟壑,冰冷的砂质触感似乎还是能渗透进指尖。

这对死物被何样的巧手雕琢成这般逼真的模样,又因何而停留在此,停留了多久?我低哑笑了起来,罢了手……就让这样一双精美的物什永远相守于此罢。

靴子在软沙岩屑上印下坑坑洼洼的脚印,长时间的下蹲弯腰作业,站起的一瞬腰背有些虚软,垂首僵直在那里,只等膝盖腰脊的酸痛稍微消歇。

它们陡然颤抖了几下,瘦小轻薄的鳞片在光影辗转中轻颤,微弱清浅的光从每一寸缝隙中游离。惊喘着,我踉跄后退几步跌坐在沙上。它们多年未曾被动过,但似乎仍有某种强大的力量传唤它们的灵魂,鱼尾轻颤时动作有些许的僵硬,颤动几下,又归复于平静。

我轻轻舒了口气,扶了扶歪了的头盔,正欲站起。眨眼间,却瞧见那一双鱼光芒更甚起来,翻转了身子,一顶,双双砸到我面前的防护层上。我异常紧张,伸出手将它们一下子捉住。

模糊的玻璃外,那硕大的乌溜溜的鱼眼紧紧盯着我,我低低叫了起来。

"你是带我们回去的吗?"

其中一条的声音细弱喑哑,微弱的呼吸似乎在我的掌中缠绵飘荡。

张开掌心,它嗓子滚动,翻跃着身体:"我们等了好久了……等到这暗夜中你们渐渐远离,等到那座硕大的星系逐渐消失……"它硕大的鱼眼动了动。

我知道,这宇宙无时无刻不在膨胀,集聚的能量逐渐远离分散,物质逐渐趋于冰冷，星球的消失只有两种可能，一种是被覆灭，被耗尽，一种是随着宇宙的膨胀，远离到再也看不见。

"你不是他们……"见我怔住，另一条低低叹了口气，它疲惫地软在我的手中，"我和它早已相守了数亿年，我们始终盯着那个地方，一直未曾消歇，该来的……也早该来了。"

从恐惧的深渊中稍稍解脱，我口气中还夹杂着几丝颤抖："到底怎么回事？"慌张打量四周，抬首环望那硕大的蔚蓝色的星球，璀璨烂漫的星河，空荡浩渺的宇宙。

"我们原本生存在那颗星球上……"它扭着身子朝着星空某个方向指去。

我看过去，视线空荡一片。

"那星球被他们所造的废料污染，洪水漫涨，腥臭冰冷的海水让所有生命覆灭。他们选择逃离，飞船启动，冲入宇宙，却因为条件所限，我们这种生物不能在飞船上生活，于是被丢弃在这里……女主人声泪俱下，说一切都会好起来，会将我们再带回去，再回到那里……"它晃动着瘦瘦的身体，蹭蹭我的手心，一双黑眼流光涤荡，"你懂得那感受吗……明亮的星星归复于低迷暗沉，星河逐渐沉顿。"它扭着身体，一点点顺着厚实的压力服蜿蜒直上，"我看到那颗星星离我们越来越远，最后再也看不见。"

心口衍生的刺痛与惊悸侵袭弥漫。我僵硬地转过头去，昏黑漆寂的广博星空，光影零碎凄清，轻雾撕碎变成团绕的星云……那么凌乱偌大的星际中，不知何处是所喻的归处。

这漫漫凄清的长空，怎样的念想与情感才能与远离家园的痛苦和寂寞相抗衡？

忆起初见它们的一瞬，那一对交缠相叠的鱼，是以那样紧密的姿态让彼此的灵魂纠缠结合，我有所顿悟与明白。

"你们还有爱，还有执念，还能相守，"于是，我轻叹，"生命的起始与终结……都有所因，有所果。所因是亘古之前的逃亡，所果便是如今月球上的两两相守与遥想，"我看向远方那颗蓝白相间的熟悉的星球，一瞬间思虑从我脑海中闪过，"对于环境的重视，我们何曾不是在做着所谓意念的挣扎，何曾真正付诸行动？所因的不就是人类的懒怠，所果的只怕即将发生在不远的未来，又将重蹈覆辙……"

"生命至此……我们相守着执念与爱，看着家园渐渐远去，"它低笑，"我庆幸有东西在时光中穿行，那便是爱——未曾消失，未曾被摧毁，甚至随着时空渐渐拉扯得绵长。"

这对鱼，秉承着生命的执念与爱，相守至此时此刻也未曾放弃与分离。时空与生命的界限，唯有爱和执念穿行纵横，才能让这分子构成的空间变得平衡，更加饱满充涨。

我们存在在那样一个时空中，如何让其永久守恒，遵循规律永不消亡？恐怕只能是相守，爱和执念才能够维持那份难得的平衡吧。

"珍惜能够相守，珍惜因果轮回的机会，将这一切都守住吧，"另一条笑道，"我们曾看着家园逐渐遥行在远方，便只能固守着仅有的东西。"固守着竭尽所能的平衡。

滚烫湿濡的泪沾湿脸颊，心房因震撼而急剧收缩，我抬首遥望头顶那无边无际的空间，竟在那一瞬感激这一切存在着。

存在便有机会。

时间在这一刻僵直起来。

它们止住颤动的身体，身体滚烫的热度在分秒间趋于冷清。

我呆滞了许久，弯腰将它们放在沙地上，青白细腻的碎沙包裹着它们僵硬的躯体，它们仍是那样的姿势与模样，仿佛下一秒便融为一体。冷硬光白的外壳下，光斑凝华炫目，那对双鱼并非死物，因为我知道它们在继续相守，在继续守望。

飓风狂乱，飞船在我的视线下降落，飞扬的沙尘石砾中，我缓缓走进去。

飞船内开着冷气，卸下一身厚重的宇航服后，我打了一个哆嗦。同胞递上几袋熟食，唇齿留香，肉类鲜香的汁液在口腔中席卷。飘飞的纸页被我轻轻按在了桌案上，我拿起笔记下工作记录。

意念飘摇时，飞船从月球表面上缓缓升起来。透明厚实的防护窗外，星空如同打翻的墨汁，辽阔的沙地愈加显得荒芜，那对鱼逐渐凝为视线中一道斑驳的纹路。

我清楚知道我心中某种情绪消散在远方，随着那对鱼儿逐渐飘忽和远去。

远去的是懈怠，更是那个曾经的我。

圆珠笔被攥得发出清脆的声响，我垂首去写下我的故事。"我终于明白，灾难因为人们的懈怠而存在，别离因懈怠而发生，生命因懈怠而流失。而只有所有人的相守、执念与爱，才能抵御这种灾难般的懈怠……"

……只有努力去把握执念，去爱，才能让那个不知归处，不懂珍惜，不会相守的女孩渐渐远去。

贴靠笔杆指尖微微凝冷，好似融了一层薄霜，眸光轻颤，我侧过头透过窗去看那漆黑深邃的宇宙。

你已在远方,心绪微动时,我心底暗叹。

（作者学校：江苏省南京市第九初级中学）

专家点评

在一次去外星球工作考察中,我发现了一对鱼。它们在这里生活了多久?它们的外壳仍光滑细致,无甚斑驳的印迹。原来这对鱼来自人类生活的地球,它们不堪忍受地球的污染来到这里。"这对鱼,秉承着生命的执念与爱,相守至此时此刻也未曾放弃与分离。时空与生命的界限,唯有爱和执念穿行纵横,才能让这分子构成的空间变得平衡,更加饱满充涨。"

马清溪的这篇散文,文笔优美,有中国画的意境,给读者留下很多想象空间。通过与鱼的对话,痛斥了人类生存的地球被破坏得如此严重,同时,又让人看到了一种积极向上的精神和力量,那就是,只要有所有人的相守、执念与爱,没有抵抗不了的困难。

> 我是河南省洛阳市第八高级中学高三年级的秦晗。我喜欢听古风音乐、读小说、写作、看动漫。在小区做过义工。曾在校报上发表多篇文章,在网络上发表多篇短篇小说。

秦晗

阿 朵

夏清坐在位子上,抬手拨了拨头顶上方的空调扇叶,老旧班车的空调制冷效果挺差。他活动活动有些麻的腿脚,扫了眼手表,下午五点整。

车玻璃上沾满污渍,不知道多久没擦了。夏清望出去,极目处是一片绿色,麦茬里长着刚过成年人腿弯的玉米苗子。

还是要来走这一趟。

两个月前,母亲过世,临终前嘱咐他把在乡下的小妹接到身边来养。说实在的,他没见过她几次,她出生后,母亲的身体一天不如一天,他既要忙着实习,又要照顾母亲,便把她送到外婆身边去了。这一待,就是六年。

最近一次见她,是在母亲的葬礼上。六岁的孩子跟同龄人比矮了一截子,又瘦又小,瑟缩在外婆身后。他望过去,那小丫头立即躲开了。

外婆说,那孩子是阿朵?

夏清到村口时,天已擦黑,他掏出揉得皱巴成一团的纸条,看了半天,才迈开步子。

进了门,夏清就看见一女孩子赤着脚蹲在地上玩儿泥巴,听见动静,看了他一眼,也不管沾着一手泥就跑进屋了。倒是家里养的大黑狗看见他热情得很,一个劲儿地往他身上跳,他只得一边向后退,一边呵斥它。

"别叫!"屋里走出来个老太太,喝住了兴奋的大黑狗,看清来人,老人家愣了愣,忙不迭招呼,"阿清?你回来也不提前说一声儿。"

"我不是怕您忙活么。"

"那行,不忙活,咱今儿晚上吃菜馍行不行?"外婆拉着狗脖子上的项圈,把它拴到树上。

"行!外婆的手艺没得说。"

天黑了,屋里没拉灯,阿朵坐在架子床边的小凳子上,听见他进来也没动。夏清叫道:"阿朵。"

阿朵还是没动,夏清走过去,又叫了一声:"朵朵?"

夏清伸手想揉揉她的头发,手还没碰到,便被阿朵推开,她说:"我不跟你走。"

阿朵说完这句,就跑出去了。

夏清嘴角浮起一丝苦笑。

晚上,几人坐在打理得整整齐齐的菜地边儿,用石块儿垒砌起来的小石桌上,大红的塑料盘里放着几瓣西瓜。蝉鸣声不知从哪儿传来,没个消停。

夏清把瓜皮放到小猫跟前,巴掌大的猫崽子抱着啃得满身都是。

夏清觉得好笑,刚刚还乖乖坐在外婆旁边的阿朵,捏着小猫的后颈把它抱进怀里,扯过瓜皮扔给大狗,走到一边把小猫放到铝盆里,拿瓢舀了水给它洗澡。

外婆赶忙解释:"她没别的意思,小猫崽子吃不了这个,吃了要拉稀的。"

"哦,没事,我不知道它不能吃,是我没弄清楚。"夏清有些内疚。

"你别往心里去,就那两口,没事儿!"

两人聊着聊着,阿朵先熬不住了,趴在外婆腿上睡着了。

"我先把她抱回去。"外婆抱着阿朵,起身的时候晃了一下。

夏清忙去扶她说:"要不我来抱吧?"

"你坐吧,我这老婆子还能抱她几回呢?唉——"

夏清撒了手,看着外婆一步一步走进屋里,微微佝偻的身影让他瞬间发觉,她已经七十多岁了。

外婆没多久就出来了。

"你那边都安排好了吗?"外婆坐下来,拿起用碎布条缠了边儿的芭蕉扇摇着。

"都办好了,九月份开学,她正好跟着上一年级。"夏清接道。

"她没上过幼儿园,上一年级能行吗?"

"没上过?村子里应该有啊。"

"是有,你大婶有点文化,开了一个,阿朵去了没几天就死活不去了。没法子,我就让你大婶有空来家里教教她,学的也不多。"

"没事儿,到我那儿再教她点儿东西,上学的事儿您就别操心了,她跟得上。"

"这不又给你添麻烦了吗,你得工作,忙啊。"

"花不了多少时间……"

一上午,阿朵蹲在凉阴地里,团了不少小泥球,和弹珠差不多大,趁它们还没干的时候,在沙子里滚一圈,一个个码到向阳的墙根儿下头,四四方方,跟阅兵的队伍似的。

夏清在院子里坐了半天,两个人谁都没说话。他想起带回来的东西,就回屋去拿,等他出来,玩剩下的泥巴还糊在石头上,阿朵已经不在院子里了。

快中午了,阿朵才回来。

她一进门,夏清就叫她:"来,朵朵,过来!"

她迟疑着,还是走了过去。

夏清从身后扯出个玩具熊,"拿着,送给朵朵的。"

"给……我的?"阿朵并不接,只是问他。

"当然,专门买给朵朵的。"

"你去哪儿,等等!"夏清见阿朵扭头跑了,大声叫她。

"不用叫了,她也不往远处走,一会儿就回来了。"外婆插了一句。

"她……"

"这熊是给她的吧。"

"嗯,女孩子应该会喜欢的吧。"

"唉,可没人会送她这个。"

夏清不说话了,母亲说他把阿朵当妹妹也好,或者当女儿也好,希望他好好待她。母亲还说对不起她,也对不起他。

夏清笑笑,哪里有那么多对不起。

吃饭前阿朵回来了,往他手里塞了两颗奶糖。他有些诧异,复又笑起来,揉了揉她发黄的头发,剥了一颗糖,塞进她嘴里。

趁着阿朵午睡的空档,外婆把夏清拉到一边。

"阿朵就是个孩子,有时候说话做事不知道轻重,你别恼她,好好跟她说,她会听你的。"

"嗯,您放心。"

"你知道阿朵身体不好,又跟着我,从小就没什么朋友,经常一个人待着,要不就是跟动物玩儿,猫是前些天刚要来的,方便的话,你一块儿带走吧。"

"……行吧,刚过去她得适应几天,有只猫陪着也好。"

"那……你们什么时候走?"

"就这两天,我请了五天假,一来一回路上得两天,到那儿还得好半天安顿。"

"好……"

"有时间,我会常带她回来的。"

"没事儿,你现在工作虽然稳定了,也别老请假……"

倾听未来的声音

　　台扇呼啦啦地转着，有些发黄的蚊帐被吹得一抖一抖，昏暗的灯光下，夏清正拿着本书看，书还是早些年母亲寄回来的。

　　门帘外一阵响动，很快就消失了。

　　夏清只看到一点光在闪，掀起帘子——什么都没有。不，有一个罐子。

　　玻璃罐子并不大，里面装着不少萤火虫，微弱的黄色光，一闪一闪，像天上的星。

　　"这丫头……"

　　夏清醒得很早，目光扫向放在床头的玻璃罐子，果然，萤火虫都死了。夏清轻叹口气，洗了把脸，想着怎么处理它们。想了想，最后在菜地边上挖了个小坑儿，连罐子一起埋了下去。

　　起身的时候，看见阿朵站在屋前看着他。

　　他走过去，蹲下身对她笑道："谢谢朵朵，萤火虫……很漂亮。"

　　"……谢谢。"

　　夏清见她朝着菜地的方向望了一眼，随即了然。

　　晚上，夏清帮着外婆收拾碗筷，阿朵在摘指甲草的花，梅红的白的都有。

　　夏清以前听说过在乡下很多人喜欢用凤仙花染指甲。

　　阿朵把花瓣放进一个豁了边的瓷碗里，又放了几小块白矾，用一个木的小蒜锤一下一下均匀地捣着，直到把花瓣和白矾捣成了泥状才停下来。

　　"婆，阿朵给你包指甲。"

　　"好，我们家阿朵最细致，包出来的最好看！"

秦晗
阿 朵

三人坐在丝瓜藤下，阿朵仔细地包，夏清就在一边递叶子和细麻绳。

"我两只手都有灰指甲，她也不知道从哪儿听说的，用指甲草包指甲能治，就一定要给我包。阿清你说说，我都这把年纪了，还学人家小姑娘、年轻媳妇儿干什么？！"外婆这么说着，脸上却是乐呵呵的。

"婆，你不老！"阿朵回了句。

"就是，外婆您还能活到九十九呢！阿朵，你说是不是？"

"嗯，一定能。"

说说笑笑间，外婆的指甲已经包好了。

看着碗里还剩下不少花泥，夏清提议道："外婆，给阿朵包个红脚心吧？"

"行啊，我这手不方便，你来吧。"

"好，阿朵，来，包个红脚心！"

"不要。"阿朵说着起身往后退。

小奶猫伸着软乎乎的爪子去钩瓷碗，夏清一把把它拎起来放在腿上，在它的后脑勺上搔了几下，它倒是好，呼呼两声趴着就不动了。

"阿朵快点儿！"外婆催道。

"红脚心是给婴儿包的。"阿朵站在那里小声辩解。

"包在脚底下也没人看见，来吧。"夏清继续劝她。

还是阿朵妥协了，坐在小凳子上，跷起脚。夏清放低膝盖，把阿朵的小脚放在膝头，捻过花泥，在脚心里摆了个菱形，挑了片较大的叶子包好，缠上绳子。

夏清拍拍阿朵的脚面，"好啦。"

阿朵一下收回脚，穿上鞋，不管脚下还包着花泥，小跑着回屋去了。

小奶猫见阿朵走了,慌忙从夏清腿上跳下来,连滚带爬地追着她去了。只留下院子里两人笑了半天,间或的,还能听见大狗不满的呜咽声。

"她这是不好意思了。"外婆笑着解释。

"嗯。"

接着,是半晌的沉默,许久,夏清才开口道:"外婆,明天早上我们就得走了。"

"她现在就只有你了。我知道你也不容易,但是,但是……"外婆说着,红了眼眶。

"外婆,您这么说就是见外了。我来这里不只是因为母亲的遗愿,她是我妹妹,血浓于水。"

"可是你带着个孩子,哪家姑娘肯跟你……"

夏清心里一抽,笑道:"现在没有,总会有的,我保证好好照顾她。"

"唉,行了,我也不说什么了,有什么难处别硬撑着,跟婆说,啊?"

"好。"

"你等会儿。"外婆说完就进了屋,不多时返了回来,手里拿着块卷起的手帕,把它放在夏清手里,"这么多年,我也攒了点钱,你拿去用吧。"

"……好,既然是外婆的心意,那我就收下了。"

"你早些休息吧,明天早些起。"

"叶子蹭烂了,我再给您换一个。"

"换吧……"

夏清收拾好东西,躺进蚊帐里,听着四周的蝉鸣,竟然觉得已经习惯了一样。

夏清起得很早,外婆也起了,正在做饭。饭都差不多摆好了,阿朵从屋里出来,双眼红通通的,没什么精神。外婆督促着她洗了脸,正要梳头,外婆叫住夏清,让他给阿朵梳头,说还有一个饼在火上呢。

阿朵抱着小熊坐在凳子上,夏清半弯着腰给她梳头,可算是难为坏了。

小奶猫扒拉着阿朵的腿,也想要她抱,阿朵把猫抱起来,它是舒服了,窝在小熊的身子上,倒是很会享受。

夏清有些窘迫地笑了声,"阿朵,对不起,我回去就练好不好?"

阿朵腾出只手摸摸头发,"没关系。"

吃过饭,阿朵慢腾腾地拿出东西,外婆一看,除了几件衣服,都是些小零碎,忙说:"阿朵,这些就别带了。"

见阿朵站在那里不吭声,夏清接过话头:"外婆,您让她带着吧,我东西不多,拿得住。"

"拿得住你把菜带点儿!"

"好啦,外婆,您不是说让我们搭王大哥的车吗,别让他等我们。"

"你啊。"

三人出了门没走多远,夏清说他忘带东西了,就折回去了。

他把手帕压在还没来得及收拾的碗下面,临走前看见院子里的凤仙,找了个袋子连着土移了一小株。

外婆等得有些急了,夏清一面笑着,一面将袋子交给阿朵。阿朵小心地接过,放进包里,冲他笑了笑。

夏清坐在车上,外婆问他,阿朵这些年跟着她的姓,以后呢。

他笑，说，当然姓夏。

外婆也笑，摆摆手说，走吧。

他们离开了家，走上了回家的路，看着外婆的身影一点点变小，最终消失在视野里。

（作者学校：河南省洛阳市第八高级中学）

专家点评

夏清和阿朵，是一对兄妹。但夏清却很少与妹妹阿朵生活在一起。因为阿朵在很小的时候被送到外婆家养护。在母亲去世后，夏清决定把阿朵接到自己的身边，这时阿朵已长到了六岁。阿朵瘦小而怯弱，夏清送给她玩具她都不敢相信是给自己的。

从这篇小说中，看到了城市与乡村之间无论差异多大，亲情都是阻隔不断的。夏清把妹妹带到自己的身边，外婆笑了，已在远方的妈妈也一定会笑的。

> 我是湖北省十堰市第一中学高三年级的盛琳娜。喜欢阅读、听音乐……
> 请共长风起,破九霄,扶摇直上,清啸鸾天。无惧十丈磨折苦,不谢流光如许。挥书毫,南柯一梦?且谱红尘悲欢事,看众生,墨香褪不去少年情,命涟漪。

盛琳娜

南城旧事

"妈妈,长安想听你唱歌谣。"长安轻拽着我的衣袖,我凝视着她渴求的小脸,无奈地叹口气。

月儿弯弯映池塘,阿姊嫁得俏阿郎。星儿闪得满天光,阿哥抱得美娇娘。

金一箱,银一箱。阿爹福泽寿绵长。阿妈哄得儿孙孙,清风拂岗月照江。

一

我生于南城,长于南城。南城的四季没有明显的分割线,总是不温不火的。一片美艳如心头血眉间砂的枫叶刚刚落下,小得可怜的雪花便软软地趴在沾满南城烟尘的发间。灰黑的头发下映着一张张萦绕着灰黑之气的脸。南城一直流传着一个很久以前的歌谣,在我看来那歌谣赤裸地暴露了南城人的劣根——南城的人也是不温不火的,却心比天高。

摇摇欲坠的小灯泡,在昏暗的巷子口扑闪着不灭。我提着廉价的扎啤,朝着那个张着幽黑巨口、狰狞的怪兽走去。那橘黄色昏暗的灯光像怪兽无情的瞳孔,提醒着我泥泞般的出生。"啪",一只白瓷碗摔在水泥地上,反射着我麻木的容颜,惨白的光更显得我像个孤魂野鬼。更准确地说,我快被南城磨灭得没有魂了。"说了我没病,你还让我喝这药。你存心咒我死,对不对!哈,我死了,你们娘俩儿就可以摆脱我这个病痨鬼,潇洒快活了。陈蕙我告诉你,你做梦!这辈子你就是我的人,休想摆脱我!"男人坐在轮椅上歇斯底里地吼叫着,紧握着轮子的手青筋暴突。女人挽了挽额间的鬓发,蹲下捡起一块块碎瓷片,一言不发。昏黄的灯光毫不留情地暴露出女人细密的眼纹,但这遮掩不住她曾经的美丽韶华。这个男人是我二叔,这个女人是我二婶。连我有时候都想不明白,究竟是什么让这两个眼里早已没有了对方的人还保持着"二叔二婶"这样如此亲密的关系。我有一个习惯,每当遇到想不通的事,就交给时间来检验。再大的事时间也能让它沉淀,再小的事时间也能让它沸腾。"时间会刺破青春的华美精致,会把平行线刻上美人的额角,没有什么能逃过它横扫的镰刀。"

二叔透过敞开的门看见了我,随即点了点头,算是打了招呼。我强忍下心中的违和感,脆生生地叫了声"二叔二婶好",便落荒而逃。紧接着身后再次响起怒骂以及锅碗瓢盆的奏鸣曲。当我打开二楼房子的门,果然看见李宏远醉卧沙发。他见门口有些许光亮,微抬眼眸,"回来了,搁茶几上吧。"说完便翻了个身,给我留下个宽阔的脊背。但在我眼里这个没用的男人的背还不如我自己的双手让我更有安全感。李宏远从妈妈走后再也没叫过我名字,正如我也从不叫他爸,也从不把这间房子叫做家。我把酒轻放在茶几上,快速回到房间,连忙把门掩得没有一丝缝隙。好像这样就可以隔绝我与李宏远的联系,包括至亲血脉。我望了望书桌上狰狞的笔迹:"考不上大学就是狗",那力道仿佛要穿透纸背,穿透小巷,穿透南城的界碑。我拿起复习书开始漫无止境地刷题,"我要走,我要去远方。"我在心中不下十遍地叫喊着。

二

南城的秋死气沉沉,不知道这股死气是因为南城四面环山,发展受阻,还是举国闻名的南城汽车制造厂迁至省城华亭,将数年来南城积攒的最后的生气给带走了。带走的不止这些,还有许许多多的南城青年。现在的南城早已是腐烂的壳了,也只有老一辈的南城人还固执又散漫地守在这里,比如我的爷爷。

爷爷住在南城儿边的落英坡。落英坡上葬的是爷爷的妻。同我不愿叫李宏远爸一样,我也不愿叫"那个人"为奶奶。有些事没有提起不是因为我忘了,而是那些事只适合私藏,变成一道道逆鳞,最后开始溃烂。我至今记得"那个人"对我妈的冷嘲热讽:"我们李家才不要不生儿子的哑炮!小贱人,李家的房也绝不留给你们!"同样记得的是那个寒蝉鸣泣之夜,爷爷坐在南江边,遥望着江面。几只鸥鹭在爷爷背后拍翅而起,金色的阳光洒在爷爷布满沟壑的脸上。但他的眼神出奇地亮,那感觉就像,就像跨越了时空凝视着爱得深入骨髓的人。

我曾听大伯讲过,爷爷以前和"那个人"在落英坡相识,他承诺娶她。在爷爷回到华亭后,却收到了之前飞行员考试通过的消息。那是全华亭仅有的两个名额,但同时意味着,前往帝都接受训练。让人意想不到的是,爷爷连夜出逃,逃到落英坡,牵起她的手。其他细节我就不甚明了,那都是上一辈的恩怨了。

三

李家总是恪守老祖宗留下的一切,不管是精华,还是糟粕。"那个人"也是忠贞不一的守护者,她的一生都献给了李家。爷爷以前在华亭时,家族虽不比一些豪门望族,但也算是华亭一带远近闻名的大家族了。哼,"那个人"用尽机巧之心想让南城的李家兴盛绵延,荫佑一方。爷爷作为一个叛逃者,李家打心眼里不承认这个"李家"和她。呵,真讽刺,她守护一生的李家而今变成什么样啦?二叔在南城汽车制造厂出事故,落得一辈子都困在轮椅上,天天和二婶上演全武行。大伯一家像这南城一样,不温不火,囿于平凡中。唯有他们的儿子,李力智哥哥早已在华亭扎根。李宏远就不用说了,自己老娘逼走了老婆,他还是帮凶。是不是世间所有事往往都不得所愿,到底是什么无形中掌控着这些个红尘男女,让人与人之间总是以伤害互相喂养对方? 是命吗?我不相信。我!不!相!信!迟早有一天,我要像李珊姐一样,飘零远方,无论是哪儿,只要远离南城就好。

恢德正明,宏力耀光。我,李珊姐,李力智哥哥都是力字辈。李珊姐是二叔的女儿，她的运气比我好得多，她是第一胎，自然享受了所有的宠爱。随着我的降生，李家也变得微妙起来。

"果然人的命是不同的哩。你看李老幺的女儿取名时，李老太看也不看，因为排行第三，直接取名李三。太草率了啵。命不同喔，不同命喔！"

"那李丽这丫头现在名字咋来的？"

"还不是因为她那个'能干'的妈，拿着剪刀抵脖子，才逼得李老太把名字改成'力'的谐音'丽'了嘛！"

邻近的大妈们总是秉着钉子精神探听小小南城的一切八卦，讨论完了便自我满意地为口中的那些人名扣一个叫做"命理"的帽子。

四

在我的印象中，妈妈总是隔着窗台，扶着肚子，眺望南江。猎猎秋风中，不知怎的，我总有一种幻灭感，总以为她好似只残破的即将振翼的蝶。事实证明，我的感觉没有错，妈妈最终走了。不是在凄清的雨夜，而是在一个风和日丽、阳光静好的早晨。她轻拍着我的头说："丽丽，你以后要美丽地活着，不要像我这般活得像个笑话。"随即转身出了这个怪兽般的小巷。她的高跟鞋在水泥地上铿铿作响。那条通往巷口的路，原来从里面看也像个怪兽的嘴巴，这是否暗示着出去、进来都通往同一个结局呢？远方，是不是怪兽的另一个血盆大口呢？

我侧了侧身，便看见李宏远坐在楼梯上吸烟，云雾缭绕中我看不真切。路过他时，我嘴唇翕了翕，想要质问他，那天我偷听到了妈妈那句"其实不能生育的是你吧"。但最终我什么也没说，但我从他看我的眼神知道他知道我知道。有些事就是这样,大人们总以为我们什么都不知道,即使有不知道的,然而最终也都会知道的。我还知道从那以后,李宏远似乎再也没有清醒过,他也没有正视过我那张和妈妈极其相似的脸。

我不知道我以什么样的心情面对——小贱人,走了倒好,看看她平时穿的什么衣服,吊带、黑丝袜,生怕别人不知道她是二手货!这么多年,肚子一点动静都没有,莫不是沾了什么不干净的东西了哦。那个人和二婶看我路过门口的身影,缄默不言了。但我其实都知道,妈妈嫁入李家时已经不是清白身子。每当我出门上学时,大妈们就窃窃私语:"果然人和人不同命喔,你看李家老二的姑娘马上就要出南城闯荡了,你再看看李老幺的那个都不知道是不是自家的。不同命喔,命不同喔。"

五

自从看见李珊姐从南城口音变成吴侬细语,她黑得发亮的头发也变成了微卷,她出门时刻意地挺直了脊背。我就知道,她不会挣扎在南城的小巷。不过,我们都一样,青春像一袭华丽的袍,上面爬满了虱子。李珊姐每天衣着光鲜地出门,夜晚还不是面对满屋狼藉,一地的锅碗瓢盆。二婶总是沉默地收拾着屋子。二叔坐在轮椅上吞云吐雾,不时低咒一句。李珊姐每每看着这个场景,就赤红着眼睛上阵:"你还是不是男人啊,只知道冲女人发神经,你怎么不去死!"李珊姐紧握着拳头,劈头盖脸地指责着二叔。那尖利的声音时常越过门窗闯进在二楼做题的我的耳朵。"你知道吗,我最恨你这种活在烂泥堆里,却想要其他人跟着陪葬一起腐烂的人!我下个月就要去华亭,我会把妈带走,你别想拖累我们。"李珊姐那张姣好的脸混杂着愤怒以及隐隐的期待，她的眼里映出一片星光瀑布，折射出飞蛾扑火般璀璨的光。那时候的我们太傻，总以为离开小巷，离开南城，便可脱胎换骨，得到幸福。可悲的是，最后我们只是到了一个别人都待腻的地方而已。

最终，二婶没有走，面对李珊姐的诘问，她莞尔一笑："这些年，他这么做就是想赶走我。我忘不了他手腕上的早已磨损的红线啊！那是我答应嫁他时送给他的。这么多年，他一直戴着。珊珊，我不能和你走，我得守着他。"

李珊一个人离开了小巷，高跟鞋在水泥地上铿铿作响，头昂扬着向着远方。我知道下一个就要轮到我了。

六

南城的初夏还是不温不火的，全无夏日的燃烧青春、一往无前的炽烈。高考也浩浩荡荡地落下帷幕。8号下午，我就赶回家，打点行囊。一推枯朽的门，便迎来那句多年不变的"回来了"。依旧是不温不火的腔调。我径直回了房。整理东西时，却翻出一团红旧毛线。那还是妈妈走的那一年。那年南城的冬天格外地冷。学校风靡起织围脖，我也买了一团红毛线准备织个大围脖。当我正在摆弄毛线时，李宏远便醉醺醺地闯了进来，第一次用压抑着怒火的声音冲我吼："说！这是给哪个小兔崽子织的，看我不打断他的腿，你真是搞邪了。"那时的我还没有现在的定力，嗫嚅着："下个礼拜，不是你生日嘛……"当我抬头看他时，他跌跌撞撞地离开了房间。房里再度恢复了冷清。只有那未成型的围脖上遗留的点点水渍，证明了刚刚发生的事。点点水渍在毛线上晕染成血红色，这是李宏远的心流的吗？后来，苦于我实在不是个心灵手巧的姑娘，且基于我对李宏远、对李家、对南城越来越深的恨意，那团毛线最后变成了收藏。我不明了在这样的场合回忆起这样的往事意味着什么。

南城的秋猝不及防地到来，南城的人们照旧庸庸碌碌，带着死气在街道上行走。当收到华亭理工大学的录取通知书后，我义无反顾地改了名字——李离。迷离的离，离开的离。随后我又前往那个我留连许久的橱窗，买下了里面那双高跟鞋。我同妈妈、李珊姐一样，出了小巷。我手里拿着通知书，仿佛攥着能拯救我的诺亚方舟的门票，向着我的远方。高跟鞋在水泥地上铿铿作响，铿、铿、铿……

"妈妈、妈妈。"长安藕粉般的小手摇晃着我，我回过神来笑问她："怎么啦？长安"，她撅起小嘴，不满地嘟哝："叫你给长安唱歌谣，结果你自己唱着唱着就出神了！"我哑然一笑，不言一语。孩子就是孩子，不一会儿就可以忘记不愉快的事。长安那小人爬到我身上，扬起小脸，憧憬地问我："妈妈，这个歌谣唱的是哪里呀？"我直视她那不曾染上风霜、清澈的眸子，出神地想，人生下来本就要历经苦难的吧。没有几个阿姊能嫁得俏阿郎，没有几个阿哥能抱得美娇娘。或许我现在唯一能做的就是让长安晚一点儿知道这个事实，将这个南城人眼中的理想生活以歌谣的形式传承下去吧。我轻拍长安的小脑袋说："那儿呀，是个妈妈永远不能到达的地方。"

（作者学校：湖北省十堰市第一中学）

专家点评

当"我"也成为了妈妈的时候,回头再看生"我"的南城,仍然是不温不火地存在,且一天天地破落变成腐烂的壳。

这篇小说有些张爱玲的风格,通篇讲诉"我"与不温不火的南城、不温不火的李家、不温不火的二叔和二婶、姐姐及暴跳如雷的爸爸的故事。"我"对李宏远这个人物的描写出神入化,李宏远是"我"爸爸,可是自从妈妈走后,他再也没有叫过"我"的名字,正如"我"也不叫他"爸"。"我"想离开这个不温不火的家,去远方。于是高考后"我"离开了南城,从此"我"改名叫李离。

人向远方,心却系着南城。远方在哪里?"我"告诉"我"的孩子:是个妈妈永远不能到达的地方。

倾听未来的声音

> 我是四川省乐山市沐川中学高三年级的吴艳华。喜欢阅读、写作。曾获得沐川县"人文沐川,生态之美"征文大赛二等奖,进入乐山市"清溪秋月"杯决赛。创办并担任"沐归"文学社社长,为沐川作家协会会员。

吴艳华

如水墨青花般的爱

一

正午太阳火辣辣地照射着这连绵起伏的大山之间的平地,天空中没有一丝云,每一寸土地都吸收着绵绵不绝的热量,然后被太阳熨得滚烫,迅速升温。这块平地是用乌黑的原矿石一层一层累积起来的,它们刚刚从深幽的矿井里面挖出来时,还黏着一层湿泥,这是这座城镇特有的白泥。在吸收完热量以后,就会像突然长出来的棉花一样,裂开,然后露出白色的裂纹。

平地外散落着几笼竹林,在烈日下,越发佝偻。一大群人正靠着竹林休息,他们是附近的村民,妇女和孩子居多,其中大多数是女孩。他们正吃着又冷又硬的午餐,硬梆梆的米饭上点缀着几粒亮晶晶的油渣,这是猪油被提炼以后的产物,却是他们难得的美味。其中一个小女孩,看上去年纪最小,躺在一个单薄瘦弱的妇女身旁,刚刚睁开朦胧的双眼。

阳光照不到她，可是她依然觉得汗水像虫子一样，在她身上爬。蚊子嗡嗡作响，像一只绵软的大钟发出的余音。

那个妇女把手在衣角处擦了擦，小心翼翼地从衣兜里面，捧出两个用塑料袋包得严严实实，热乎乎的肉包子，递给她，接着拿出从家里带来的高树茶水，抿了一口，也递给了她，还细心地为她拭去黄澄澄如柿子般的脸上流淌着的汗珠。这个妇女应该是她阿妈。她兴许是饿急了，大口大口地吃了起来。可是她并不知道，这是那人刚刚送上来的。看着身后扁平的麻布口袋，她心里有些失落。要是那人看到，肯定又会骂她没用，连一小口袋煤都捡不满。或许，应该这样说，谁让她不是一个儿子呢？

忽然从半山腰上传来一阵卡车沉重的喘息声，原本正在休息的人，立刻扔下碗，拎起脚边的小麻布口袋与一把捡煤用的铁钩，像柴火噼里啪啦燃烧时迸出的火星，迅速飞奔到烈日曝晒的地方。没有人能够理解，对于他们来说，这是多么悦耳的声音。阿妈临走时让她慢慢吃，她却急急忙忙往嘴里塞了几口，也跟了出去。

斜坡下，熟悉的蓝皮大卡正颠簸地朝上爬来。所有人的眼睛都直勾勾地盯着在坡下挣扎的蓝皮大卡，恨不得眼睛里长出铁钩，能够把夹杂在满满一大车原矿石里的煤块钓出来。

地面散发出一股热气，氤氲在四周，荡漾在这块平地上，直逼人心脏。

所有人犹如大旱三年，等待甘霖普降一样，庄严地看着蓝皮大卡渐渐晃动上平地来。然后化作鸟兽，飞散开来，团团把车围住。干燥的粉尘在倾倒原矿石时漫天飞舞，纷纷扬扬地落到每一个人身上。而每一寸肌肤，仿佛因粉尘堵塞，新陈代谢都减弱了似的。有些女孩儿被呛得不行,但还是不肯退让一分。因为让一分,意味着少一块煤;而少一块煤,就意味着多一顿打骂。一个女孩子甚至匍匐着半个身子钻入车底,眼疾手快地抢了一块相当有分量的煤块,仍不满足地在车底摸索。

"不要命了?抢什么抢!"司机大呵一声。

可换来的是更多人的蜂拥而至。司机心情有些复杂地看了一眼这群恶狼,然后无奈地驾车下了坡。等大卡走了,她才开始寻找阳光下闪烁着光芒的黑钻石。

像腌在汗水里的萝卜,身体里的水分一点一点被蒸干的感觉,真的,很痛。

然而只是痛而已,幸好没有痛到连泪腺都肿胀而流下泪珠。

煤,命。

没命。

她那时不明白为什么那人非得逼着她去捡煤炭,而且那么多的人都要去。

从那一刻起她无时不刻地想要逃离。去远方,去太阳升起来就再也不会落下去的地方。

远方,就那样轰轰烈烈而又无比寻常地在她心里燃烧,直到有一天,把她的骨头都烧焦。

可是她不知道,在整座城镇,煤,就是他们生存的唯一凭借。

而她也不会想到,当她多年以后到达远方之时,并没有理想之中的那份憧憬。

即是,你已在远方,而他再不见。

而伤害,也会来得如此猛烈,以至于一直浓得化不开。或者,深埋心底,或者,再也不相往来。

二

仿佛她一直想要逃离的地方,最终会变成她再也逃不脱的地方。远方,除了在她梦里闪现以外,梦醒以后,除了被汗水浸湿的眉额,以及鼻尖一颗颗细密的汗珠,就什么也没发生。

三年前,她第一次离开家的时候,她赴煤厂找那人道别。这里的煤厂很多硬件设施无法达标,所以许多时候仍然以劳动力为主。

快要到午饭时间了,她知道他要出来给工友带饭,同时会推一车原矿石从井里出来,于是就坐在矿道尽头等他。

不一会儿,那个人果然出现了。她从来没有看见过如此狼狈的他。那人看起来黑黑瘦瘦的,正费力地推着笨重的车厢在铁轨上缓缓移动。带着一股井底特有的幽深味,他整个人犹如一幅印刷制品,散发着一股与油墨类似却充斥着煤尘的混杂气味,靠近一点儿,还会有一股重金属的味道。那是他从黑金子上沾染的,从白垩纪遗留下来的气息,那是一种与他性格格格不入,却又融为一体的沉重、厚积。

她心中涌上来的竟然是有些窃喜。当年那个总是举起厚实的巴掌打她的男人,总算是老了。

他弯曲的脊背,沉重的粗喘声,车厢迟迟不肯前进的样子……都在陈述着一个事实:这个当年嫌弃她不是儿子的男人,也老了,老到似乎连扬起巴掌的力气都没有了。她想,他不是一个好阿爸,她也不会是一个好女儿。

他的脸上扑了一层厚厚的煤粉,额头上的矿灯晕黄。他终于爬了上来,将车厢的挂钩解开,然后"砰"的一声,车厢里的原矿石就倾泻而出。车厢还有余音震动,粉尘也随之在空中舞动。

看到如此狼狈的他,她心里又涌上一丝丝心疼。这股感觉很快被她的神经系统强制性地压下去,逼迫着自己去想他的不好。

她恨他的蛮不讲理,他的封建迷信,他的自以为是。

就如阿公在入土多年以后,他根据风水八卦说辞,倔着说要把阿公的坟迁到别处去。她当时就在心里冷笑,他真是老顽固,她看他是想当官想疯了,想发财想疯了,或者,是想儿子想疯了。自从少年时候的她敏锐地察觉到他的刻意之后,就一直和他不对盘。

"讨债鬼,又来要钱?"他靠在车厢旁,从衣兜里摸出一根烟,熟练地点亮,缓缓地吐出一个烟圈。被蓝色烟雾包围的他,显得更加疲惫。

也难为他还记得在口袋里面放一包烟。

她默不作声,静静地看着他吸烟。

她记得小时候经常因为无意说错一句话,就遭到他的打骂。而每一次挨打的时候,那句"你怎么就不是一个儿子",正如毒药,一点一点渗入心底,发酵,然后膨胀,甚至有一天会爆炸。

而她也很想问,我不是一个儿子,是你的错还是我的错?

那次依旧是不欢而散。

她不知道的是,就在那一年,这座城镇的支柱——煤炭行业开始崩溃。大大小小的煤矿被强制关闭,无数人失去了谋生的手段。许多人背井离乡,四处寻活儿,使得原本热闹非凡的城镇,一夜之间就变得死气沉沉。

也就是在那一年，那人开始倒塌。自此无数个日夜里，他奔波在城市的喧嚣里，用他渐渐委顿的肩膀，继续扛着这个家庭艰难向前。

也就是在那一年，整个城镇都在无声无息中，陷入一汪死水里。满目都是萧条，落寞。

那是一场寂静，山雨欲来风满楼的寂静。

但是这次煤矿停工，并没有给她危机感。或许在她眼里，那人越不顺心，她就越顺心。

三

那些煤粒忽然变得透明，像冰糖一样，在阳光下闪耀着奇异的光芒，好像千万面镜子的反光。汗水充斥着每一个毛孔，全身上下都如浸泡在海里的浮游生物，线粒体在她体内发酵出一种特别的酸味。

一年前的她总是会持续不断地做着这样一个梦。

那时她半夜被吓得醒来，看到桌子上，那挂满鲜艳灯笼的试卷和那张大红色的请帖时，心脏仿佛就有一股冰冷的血液在不安分地流窜，那股寒意从心底最深处涌出来，到达眼角，却变成滚烫的泪水。

她清楚地记得在家族祠堂里，她哭着跪着求那人让她去读书的时候，那人提出让她窒息的条件。

他说，如果你考不上，就永远不要妄想再有自由。

她多想考上大学，走出大山，去远方，多想一觉醒来，就已经在远方。她不想一辈子被别人操控，不想如阿兰一样，才16岁，就被逼迫着，即将穿上阿嬷的旗袍嫁做人妇。

而如今,她用尽心头最后一滴血,结果依旧萧索。而她心底里的呐喊,依旧从未消失。

那年暑假,阿妈劳累卧病,阿兰结婚,煤矿停办……一切都在以她不可接受的方式极端变化着。

然而好像只有那个人,日子依然过得逍遥,至少,少了她在他眼前碍眼。

七月的沉闷,压抑着她内心对舒畅呼吸的渴望,天空中响起一道惊雷,天空像是被撕裂了一条口子,阴森可怖。

阿妈躺在床上,骨瘦如柴,脸色如菜。她有些发抖,她愤怒,为什么阿妈会变成这样。而那个罪魁祸首,却依然在阿兰的酒席上一如既往地打牌。

她气冲冲地出了门,来到了阿兰的婚宴现场。阿妈的面皮黄瘦,犹如灯枯,与眼前这个人的舒坦,令她从心底再次涌上一股怒气。

她,再也忍不下去了。

她一步一步走近那个在西南方坐着的人,脑子里嗡嗡作响的,全是那人对她打骂的场景,耳朵里热哄哄的,什么都听不见。她抓起桌上的牌,狠狠地朝着他的脸扔去!

"阿妈病了,你好歹有点良心,去挣钱啊!整天游手好闲!"

他先是一愣,然后面目开始变得狰狞,原本布满皱纹的脸更加恐怖。天空划过一道闪电,大雨倾盆而至。他硕大的巴掌又朝着她的脸落了下来,同小时候无数次被打骂一样,只是,这一次她不再畏惧地闪躲。

她死死地盯着他的脸,视死如归。那响亮的一声,让在场的人认识到了问题的严重性，不再冷嘲热讽，连忙拉开了这对父女，开始劝架。

"只有你，最没有资格说老子，读书让你读昏了头吗？白养了！"他的眼睛变得猩红，有一团雾气徘徊在附近。

原本以为又是一顿毒打，然而这次，他居然没有再次举起巴掌，反而落下了一滴浊泪。

虽然那一巴掌如爆竹一样，把她炸得粉身碎骨。痛，心里却涌起一股报复的快感。从前这个男人种种恶劣的行径在她脑海里翻转，如排山倒海般，各种感情喷涌而出，五味杂陈。

那一滴泪如大风一样，把她吹得左右摇摆。那股报复的快感消失以后，取而代之的是一种被剥离的无助感。

她从来没有见过他流泪，就连当时新买的摩托车被偷走时，他也不曾落泪。她原本以为他的心很硬，没想到，如今的形势却让她陷入了迷惘。

接着他像疯了一样，面色沉重，一步一步地，来来回回地，不停地在她面前走着，同时不停地抽打着自己的脸。那距离很短，却足以把人的心撕碎。那响亮的巴掌声音，如过春节时候的鞭炮声，带着庆祝与祭奠，正如他和她，就是这般矛盾。

这个结果，不是她要的。

她只是想要那人对她好一点，而不是如此的决绝。哪怕是一点点，她都会很知足了。她知道她没有达到他想要一个儿子的要求，她知道他封建迷信固执，可是她还是想要那一点点他的温暖。

可是她不知道，那人以前每天夜晚在幽深的井底想的是，今天一家人的生活费有着落了。那人在很早以前就已经认命了，那人之所以封建迷信,也是为了后代显达。阿妈病了,他也送过大医院,信过迷信,用过偏方,然而就是不见好。

她只是呆呆地盯着他,除了哽咽,一句话也吐不出来。或许是那股从心底涌起的寒意提醒她,她清楚地听见心脏被烧焦的声音。

阿爸,背我。

阿爸,我要糖人。

阿爸,我想买本书。

……

那么大的人了,还不知道自己走?最后一次。

我们要机灵的小老鼠好不好?

等发了工资就给你,你再等等。

……

今年夏季,油菜长势很好。

她看见那人穿过一片金黄色的油菜田,如天空中金灿灿的晚霞落到了这片油菜田上,空气中弥漫着植物油最原始的芬芳。烈日炎炎,那个人正挥动着镰刀,放倒一片片金黄。阳光照映着他沟壑纵横的脸,成溪的汗水闪烁着光芒。

她动动嘴唇,那两个字犹如千斤重,始终未能再次说出口。

他抬起头,挥洒汗水的镰刀停顿在浑浊的空气中。

其实从那个风雨交加的夜晚,她忽然明白,她一直想要那人成为她理想中的阿爸,不再给她束缚,而那人按照自己的原则活了大半辈子,怎会如此轻易就转变?同时她也忽视了自身的缺陷,一直只顾远方,才造成那个剑拔弩张的雨夜。

所以生活,往往比理想要来得惨烈,也更令人动容。无论眼前的人与她理想的父亲差距有多远,但血浓于水,终究不能摆脱这束缚。

而他,从未想过束缚她,只是一直在目送她去远方;而她,一直想要去远方,正是因为有了他的网,这一路才不孤单。

或许途中还可能会有想逃避,会有想哭泣,会有迷茫。而这一路,只顾风雨兼程,其他的便都会化作风景,留在那个风雨交加的路途之中。

她和他,无论多么翻天覆地,毋庸置疑的是,他们依旧是父女。

而不再见,也许是说不出再见,也许是永远再也不见,也许是不要说再见。

四

我们正如一场大火之后残留的草木灰,伴着焦味,被大风扬起,满天飞舞。这时才会渐渐明白,什么是爱。即使每个人都有自己不同的表达方式和守护方式,但是爱始终如水墨青花,温暖细腻。

而这一路经历的艰辛与翻江倒海,都是成长的必然。

而成长就是你终于明白什么是远方。

你已在远方,而他不再见。

(作者学校:四川省乐山市沐川中学)

专家点评

读吴艳华这篇文章,让我感到很忧伤。作品语言叙述缜密,一环扣一环的情节,把底层人的辛酸写得淋漓尽致。

作品讲述女儿在成长阶段与父亲情感不融而导致恨。父亲因在煤矿工作,他希望她是一个儿子,这样能分担一下家里的负担,可是她却称父亲是"那个人",她不理解由于生活的艰辛使父亲脾气暴躁,抬手打人是经常的。直到有一天,她看到"那个人"抬起了手不再打人,而是流下泪水时,她终于明白自身的缺陷,自己一直只顾远方,而现实生活,往往比理想要来得惨烈。成长过程让她终于明白,什么是远方。

> 我是四川省宜宾市第三中学高二年级的杨启彦。曾经在化学、数学竞赛初赛中获一等奖,NOIP四川赛区二等奖。喜欢听古风歌,偶尔填词,喜欢游泳;曾在校刊《星火》发表《调笑令》。

杨启彦

你已在远方:长行

那是曾挑破长夜的一缕曦光

在你轻阖的眼上　深深浅浅　明明晃晃

似正呢喃　却不声不响

梦过一场又一场　鼻尖新雨香

蹄印散在天风长　踏过谜底　飘荡

——如果　不问远方　只顾流浪

草初绿　叶尚黄

山石静默　如死魂灵的江

半秃的桃樱枝　有娇蕊芬芳

是否　只有预见了结的心　才炽热滚烫?

惊惶于这一场杳无终点的守望

——如此　不问远方　只顾流浪

深情一似无情状　不停歇　不回望
埋骨的　不该千万里风霜
若旅途只是身后高冈
何必整装　抛了皂瓦白墙

马蹄疾时　却都笑郎
——如何什么都不想　只顾流浪

（作者学校：四川省宜宾市第三中学）

专家点评

　　这是一首关于流浪的诗。与三毛的《橄榄树》的执着不同，此诗有着"不问远方，只顾流浪"的决绝。作者在"如果"、"如此"和"如何"的句式转换中，传达了"忘记远方，才能到达更远的地方"的情念。作者需要注意的是，在古典诗境和现代意念融合之间，避免落入文人式的凌空虚蹈和空泛的遐想。

> 我是太原五中高二年级的张艺璇。读万卷书,行万里路;品音韵之美,享电子之乐。
>
> 2009年于《小学生爱学习》杂志发表文章《如果我是一只猫就好了》;2012年参加纪念狄更斯诞辰200周年"我们的时代——创意写作与纪实摄影大赛"活动,并获三等奖,发表作品《给我一个这样的时代》;2012、2013年参加山西省"飞翔杯"作文联赛获三等奖,发表作品《一个叫做家的地方》和《最好的医生——慢》。

张艺璇

思念远方,而在远方

我们都已在远方,男人把历史带去远方,女人被历史带去远方。

——题记

我应该如何阅读一个旅人的故事,才不会惊动他脚下的波浪;我应该如何窥探一个远航者的内心,才不会打扰他妻子的目光?历史已孕育出破冰的力量,我仿佛看到无边际的透明冰河上,一个人远走,步履起落间,冰层脆声而裂,露出水,晃动云影天光。

时壹【冲淡乡愁】

历史以温情的牛羊模样,恣意游走于古远的兵荒马乱的年代。

她浣了采桑的手问道:"君欲去何方?"

他倚着柴门望着一纸征书:"王之命,在远方。"

君子于役,不知其期,不知其地。男人的脚步铿锵,迈过故乡的苇塘,故国的丘陵,去征服从前不属于自己,之后亦不属于自己的远方。

行行重行行,与君生别离。女人的心好似衣装襟上的盘扣,一个布环紧扣着一个布锁,用悦君的妆容等一场久别重逢。当日之夕矣,羊牛下来,他仍未回来,便解了这束缚,换上麻布衣裳,与三五个农妇,手挽着竹篮,索性把裙角系到腰间,采摘茱苢,或手捋草籽,或用裙子兜着采好的草药……用闲谈与歌声赴一场自然之约。

那时,当卸下荷了许久的锄头,握起剑影刀光,合着君王的鼓点迈出篱墙的第一步,他已因未知,属于了远方。当锁了同眠的合欢被,解了红绳做的相思锁,抱薪举爨点了第一缕柴烟,她已因转身隐于自然,属于了远方。

时贰【探寻秘境】

历史以翻卷的舟帆模样,肆意搅乱着晚近的寻常日子的岁月。

她盖了鱼子酱的罐缶问道:"夫君,去哪里?"

他低头补着网绳:"生之秘,在远方。"

男人的路好似一网叠了的网,唯有抛向自然,才明了个中纹路。而自然,有它的馈赠法则,强壮的或能战胜溪儿,灵巧的或能战胜鱼儿,读懂风雨河网的或能辨明来路,但贪求远泽的或难走对归途。渔夫搏胜了最易怒的河湍，换来一尾午餐；渔夫疏忽了暗礁遍布的门前河流，换来一溪祭品。

女人的心好似一根穿了线的针，把温情缝给远游不归的夫君，一针一线地将异乡的风雨挡住。线尽针钝，女人也老了。瀚海无路，唯有等字，不妨托星月当差，若她裁得一截银白的咸布，渍痛了伤口，她便知晓，无法归来，你已在远方。

那时，当人习惯在自己的路上觊觎另一条路上的风景，在自己的海域觊觎远洋的渔获，带着恩怨悲喜撒网，他已因搏斗自然，而在远方。当女人打了一个死结，将自己咬断唾到窗外去，好比一尾鱼苗拼命向相思网中钻去，她已因思念远方，而在远方。

时叁【征服未知】

历史以一个人的航图为坐标，风卷残云了世界的汪洋。

卡雷塔甩去溅在草裙上的水暗问："你从哪里来？去哪里？"

他全副武装，身佩长剑，活像卡斯蒂利亚的保护神圣地亚哥：

"我向往黄金，

因为我渴望一颗高贵的心，

终于，我来到这一带常年积雨的森林。"

卡雷塔并不知道，这个名叫巴尔沃亚的年轻人乘木箱漂泊到巴拿马海峡的达连，不只是一场旅行。

同所有远道而来的文明人一样，他自踏上这世外的土地起便开始了蹂躏和屠杀。暗红与泥土分不清颜色,他用救世基督的口吻为这南美群岛的文明赎罪,却将文明的缔造者屠杀殆尽,成为这一岛国的殖民主。

而卡雷塔生于这片狭长的土地,幼时玩耍的滩涂被情郎血洗,曾一同劳作起舞的伙伴一个个倒下,曾身为酋长的父亲对丈夫毕恭毕敬,只为了同他一道统治这片已了无生气的土地,即使在这里父亲血刃的是曾经的父老乡亲……

她似地母一般,不懂手足相杀的快感,她似未涉世的孩童,不懂征服带来荣誉的满足。她似故乡的一棵树,静默地看着咆哮而来的铁骑挥扬尘土,不解终会有一天尘埃也落地,为何要这混乱的须臾;她似守望的一块石,看乌云卷着千万人的泪滴也要向统治远方进军。

我甚至不能想象一个女人什么时候开始拥有这样的眼神?她用彻悟的眼神不解着,独立抵抗大秩序的支配,她将无法从同族或异族取得力量以支持这沉重的抵抗,她是宿命单兵,直到寻获足以转化孕育任务之事,慢慢垂下抵挡的手,安顿了一生。

不忍对视那双狂热的眼睛,她问:"你……要去哪里?"

"我要黄金,因为我害怕一颗被囚禁的心。

我要去进行最伟大的探险,向远处的海岸找寻。"

"别去,远方危险重重。"

"第一个发现者,是流芳百世的名号。"

"别去,根本没有黄金国。"

"不,一定有的,一定有不为人知的海岸,不为人知的海洋,不为人知的黄金国,在不远处,等我第一个去见证。"

他的远行开始,藤蔓指引着潮湿的方向,滑苔描画出危险的寻宝图。

闷热、潮湿主宰着热带雨林的味道。当地势逐渐升高,阳光灼烧着皮囊,丝毫海风的腥咸都没有传来,敏感的巴尔沃亚却已嗅到海洋的气息。

他要单独前往,要成为在横渡了我们世界上最大的海洋——大西洋以后,见到另一个尚未为人所知的大洋——太平洋的第一个西班牙人、第一个欧洲人、第一个基督教徒而载入史册。他的步履因这伟大的翻页而颤抖着,当脚下的一粒石子无声无息地滚落,他已明白,那落入的地方便是无际的深蓝。登顶的那一刻,在他的心中完全被这样一种意识所陶醉:他的眼睛是反映出这无涯海洋的蓝色的第一双欧洲人的眼睛。

所以,1513年9月25日,是人类知道地球上迄今未知的最后一个海洋的日子。所以,同菲莉帕·莫妮兹·佩蕾斯特罗一样,这些立于桅杆背后的女人成为迄今未知的名字。

那时,当男人的兵戎相向为寻找彼岸献上无数生命的血祭,当征服的欲望如藤蔓绞住航海者和探险家的眼睛,当远方的诱惑使上千万印第安人成为奴隶之后,又将上千万欧洲人变成奴隶,男人已因欲望成为女人终生难懂的远方。

当男人和远方的抗衡没有止尽,当他摇起旌旗与自然宣战的那一刻,女人已作为牲礼,祭奠给这场战争,输给了远方。

时肆【始创远方】

历史以滚滚的车轮前进到这太平洋的1896年,晃动着风雨飘摇的日子。

卢慕贞怀抱着刚出生的二女儿："一定要去吗？你医术高明，安稳过日子吧……"

"做医生尽其医术，不过只能救几条人命；而从政反满，则能将无数人民从黑暗、痛苦中拯救出来。所以欧美不得不去，再远也不能阻碍。"

丈夫迈出翠亨村，向千里外的城镇鸣起第一声枪响，昏暗的清朝大地纵使多了些血色，但终究开始了涅槃；丈夫出走檀香山，用隆隆的汽笛声向大洋另一端招揽贤才，奔走于异乡找寻家乡的希望。

他被建立新时代所呼唤，千万亩华夏土地将因他的一纸将令，褪去清官朝服重整汉族衣饰；他被创始新中国所驱使，万千的炎黄血液将因他的一场革命，奔涌向远方。

诚然，一个人的奔赴，叫革命；

但一家人的奔赴，叫牺牲。

此时的卢慕贞搀扶着年近七旬的婆母，领着四岁的儿子，抱着尚在襁褓中一岁多的女儿和大嫂等一家五口逃到檀香山。她决定开动沃野，全然不顾另一股令人战栗的声音询问：

"你愿意走向不为人知的远方？"

"你愿意亲自渡一行人，直至板漏船沉？"

"你愿意独自承担困厄，做一个没有资格绝望的人？"

"你愿意逆风前行，用体温裹挟着负担前行？"

"我愿意。"

"我愿意。"

"我愿意担起这个家庭。"

公公孙达成病重，是她寸步不离，亲奉汤药，照料送终；接着婆婆

张艺璇

思念远方，而在远方

又双目失明，生活不能自理，还是她一日三餐，端茶送水，端屎端尿，生活起居都是她一手照料，甚至婆婆身上穿的衣裤鞋袜全都是她亲手缝制。就算躲藏于荒草暗自垂泪低泣，亦能感受熠熠繁星唤她清醒，等噩梦的儿女唤一声母亲；就算掩耳于海洋中，亦被海浪冲向背离丈夫的远方，以臂为桨，载守家的使命远行。

然而在1913年那一夜，澳门龙山村一号小院子里没有一丝风和生命流动的迹象，悲伤的空气似乎都要凝结成压抑的固体。19岁的长女孙娫奄奄一息地躺在病榻上，呼吸已十分困难，几乎失明的双目毫无光彩地半睁半闭，瘦黄的脸上布满了对生命的绝望。

忽然，一群从远方飞来的异彩蝴蝶飞进了这寻常的小院，待悲恸的泪水滑出卢慕贞的眼眶，只见女儿身上缝补多年的布衣换成丝锦，白色的翅膀如烟，又重飞向远方去。霎时，她的三寸小脚再也支撑不住沉重的悲痛，两眼一黑，扑倒在满地的蝴蝶雪上。

终于，微风吹拂黑夜，是翻开了黎明还是更深沉的黑？

答案呈现在两年后的日本东京火车站。

此时，蒸汽火车发出一声凄厉的长啸，检票员叽里咕噜地高声呼喊着，火车马上就要出发了。随着这声长啸，卢慕贞的心一下子收紧了，饱经风霜、布满皱纹的脸上充满了愁容。她含着泪，强撑着那双小脚爬上了火车，靠在窗口望着站台上的丈夫，火车慢慢地启动了，车轮碾轧在铁轨上发出一声又一声富有节奏的轰鸣。车身和离愁一道缓缓前行，窗外的景物和往事一起向后飘移。

她想起了自己30年前嫁给丈夫的热闹场面。她记得迎亲的地点设在老宅左边一间新建的平房里。按当地的风俗，孙家还在新房里立了一块字牌,上面书写着丈夫的字"德明",两旁又书写了红底黑字的对联:"长发其祥,五世其昌"。

风光依旧,甚至更加光耀门楣,可都与她无关了。

火车的汽笛又一次发出震耳欲聋的长鸣,车轮也加速运转起来。丈夫随着开动的火车向前奔跑着,并且向她伸出手来,想拽着她的手与她告别,却一把将她挂在胸前的佛珠拽住,佛珠被扯断了线,"哗啦啦"地纷纷四散滚落车外。他十分愧疚地大声喊道:"回澳门后,不要念佛了,要信基督!"

清冷的澳门院落守着半生的回忆,余生由她守着这孙公馆颂他乡的圣经。枕下的那蝴蝶花粒搓揉后散出淡薄的香味,没有悲的气息,也不嗟哦,萦绕在离婚协议书"孙中山""卢慕贞"的周围。

那时,当动荡注定了不同的远方,用兵卷残云成全了他的豪情万丈,他已因把历史带去了更远的远方,而在远方。用终生侍奉成就了她的默默无闻,她已因被历史带去了荒芜的远方,而在远方。

时伍【彼岸相送】

历史以如飞的翅翼模样,翱翔在如今的安稳的航道线上。

一双慈爱的双手抚着他的头顶:"儿子,你想去哪儿玩?"

拨开双手,戴上自编的"草帽":"我要去丛林探险。"

她跟得上。

一个满是绿色的远方,动物是他的猎手,捕捉不为人知的童话,风筝是他的信使，打探远郊城堡的奥秘。

猝不及防地望着偷溜出去的人说："喂，去哪儿？"
一个挥手的背影。
她看得见。
一个满是新奇的远方，沙子不是城市里的灰黄色，竹子编的角楼里没有补习班的横幅，她何尝不向往？

一双小心翼翼的胳臂搂着他的肩膀："宝贝，去那儿好好的！"
他强忍她的深情与自己的眼泪："妈，别担心我，报个老年旅行团，享受去吧。"
她追不上。
一个更喧嚣更吵闹的远方，霓虹不是小城里的LED色块，咖啡不是三合一的速溶，写字楼里有比学校板凳更舒适却更不舒适的转椅。

此时，他想他们玩着背对背走的游戏，但没有，她永不会背道而驰，更不会驻足目送，而是同行于彼岸，他有他的远方，她有她的远方。

【若问前路】

你若问，何处是远方？
他回答：一定有自然的礼赞，我们可以折桂；让绝望者重逢朝阳，让斩浪者划破新纪元的曙光。我们不可在中途靠岸，也毋留恋家乡，追不可追之境，企无人企之处。

她回答：一定有甘美的住所，我们可以靠岸；让负轭者卸下沉重之轭，恶疾者皆有医治的秘方。我们不需要在火宅中乞求甘霖，也无须在漫飞的雪夜赶路，恳求太阳施舍一点温热。归应归之乡，返应返之初。

种种承诺，皆是火燎之路，问路时不知，走路时亦不知，但相信，迈出第一步，你已在远方。

（作者学校：山西省太原市第五中学）

专家点评

虽是女生作文，却有男子之气。文中感叹历史对于男人"王之命在远方，生之秘在远方"，而女人之命"因思念而在远方"。无论西方殖民历史中的男人与黄金、女人，还是东方独立历史中的男人与革命、女人，都充满了大历史和个人之间悖论式的关联；而今人之远方，无论多远，都仿佛在近前。无论历史还是当下，无论上层还是下层，个人对于历史，往往都是一步即天涯。文章结构显得有些失衡，表述不够紧凑。

> 我是北京市一零一中学初一年级的章佩芷。在学习生活之外,我喜欢阅读,尤其钟情于散文小说。经常抱着书坐在沙发上品读。我还喜欢写作,每当读完一本书或看完一部电影,激发我的内心,便会执笔记录下我的感受。作品曾经发表于学校校报。业余时间,我还跳健美操和弹钢琴。班级组织外出参观,我是清朝历史的讲解员。

章佩芷

难忘的,还是那片深蓝

中国守着三万六千里海岸线,从郑和之后就再也没有向大海远处驶去。一个放弃海权的民族必然要在海上吃亏,一定要走向深蓝,走向远方。那广阔的大海上,有着我们对生活的憧憬,对国家的期盼。或许有一天这份理想会消失于大海中,奋起的精神却依然永驻。

——题记

"世界上的每一次大海战,都将决定两个国家的命运。"

一次偶然,我在电脑上看到了《一八九四·甲午大海战》这部电影。满怀着热情,点开网页。只看了不到一半,泪水便不由自主地从眼眶中滴落下来。待到电影结束,衣襟已被泪水浸湿。窗外,风儿唱着忧虑的歌独自走过了这个夜晚，天上的云朵落下了激动的泪水。

之后的一段时间里，我时常想起这部影片，断断续续地思考。脑海里重新串连出一幕幕影片回放：

片段一：1877年，一批带着强国之梦的学子远赴英国皇家海军学院学习驾驶大型铁甲舰技术。四年后，邓世昌带领大家驾驶清政府以重金买回的铁甲舰返回祖国。从此，中国的领海上出现了一支震撼世界的强大海军舰队——北洋舰队。在他们的老同学中，有一批日本同学，也怀着同样的梦想，驾船驶向太平洋中的日本岛，迎来"明治维新"思想。

片段二：1888年，山清水秀的颐和园落成，修建的费用竟然是北洋海军的军费，这令"致远号"管带邓世昌不满。他为人正直，刘步蟾总兵的小妹在回国时便爱慕他一表人才。可邓世昌上有父母，下有妻儿，并没有接受。小妹从英国带来喜讯，英国要卖出一艘新式快速军舰，可中国国库空虚，已没有钱购买军舰。而日本则在天皇带领下，抢先购买了军舰，这便是"吉野号"。

片段三：邓世昌奉旨巡逻领海。路过广东番禺，他回家看望家人，却不知这一离别已是永诀。北洋军舰奉旨护送陆军登陆朝鲜，邓世昌告别相送的小妹，毅然驾驶着"致远号"，牵着爱犬"太阳"随舰队驶向远方的大海。返程途中，在黄海大东沟海域，爆发了人类历史上第一次大型蒸汽机铁甲舰队的大海战。大东沟海面上，远方飞速的炮弹打在海上与军舰甲板上。三个多小时，北洋舰队三艘军舰沉没，而日本一艘未沉。弹尽之时，邓世昌挂上冲锋旗，披上斗篷，指挥"致远号"穿过水柱如林的海面，冲向日本"吉野号"。"今致远号若有不测，世昌誓与敌舰同沉。"

最终，多发炮弹的攻击，结束了"致远号"的命运。邓世昌拒绝了战友的救助，抱着爱犬"太阳"，怀着报国至死不渝的精神走向远方。

片段四：威海刘公岛，日舰的三发鱼雷，成为北洋舰队的终结点。一支曾经震撼东方国家的强大舰队，瞬间灰飞烟灭。120年后，清朝海军将士们的子孙带着一张马尾船政学堂的老照片走过他们战斗的地方，将这张照片投入深海。在深蓝色的海底，静卧着一艘锈迹斑斑的北洋军舰残骸。

坚定的意志与正义的精神在款款流逝的遥远岁月中静静地观想。

我，大清的海军将领，面对这一场中日海战，一定不会选择海军提督丁汝昌莽撞的作战战略。我头脑要冷静、我大脑出智慧。日军正处于主力攻击，在被动的状态下，我会撤掉两艘攻击力较强的舰船。在排水量达到高质量的情况下，到外围进行包抄。在日军夹击的同时，我军也实施攻击，形成圆形包抄，痛击敌舰。站在舰船上，我命令"定远"、"镇远"两艘铁甲舰引诱敌人追逐，它们的装甲坚实不易被打穿。"超勇"和"扬威"保护两艘铁甲舰，阻止旗舰起火。"超勇"向"致远"与"经远"这两艘快速巡洋舰发射信号，命令它们向日军外围展翼撤退展开攻击。内包围圈的"定远"铁甲舰发射最后一发榴弹击中日本"松岛号"弹药库。在炮弹用尽，发出投降信号时就是外包围圈两艘快速巡洋舰和"福龙"鱼雷艇的攻击时刻。鱼雷艇发出第一颗鱼雷击中"西京丸"，使其向水下沉没。大量炮弹积攒起来，攻击日军航速缓慢的"赤城"、"比睿"等三艘军舰，节省炮弹火力瞄准日本"吉野号"。这是日军最快的军舰，它的航速比我军"致远号"还要快。一旦击沉"吉野号",将重点打击日军旗舰"松岛号",连续发射重击日军旗舰的舰身,北洋舰队即可获得胜算。

"世间万物,优胜者生存,民族国家亦如此。今中华民族若不奋起,必将为人类历史所淘汰。"

严复翻译的《天演论》中的这一句话,令我振奋,让我知自强。

中国与日本一个世纪一次战争,从甲午战争到抗日战争,输赢明显。一百年前的世界,每天的吃喝玩乐占据了全部生活,清政府自乾隆时期闭关锁国使生存在小世界里的人看不见外界的强大。大清的货船一出港口,就受到外强的掠夺,野心大一些的,出动军舰打压我们。中国进出口的物资,在那个时代着实吸引羡慕的眼光。但很快,变为歧视的眼神。

一个条约赔了两亿五千万两白银,这样赔本的生意万不能再做下去。这种不平等是欺负人的技巧。待国力发展,找一个时机销毁这条协议,神不知鬼不觉地以牙还牙,让国外列强明白,中国不再是一会儿躺下一会儿站起的懦夫!

渐渐地,窗外的云朵停止哭泣,带着理想,在远方的天空上孤独地徘徊。我的双眼逐渐闭合了,一滴泪从脸颊上流过,耳畔再次响起《一八九四·甲午大海战》中那首悠扬动听的歌曲:"当海风吹过,你已在远方,记忆里,那是一个秋天;当明月升起,你已在远方,银光里,留下一片深蓝。泪水从每一张脸上洒落,心里的痛要一百年。任长发飞扬,滚滚风烟。追寻你,我要扬起风帆。随浪花飘去,波涛万里。难忘的,还是那片深蓝。"

你,已在远方。

（作者学校：北京市一零一中学）

专家点评

　　这是一篇精彩的电影评论,文章构思宏阔,以《一八九四·甲午大海战》这部电影为评论蓝本,以甲午海战百年这样大的历史背景为前题,探讨与政治、历史、情感有关的问题。

　　作品的整个结构围绕着"你已在远方"这个主题,探讨了价值观、民族感及政治倾向问题。甲午海战这段历史虽然已过去百年,但当下的人们不会忘记……这是一个沉重的话题,这个话题对于一个初中生来说,写作是有难度的。但是此篇文章却很好地把握住了主题："待国力发展,找一个时机销毁这条协议,神不知鬼不觉地以牙还牙,让国外列强明白,中国不再是一会儿躺下一会儿站起的懦夫！"

> 我是抚顺市第二中学高二年级的赵格。我性格开朗大方,爱好广泛,喜爱写作、绘画、读书、摄影、电影、旅游。多次参加全国英语、语文竞赛,曾获"双龙杯"全国绘画大赛金奖。现担任校杂志社团主编,负责征稿、审稿、杂志后期制作及组织活动。

赵格

不可逃避的人生

我们不可能逃避人生。

——题记

【开始】

下雨了。

我拖着湿嗒嗒的行李,走进了海岛唯一的一家酒馆。已是凌晨,昏黄的灯光单调地照射,把里面为数不多的几个人的脸勉强照亮。

"你来晚了小丫头。"其中一人笑道,"麻将人数已经凑够了。"

我径直走到前台为自己倒了一杯热茶水:"不要紧,你们玩,我看着。"

【东】

我的名字叫东，父亲起的。

小时候，对父亲的印象，就是他埋头缝补密长的渔网，一个下午都不抬头。或者爱惜地打量他的小渔船，像巡视自己领地的公狮子。

不过这头公狮子所拥有的，也不过就是几张渔网、一条小船、捕鱼工具若干、一间自制小房子、一只体弱多病的母狮。以及，一只不肯承其衣钵的小狮子。

我们家祖辈都是岛上的原住户，多数人一辈子都没离开过这个海岛。他们一生中最大的愿望，就是继承一技之长，挣一间房子，组建个家庭，有几个后代，衣食无忧。

除了我。

亲戚中，从小数我念的书最多，学得最好。也因为如此，我知道在岛之外的地方有这里没有的高楼大厦，有无法想象的车水马龙、灯红酒绿。

所以我不甘心，不甘心把一辈子都耗在这个没什么前途的小岛上。

那段拼命读书的日子早已淡忘，只记得因为擅自做主报名高考与父亲闹翻，一个人乘船去了陆上县城完成了无家人陪伴的考试；只记得收到录取通知书后与父亲在餐桌上对峙；只记得自己愤怒地高喊："你以为谁都乐意和抓鱼那烂营生混一辈子？"只记得父亲一言不发起身离去小船那里抽烟，母亲在桌边抽泣。

我最终去念了大学，拎着行李站在船头，看着远去的海岛，我听见心中的自己说，不回来了，一辈子都不会回来了。

大学生活并无想象的色彩,除了名字太俗惹人笑话外,反倒是毕业时投简历屡投不中令人灰心的过程记忆犹新。后来,我被一家渔业公司录取,做了一名船员。

世上最可笑的事情,莫过于你想逃开的,最后反倒救了你。

船员是个辛苦的工作,常年奔波在海上,鲜有休息。回家也变成了一个从不实现的名词。唯一庆幸的,收入尚可。

做船员第七年时,接到家里的电话,父亲恐怕是不行了。

回港、火车、汽车、坐船、岛上巴士……我回到了十一年未归的家。录取通知书被郑重地贴在家中最显眼的位置,父亲躺在床上,神志不清。我靠近他时,被他一把抓住。

"你知不知道,咱家东小子顶出息,上了大学,还在岛外面找了工作,开的可是闪闪亮亮的大轮船……过两年就能娶个漂亮媳妇,啧,生个胖小子,羡慕死你哦……"

来看他的人来来往往,他反复说的,都是这几句话。

他走了,我把母亲的哭声关在身后,一个人去看他放在角落的小木船和渔网——它们已落满灰尘,破败不堪。但它们所带来的财富,全变成了打在我卡中的,源源不断的学费和生活费。

五年后,我果真开了一艘大轮船回来,它现在是我的了。不仅如此,我也娶妻生子,并把母亲接到城市生活。不想岛上翻天覆地,只能问路。

乡人热心地指了路,咧嘴笑:"听口音,先生是外面来的吧,是挺远的地方吧?"

【西】

我是西。

作为一个女孩子,小时候做过的白日梦中自然是有一样,要嫁给一个言情小说里帅气多金温柔绅士的男人。所以在大学的演出中,我第一眼就看中了我的那位良人。

之后便是主动地接近、示好,放下女孩子应有的身段和姿态,去讨好、去迎合。即使不是优越的家境,却舍得买很贵的礼物送他;即使是从小被宠爱不做家务的公主,也心甘情愿帮他打扫,给他做东西吃。

他说在一起的时候,我以为我是世界上最幸福的人。

然而一年之后我们就分了手,他的家人不承认我肚子里的孩子,朝他哭诉时,他冷漠地说:"既然他们都不承认,那就结束吧,反正我也要结婚了。"

我一个人去医院做了流产,不,还有一个一直追我的男孩陪着。

那时我看不上他的笨拙,看不上他的木讷,看不上他追女孩的技巧。可最后,接受我连同我不堪的过去的,却还是他。

可他最后还是死了,结伴而行的旅游中,车祸里,他把方向盘左转,自己撞上卡车,副驾驶的我,几乎无恙。

现在我带着已经会说话的女儿来这儿,让她看看爸爸出事的地方,让她喊一声爸爸,也是提醒自己究竟该珍惜什么。

"妈妈,爸爸去了哪儿,为什么不回答我?"

我摸摸她的头:"爸爸去了远方。"

【南】

"南,放学去打球吧?"

那时候,大家还是互称好兄弟的时候,打球、比赛、逃课、补习、追女孩子。他见证我翻墙去网吧裤子被铁丝划开大口子露了屁股,我看过他结拜兄弟时头回喝酒呛得满脸通红。

那时候大家还都很穷,拿了不及格,本来就少的零用钱会被彻底停掉,整个月吃饭要靠对方接济。如果非常不巧同时惹了祸……就只能一起对着热气腾腾的面条吞口水。

那时候最大的梦想,是攒钱去海那边的岛上玩。可无奈成绩太烂希望渺茫,我还义愤填膺自暴自弃地练了几个月游泳,被他发现,笑倒在山坡上,然后跳下水和我一起练。

"没事,南,大不了,咱们游过去。"

我从未想过,他会骗我。

我们都是学习艺术的,高校招生时,他抄袭了我的设计,加上他本身比我强的水平,成功被大学招走。不知真相的家长还特意开了庆祝会,一脸惊讶地说我们家这个不争气的居然也有这么一天。

我却在这片热闹中挥拳打他,地上的碎玻璃划伤了他的右额。

我随别人出去闯荡,跟风做小生意。大起大落了很多年,终于混出一点名堂,开了家不大不小的公司,在当地也算个人物。

公司新员工经验不足,满脑子都是周游世界的梦想,失手损坏了一台昂贵的机器。秘书汇报过来的情况,是这个年轻人家庭条件不好,处境十分艰难云云。最后我放弃诉讼索赔,扣了一笔钱,算是了结。那员工提着土特产向我道谢，我说都不容易，拿回去吧。

又赚了一个好口碑。

公司的年终庆祝会我安排在这个小时候心心念念的小岛上，对员工讲了我儿时的梦想，还跳下海与众人比赛游泳，赢了一片喝彩。

宴会时那员工领来自己的父亲："爸，你看，这就是帮了咱家的恩人。"

我看着他右额那依然明显的疤痕愣了，他看着我，嘴角颤抖，然后还是恭敬地低头向我道谢。

我犹豫再三，最终将话咽回肚子里。

"南，你说，那座岛远不远，咱们能游那么远吗？"

【北】

我是北，可它不是我真名。

和这张牌桌上的三个人相比，我最小，还在上学。

我是一个人来这儿的，胡乱地买了一张票，上岛，遇上大雨，又恰好会麻将，便凑了一局。

我大概是四个人中最没有故事的一个。厌倦了与父母吵架，与朋友相互指责，没有追求自己的人。做一个懂事听话的乖孩子，努力学习，却长久地毫无突破和进步。

疲倦、茫然，又有点绝望。

我说，我不知道梦想还能不能坚持。东先生说，家人是支持你的。

我说，我不知道未来会怎样。南先生说，我当初也不知道。

我说，这样茫然很累啊。西女士说，可总有人默默爱护你。

我对他们说是不是我的世界观和你们的不太一样,所以你们不相信我说的。

角落里始终没出声的姐姐来了一句,你真正看过这个世界吗?谈什么世界观!

我被她呛得无语,有人打出一张北,我和了牌。

那姐姐大步走过来拉住我,说:"走,我带你去看日出。"

【尾声】

我问北,你想去哪儿。她说,我想去远方,去没有他们的地方。

远方在哪儿?

不知道。

海岛的清晨全是白色的海雾,下过雨的天空是藏蓝色的。当阳光出来的时候,金色穿过白雾,照亮了天空,把草木、花鸟、森林、大地、山野和海河全部照亮——黎明到来了。

比起满怀期待看到的黎明,经历过摧枯拉朽的痛苦之后的黎明更让人感动。热爱黎明似乎是人类与生俱来的天性,那是超越现实的魔幻的瞬间,提醒我们无论何时,在远方总是有如此美丽的天空。

也许你总是跌倒,总是觉得痛苦,觉得有时难过得快要碎掉。

也许你想逃避一些人,一些事,想逃到远方去,可后来的后来,你会发现:你感激他们,想珍惜他们。

北站了起来:"姐姐,我想回去了。"

"为什么,不去远方了吗?"

她笑了笑："看到这么漂亮的景色，突然想和他们一起分享。至于远方，"她顿了顿："虽然很遗憾，但还是以后再说吧。"

"我现在，只想回到他们身边。"

我说，知道吗，现在你脚下的海岛，就是远方，你以后去的每一个地方，遇见的每一个人，经历的每一件事，都是远方。

这世界上有那么多爱你的人，陪伴你的人，陪伴你的亲情友情还有爱情。当有一天你不再逃避，试着去爱他们，去勇敢地面对未知的事物的时候，你就在真正的远方了。

雨早就停了。

（作者学校：辽宁省抚顺市第二中学）

> **专家点评**
>
> 四人一桌牌，三人一台戏。文章在结构上有一个巧妙的设计：东西南北构成一个世界（岛），而"我"是一个过路者，我观看他们的世界。东、西、南、北，各有各的故事，每一个故事都与"远方"有关，在每一场悲欢离合之后，世界因为爱的存在而痊愈如初。人——存在，经历，受伤，释怀，才是人生。

倾听未来的声音

> 我是中国人民大学附属中学分校初二年级的邹小曼。我喜爱多项体育运动,我能够一口气儿游500米……我是满园春文学社的第一任主编、小书虫俱乐部部长,多次参加学校英语广播,主持班级新年联欢会……我的课余时间还大量地接触各类有益的书籍,目前对古诗词和历史类书籍保有很高的学习热情。

邹小曼

李鸿章仕途的最后时光

一

十一月七日,正值凉薄的冬夜。云端潇潇点点地滴着迷雾一般的雨线,将彻夜不寐的霓虹灯憔悴的轮廓晕开在水色间。不见星子的夜幕被冲刷得露出绀色的筋骨,依然亘久而漫然地笼罩着世界度过一个又一个甲子年——在拉上纱帘将自己与咫尺间的繁华隔绝之前,倏忽闪过一句话语:"生命里原有的所有灿烂,终究都需要用寂寞来偿还。"

脑部晕沉得方才挨上令人安心的枕被,浑身便体力透支一般不能多动,连呼吸的频率都定格。只当是太过疲惫,却在发现难以支配四肢、渐然五感都被抽空的时刻,整颗心猛地沉入一片虚妄的空白。骇然到只欲逃跑,却连嘴边的呼叫都像铩羽的鸟,音量微不可闻。周遭被黑暗压抑,恍然间我听到了冰箱运作的电流声与热带鱼拨开水流的细响,听到了怦然直跳的心脏里野草恣意增长的慌枉。衣物被冷汗黏湿紧贴着背脊。我能熟悉地感知到身边的陈设，但我动不了、一动都不能够！

飘忽在床前的身影瞬间扼住我的神经，每一根末梢都悚然到战栗、翻腾、叫嚣。也就是此刻，那样轻轻淡淡的男声贯穿我的耳膜："抱歉，我本不想吓着你的……只是今天这个日子……过了一百多年依旧是难以释怀的……"声音断断续续仿佛被拆得支离又被稚子胡乱拼接，但语调中的困扰与安抚却是显而易见："我只是抑郁太久了……九十二个年头，还是没有寻到他……茫然不知道他去了哪，是近是远……现在只是想找个人，听我讲讲我所见的、他的故事……"语气里的寂寞渐然平复了我的心悸，用尽全力将眼睛睁开一条缝隙，看到的茕茕吊影像极了沐浴在春风中的梨树，皓鹤夺鲜，白鹇失素。

二

彼时安庆，已是立冬。

我，周复，在朱门高槛的府邸前踟蹰，街巷间弥漫的滋润气息令我迷茫。指尖反复捻摸着细韧的信笺、流连于那份触感，这大约是开化榜纸呢。心绪随着滴雨的季节飘忽，我上次触碰到这样好的纸张已是在十年前老家建德的祖宅之中了。虽然幼承庭训綦严，童年相较之后的日子却着实属于可以轻快谈起的过往了。

耳中乍然响起门房"李观察传召"的呼喊将我从记忆的旋涡拔脱出身。我只颔首应了，理了理襟袖处的褶裥，皂皮靴避开了地面的雨洼。在年方弱冠的少年无遮无掩的笑颜被流离消磨殆尽之后，我只抓住了光明远走的尾巴。

在跨过延建邵道员所居之所新漆的门槛后，我尚显青涩地向他叩拜问安。入眼的是乌漆的皂靴以及宝蓝色五爪蟒袍的下摆，而这身显赫衣冠的主人正凝然看我，我抿了双唇只盯着自己青绢上云纹的襞积。

"周监生，快坐下说话吧。"他正是李鸿章。那爽朗的声线夹着皖人起伏的腔调，听上去意外地恳切。这位道光朝的进士不似是葳蕤词臣出身，却与"翰林变绿林"的流言更是大相径庭。心下思忖着，直起腰身正对上他锐利不饶、炯炯探人的眸光——而立后半的李鸿章正是端凝与奋发糅合的年龄。眼角不曾让岁月留痕的英气难被嵌入珊瑚珠的黑貂顶戴湮灭，眉目间"只手把吴钩"的气略又不曾被罕见的双眼花翎掩盖分毫。

在紫檀木太师椅上坐定，拉了几句家常，下人便往天蓝釉茶盏中斟上六分满的祁红，根根修长的茶叶漂浮在明澈的茶汤之中落得几分萧索。我这种身份是断然不敢先饮的，看着李鸿章捧起茶盏轻呷一口后竟几分痞气地抬手冲我笑："本道之前在祝营官处所见，只一沓账簿竟这般严整精妙、字字朴茂。人皆说'字如其人'，本道私心想一睹是怎样的奇人所书，便召你来了。"

这位道员真是该取了那孔雀补子换成狮豹的。对朝廷命官总脱不开大人先生的印象的我垂下眼帘答了："周复不过樗栎庸材，承蒙道台不弃，方得一睹大人风姿丰伟。"

听得这话他却玩味地打量我道——正是用后来被天津洋人所熟知的语气："周监生今年左不过二十三四吧，明明是大言莘莘的年纪。你给我老师曾涤生（曾国藩）投的意见书也是颇有见地的，怎的在本道面前拘谨得像个大姑娘似的？"复又正色地问我表字。听闻我答"祖父从'舍后峰之玉山'取字玉山"时，李鸿章略略沉吟："本道多有耳闻长毛在建德胡作非为，得亏湘勇善战终得以驱逐，只是不知尊祖父与令尊现下境况如何？"不待我回答便令下人呈上红绸包好的银锭："你必知我今日召你一晤的目的。本道认定你在一营官处做事着实屈才，现下本道事业方才起步实需人才襄助，这些钱给你作为路费去将家事处理妥善后，速来本道身边吧。"

我动了动嘴唇想挤出些应对的话语，那一刻，在学馆训蒙以束脩糊口的日子、一夕数惊竟日不得食的日子、向芜湖贩茶寄人篱下的日子，掀开记忆的薄帘却是无数惊涛骇浪一齐涌入我的脑海、融到骨血里去了，而今终于与过往作别，一时心下五味杂陈不禁攥了攥指掌。

感觉肩膀搭上了一双温热的手，隔着衣衫传递并不厚重的温度："虽不至数九寒天，穿的这样单薄哪能够啊？玉山今天且在这里住下来吧，本道也想与你好好一叙今后的事宜。"他仿佛看透了我的心思，又是眼底都盈满暖意的笑容，淡化了一墙之隔的冷雨，流淌到我自辛亥年（1851）后干涸了十年的心坎里去了。

我至今记得辛酉年（1861）的冬月被冷冷雨线淋湿的红砖绿瓦的府邸，那是今后我随他四十年风风雨雨的起点。

三

年轻人总是有着用不尽的精力，仿佛春日漫天绿意的吐息，处处滋长着难以魇足的好奇心，我渐然将整颗心放在探索我所追随毕生的人之上。有时候我觉得我是看懂了李鸿章的——爱抽水烟袋，好品祁红，与寻常皖人一样嗜辣嗜咸；莫名地对洋人推崇的奇怪液体诸如咖啡、红酒等有着不同旁人的执念，平素竟从不掩饰离不开那圆表盘的金壳怀表；爱与幕僚谈天说地，习惯晚睡，性情中人也曾操着肥东土话骂过娘贼，却面不改色地将沪地的吏治甚至洋枪队整顿得俯首贴耳——或许，是了解得越多心中他的影子反而越模糊，纷纷杂杂了那样多的因素。他这样的人物也从不是轻易便可以掌控的吧。

转眼已是壬戌年（1862）了，只一年的时间世事颇有些天翻地覆的预兆。太平军以惊人的速度在王朝命脉里扩张，受到直接影响的沪上官绅以协济饷银为驱使哭求两江援沪，之后总督曾国藩奏保李鸿章为江苏巡抚并令其招募淮勇。

我依旧跟随在李鸿章身边操办文牍，做我最擅长的事情。晨起凝然看向万字窗格中的窗纸一点点泛白，东方迂缓地亮起一条线，我会感到世事难以琢磨——我何曾想到我会是他的第一个幕僚，又何曾想到我会为一个人的影响甘愿放弃这样多的自我。与他朝夕相处了两月有余，回乡时在那座巍巍然埋葬祖辈世代阴影的老宅之内，父亲盯着我许久说了一句"你比过去爱笑了"。我有些错愕地抚了抚自己的左颊，想起在安庆安顿下来的日子里学海小声嘀咕的"父亲比过去话多些了呢"。到铜镜里端详自我的那一刻，我竟当真觉得重温了初见之时他的面庞……

房门开启的那一刻捎带进屋的寒意令我遮掩着又咳了几声，当抬眼看到正掩门上的颀长身形时我的惊诧溢于言表："抚台，您怎么来了……"李鸿章走近我，那熟悉的笑里的安抚让我安心："自然是前线获捷，督师作战时总也放心不下这里,你病了也一直不曾探望。"看清我只披了一件外衣时眉头蹙了起来,音量也放大了几分:"苏州的初春比安徽要冷不少,军中炭火又短缺,你一点不知冷暖的毛病总也不改改。"说罢将棉被替我拥了拥:"郎中说你身体本就弱些,这次是过劳引发的咳嗽病,公牍交给筱南(凌焕)就好,玉山好生休养吧。"

"老师这样偏袒复,真不知道幼狥(王凯泰)、调甫(钱鼎铭)又要说些什么了⋯⋯"我苦笑地呢喃。这话不是空穴来风,淮军将领们又是跑军需又是上前线,在抚台眼里却比不过一个打仗时动动笔杆子的书生。

听得这话他直直地看向我,瞳色似乎比寻常人更要黝黑,天生便深窈得摄人。朗润的嗓音很轻地吐露出一句赌气一样的话:"本官最信得过你,管他们做什么。"话语像窗外的雨蔼,浸润了我的肌肤无孔不入地触动,回忆的轩窗也仿佛被浮光照得微亮。指尖依旧残留着苏抚官印令人挪不开手的触感,当时的他曾说过同样的话并将那沉甸甸的分量交予了自己,几场战役莫不是我携印相随,我们一直了解那样的重量的意味⋯⋯

天彻底大亮了吧,那些俏点枝头的鹅黄色早已锲入了我的心里。我此时迫不及待想看到柳色漫天、芳菲交错。

四

后世只知周馥而非周复,更少人问津其中的渊源了。

那日的油灯幽幽地亮在平息落寞的一角,我悄然地看着那个身形一动不动地将自己坐成了窗前的剪影,茕茕吊影。窗外桂华只飘漾在了云端,没有诗行更可以缀满词臣的心尖。看到他用单手支着额头拇指放在太阳穴上划着圈,我终究忍不住从背后唤了他一声。乙丑年的他,已由于淮军的连战连捷而官拜总督、补服更是合了"云中鹤"的美称。

李鸿章闻言搁下了笔,转过头对我挑起嘴角的弧度,其实那笑颜较之前多了太多我道不明的东西。灯光并不明亮,思绪飘忽在墨色之间,我感觉着他两年间眼角延展的浅浅细纹与岁月无声爬过的鬓发,心下酸涩,自然而然地搬出陈霂压他:"老师,陈作梅跟您通过多少次信了,嘱咐您千万不要办公到太晚,您当时不是应了吗?"

他眼神黯了黯,掏出那怀表又收回去,我也约摸知晓是江南机器制造总局的事情了,不得不做。洋务运动,那大抵是毕生都开在他骨血里的罂粟,用他的精力去浸润生长,再一点点地用吞噬的战果去绽放。他大抵不知我心中升腾的万千思绪,发话问道:"玉山,你现在的补服还是鹨鹴吗?"见我颔首,他用指节分明的食指点了点桌面,跟我聊着:"本院已经将你的名字列于克复苏州汇保案中了,欲保你为直隶州知州。"他顿了顿,用指尖划出一个"馥":"不过保奖单上可是这个字。我知道你当初虑不得归的初衷,但现在你若返乡于我则仿佛顿失臂助……"

那些漾在心头的事情竟恍如隔世,而祖父在病榻上拉着我的双手一字一顿地拂过手背的吐息却格外清晰,我也确实有过"伤痛罔极,拟布衣蔬食,不复远游"之心,而一切防线终究敌在拆开那人一封短信时荒芜成灰烬,终究在句华山徘徊了一阵后重返繁杂的局势间,又在直隶治理了永定河决口后才回到真正旋涡的中心。

彼时捻军已尽除,朝中只余下哓哓不已的清流党,以及相隔着长廊只在尽头摇曳了昏昧灯火的列强。时间它谁也没等,紧随着那些奔跑的灵魂就在指缝间无从寻觅了。

五

　　早春三月青涩的脸在每一处楼阁里流连，岁月里最沉重的伤痛蔓延在本该雨雾溟蒙的季节。氤氲的水珠将世界峥嵘的色彩愈涂愈薄，而那过往的壮志似锡箔牵扯间曝露在现实下不堪一击——正如北洋海军一隅之力在日本举国同心之下的节节败退。只知鼓噪的清流们再没了主意，当张荫恒被日方拒绝后，只余半生金戈铁马的李鸿章肩负着满朝衮衮诸公殷切的目光奔走于日地。

　　我本不长于外交，而这次随行之员中的伍廷芳以及马建忠也让我打消了争取的念头。目送那艘自塘沽港驶向马关的轮船直到变成天际的一点，感受着码头浸润的水渍我阖上了眼，感受着海战的日子里那缺失的笑容以及切于体肤的痛感……

　　临行前，我第一次听到他那样颤抖的声线："老夫不曾看到却夜夜辗转想象那蕞尔小国因雄起而难以自控的尖声大笑，与生养众多的泱泱大国因溃败而无力回天的长声悲泣；那远处斜风细雨落处野草滋长的急躁，与眼下风平浪静之时绿树凋残的懊恼……滚沸的战火之间沉入刺骨的波涛的铁甲舰轰隆陷没的悲慨、用生命在抗斗的央烈之魂——哪个不是老夫一手提携——在海底永久阖眼的潸然。皇城戏坊灯火通明，歌台舞榭渲染出一派繁荣盛世的虚境，却使得人人到了朦胧的出路、迷思便惺忪其中……神州万里的天空撕去了一角霪雨缠绵，怎能不是那黄海之水混着战士阖眼亦难抑的眼泪在前行的时光里倾泻、在苦诉、在悲歌，看群众的无动于衷，看那脱出桎梏的日兵长驱直入！"

　　雨滴划过松弛的肌肤，是的，我们都老了，连雨水都可以划破了表皮渗得我的心脏都隐隐作痛。当平壤、黄海战役一败涂地的时候,当听闻镇远号被俘而定远号自沉时他笑着道:"定舰不曾资敌"时,当接到丁汝昌的棺木被加了三道黑封的诏书时,当被拔去三眼花翎褫夺黄马褂时……我站在三步远的地方看那样一个泪腺已然干涸的他独自承担着这一切,再谴责舰艇维护的敷衍、舰队久不添置新舰或者指挥不当又剩下什么意义,这要追溯到什么地方又是当时任何个人可以改变的吗?一支连基本的经费都要被挪用的舰队除了挨打还有存在的理由吗?现在却又要重蹈覆辙——像是在独酌可以致死的苦酒。

归来的日子却远比想象的要漫长,我握住那双爬上了沟壑的手,那左颊包裹的纱布因为年岁不宜取弹的原因,惨白地可以融入那片空蒙蒙的、以歪斜的角度照耀在贤良寺的晨光——那是樱花盛开的季节、在春帆楼后巷为浪人所刺。

李鸿章的神色竟像个孩子:"日本因此做出了整个条约签订期间最大的让步,那我老夫再挨两枪好了。""说什么来着,杨三已死无苏丑,李二先生是汉奸吗?哈哈哈哈哈。""经方长大了,连国杰也是呢……""玉山,这么久我还是喜欢看你笑……你搬到这里来吧。""我很累,很乏……"我第一次听到他示弱,以后也是再没有了的。那完好的右眼虽然因为年岁而沉淀了浑浊,方才甚至几分涣散,然眉眼间三十年不变的本色又是如何掩盖得去的。又是怎样来的贪污之说,我只知道我老师在总督移任时将淮军多年积攒下的小金库全数移交给后任王文韶。

幕僚尽散,但有吴汝纶和吴永时常前来叙旧。李鸿章的官位只保留了文华殿大学士的闲职,却不必日日上朝。我从没想到能回到这样的日子里,有时私心想着时间如果停住脚步给予最后的宽限有何不好……而那面对八国的衅书粉碎了一切如果，或者那是必然的趋势这只是一剂最伤身的催化剂吧。

有些事情不能用作怀念，有些拥有过的日子却只剩下怀念了。

六

梧桐枯黄的叶片足足有巴掌大，在空气中飘飘洒洒地去亲吻地上摇曳的影子，皇城的街道大概又窄了几分，狭长到容不得它自始至终的主人踏足了。废弃的建筑遮住光，投下的则是血污一样糜烂的影子，那是硝烟的见证者。轿辇事不关己地在街道上快快地前行，却在一处苟延残喘的立柱前顿住。我赶忙扶住了那摇晃的颀长身形，望着那被岁月佝偻的老者慢慢地吐出一句叹息："这里是君门，我怎么敢忘啊……"

大概东南互保是李鸿章最后的精力了，经营一生的洋务和海军都化为泡影消失在那个冰冷的春天里了。他最后试探着列强的口风，将太后剥离祸首的名单，然后是不是用天津教案的老套路实施他却已经不想再管了，只是手巍巍地抖着，将一等肃毅伯的"肃"字无力地挤在了洋文中间。"当一天和尚敲一大钟，钟不鸣了，和尚也死了……"

我赶到的时候，李鸿章已经穿上了殓衣，屋里真真假假的一片"爵相""中堂"的哭号。大脑里空白了很久，大概是不自知的情况下走马灯一样从辛酉年到庚子年将我与他的一切都过了一遍，回过神后感觉心里绞痛整个人如坠冰窟。胃血管破裂……俄国公使方才离开……我怔怔地走近了，一声又一声轻轻地唤着他"老师"，看到他眼睑轻轻地抽动，一颗心已然不知是放还是提。挨了很久，久到没有尽头，脑子里满满的都是他对我的知遇，相处的合拍，他教会我的以及我懂得他的。好像有一双狰狞的爪掌紧紧扣住了我的喉头，看着那双眼睛里的瞳孔不受扼制地放大，我感觉我的呼吸越来越紧。

人群中迸发出一声哭号，我如梦方醒地打着寒噤，慢慢望向那双瞠视不瞑的眸子，左手轻轻地抚上那双倔强的眼睛，嘴里大概是我毕生最柔和的语调，重复着那些承诺，以及十一月七日的意义——我周馥，追随了李鸿章整整四十年，一天不多一天不少……

再一次睁眼时，身上重物压迫的异样感早已消失了，不见那白衣的人影一时竟怅然若失，大概是遭了一个很纷乱而没有头绪的梦魇。拉开纱帘时那丝绒一般的雨已经止了，清晨的街道安闲适意。天色清泠得正如一汪碧泉，那些远去的朝代大抵藏匿在苍穹的某处吧。而一轮明艳的暖阳渐然攀升，为世物披上了暖意，镀上柔和的边缘。

（作者学校：中国人民大学附属中学分校）

专家点评

该文从幕僚周馥的视角重述了李鸿章仕途最后时光的心路历程。看得出，作者有着丰厚的历史知识储备和扎实的文学功底，因此，在行文时，纵横驰骋、汪洋恣肆、斧斫运斤、运笔老到，充斥历史巨变的沧桑之感，远远超出同龄学生的人文见识，令人惊叹。文章对李鸿章苦撑危局有着同情式的理解，而对其"捐西守东"的战略缺乏应有的批判，当然，这对于一个初中生来说，也许是过于苛求了。

选手风姿

选手风姿

选手风姿

选手风姿

秘语

  我是长春市东北师大附中高三年级的张恩齐。热爱读书，尤其是三毛对生活的理解和余华对社会的理解给了我很深的影响。热爱写作，成为作家是我的梦想，初二写过十万字小说。热爱旅行，旅行赋予我以无限的灵感与想象力，比如去过西安之后写了初赛的《长安三记》；前一天晚上决定徒步去净月潭第二天自己往返步行四十公里。文科生，对各方面知识都有一点涉猎，并希望自己做一个广博的人。

张恩齐

长安三记

  钟楼旁回民街的皮影戏馆伴随着华灯初上开始了新一天的喧闹，人们在白色幕布后那些生离死别的故事中想象着自己的戏份儿，桌上的羊肉泡馍尚有余温。伙计们不失时机地向游客兜售皮影，游客们抚摸着每一个戏曲人物，一座城市的韵味便逐渐融进了骨子里。

  清真寺又建起来了。峨冠博带的书生，左衽右衽的人们，风格迥异的建筑与商品，将皮影戏馆前雕刻的"一口叙说千古事，双手对舞百万兵"的话语衬托得弥足珍贵。这是永乐年间，天下初定的日子让人淡退了兵马的慌乱，虔诚地重温对这座城市的旧梦。

  总会有人端着一碗被麻酱浸润的凉皮，在夜雨的钟楼檐下，听到一曲让人热泪纵横的秦腔，这里是长安，它对外部的城市封闭，又对所有人敞开。

云雾开合，踏影叠梦，入夜的钟楼旁的客栈，满眼羁旅天涯，我又一次看到了熟悉的位置和少女在剑鞘中的剑。

小鸿雁

十天前的北平，我在那里刚刚有去长安的打算，正是行走天涯的好时光。客栈大堂里，准备前往关中的客商游侠喝着最后一壶酒。在经常落座的位子前，我先看到了剑，然后再看到桌前二八出头的少女。她斟杯酒，我坐下来。

"是往长安去么？"

我点点头。

"最好，十日后，钟楼客栈，江南小鸿雁。"

同生江南，同往长安，我答应了。不论是塞北或江南的人们，都会愿意在一个珍贵的时机，去了解一个繁华恢弘城市的内涵。

此刻桌上一坛女儿红、一碟山药糕、一盘鹅脯。一个人，两副碗筷。

我又坐下来，两人对饮一杯，小鸿雁夹一块鹅脯品玩。对我这种不胜酒力的游侠来说，侠女的底蕴可以慢慢欣赏。透明的酒杯，放大的是每个人的心事，她说：

"我在这里七天，每天一样的酒，一样的菜，一样的两副碗筷。你我想要认识却又似曾相识，从北平到长安，你却还在这里，很有趣不是么？"

"要是所有的长安人都像你这么有趣，我从江南来也算不枉此行。"

"就因为我带了一把没出过鞘的剑,连续七天点同样的菜,坐在同样的位置,还要多摆一副碗筷?"

"长安城里,找不到第二个这些特点都具有的人,不过还不止这些。你杀过人没有?"

"太平盛世,为什么要杀人,有人可杀,也是衙门的事。"

"带剑本为了杀人,无人可杀却一直带剑,有趣。"

两人笑了几声,兴致渐浓,人们欢饮达旦,为太平天下饮尽杯中的酒。小鸿雁环顾着被门外上空烟花吸引的人们说道:

"酒菜、皮影和烟花的确容易勾住人们的心,但一座真正能被人们爱上的城市不仅仅能够提供这些,更重要的是,它改变了一把剑的宿命,让剑不是为了杀人。可惜人们只看到了表面的繁华,并不为拔不出的剑而欣喜。"

"看样子,女侠在这里完成了自己的转型,她向过往的人诉说自己的故事与找到的惊喜,让他们用心感受繁华背后的真相。你从哪里来?"

"桐乡,桐乡乌镇。"

"江南人该往关中去。"

"江南人只是看够了江南的水,听够了橹声欸乃,他们偶然来到虽然改叫西安府却仍被人习惯称为长安的地方,没想到却进入了一段如此美妙的旅程。你又从哪里来?"

"杭州。我想,一定会有关中人在西湖旁任凭一十八月裹挟风尘流入心中,而无暇顾及灵隐了。"

尘世南来北往,紫陌纷繁。你再也不会找到一个陪你七天,喝一样的酒,吃一样的菜的人。古都自有被玩味的理由。从江南秋,到长安春,总会有复苏的景色，和有趣的人们。

即使车马的喧嚣碾碎了无数人对这座城市的梦想，但每天夜里，斟下女儿红，就掉进长安中了。钟楼每晚烟花满天，对帝王是文治武功，对我们是恍然若梦。

第七天晚，小鸿雁说："我就埋在长安好了。"

我走到客栈门口去探清风的回音，回首望见羁旅的天涯。

飞鱼李

我一直相信，若是诗意醇兴，琼枝芳瓣，便无需笔墨的雅缀。

坐拥长安的繁华，绫罗绸缎在名利场中觥筹交错，门外，盘桓错节的老树根在捡拾着一座城池遗留下来的荒芜。

人事多聚散，不停遇见的人，解语着岁月的痕迹。

趁我在客栈门口的当儿，飞鱼李进了大堂，飞鱼绣在衣服上，飞鱼的嬉游绽开了谁的容颜？

我转过身，桌上已摆了三副碗筷。小鸿雁说："这绣春刀，刚好配我的知秋剑。知秋剑的宿命不是用来杀人，而是用来等待一把绣春刀。"

飞鱼李自己斟了酒，烟花渲染了整个钟楼上空，晚风吹入，飞鱼在嬉游。

我走过去坐下，笑道："我若去官府状告京城特使扰民安生，你又该当如何？"

"连着七天摆两副碗筷，再摆一副又有何妨？"

三人走出客栈一探繁华。钟楼流灯溢彩，在西大街的欢腾人海中，从一侧喧嚣走向另一侧喧嚣。

小鸿雁一手持刀,一手持剑,细细品鉴,我尽力不让她撞进人潮中。

小鸿雁对飞鱼李说:"你真应该换掉衣服,整个长安不会再有第二个人有如此装束。"

"长安街市上我独一无二的装束,一个无剑而不胜酒力的游侠,一个一手刀一手剑的女子,岂不是更有趣?"

我说:"即使黄袍加身,在这里人们也认为与罗绮无异。不管长安的旧梦是否破灭,只要来到这里,便学会了享受繁华,更不会随便惊讶。当江南的人们认为百姓畏惧达官贵人是天经地义之时,长安人早已懂得等量齐观。"

飞鱼李说:"当年洪武皇帝想迁都长安之时,太子朱标不幸早逝,最后此计划未能施行。现在看来真是天意,我看惯了百姓假意或真心地说自己为是大明的子民感到自豪,若是陕西布政使司的一些人们真如你所说,即使他们不会对飞鱼服侧目而视,它也已经不合时宜。"

小鸿雁笑吟吟地把绣春刀掷还回去。"这样子我拔不出剑。"

我说:"也无需拔剑,杀人是衙门的事。"

只是在粉饰的天下,衙门才会发泄出它积蓄的威严。不夜的酒肆,人们饮尽了政事家国,再不过问。长安的人们已经构建了一个新的世界,衙门的守卫不经意间,突然发现自己守着破败的建筑,周围尽是烟花巷柳。

飞鱼李把绣春刀掷给小鸿雁,说:"绣春刀的宿命,就是找到一把知秋剑。"

第八日。莺歌燕舞,时光盛开的暖意渲染出一曲温润的清香。

两个赤手空拳的人第二次走出客栈,刀剑在百树腊梅中磨钝了利刃。

是否只有带着刀剑,才能配得上一个侠字?

西大街依旧繁华,人潮在虔诚的信仰下享受着清音。

钟楼喧嚣。

东大街店铺云集,破败的衙门的外胡同中,平时玩蹴鞠的孩子们中多了一个身影。飞鱼终于不再嬉游。

是夜,客栈,三人,第八次饮尽家国。

只是天空中的烟花多了些迷离,又有一些有趣的事在某个角落发生了。

花雨情

花雨情不姓花,这只是作为花魁,人们对她的雅致的感慨。

而此刻迷离的不仅仅是烟花,还有花雨情自己的心。

眼前一片姹紫嫣红,只是差了一曲笙歌,一位写下扇面相赠的公子而已。

多情的韵曲,却在另一个地方响起。

这里还有三个有趣的人:没有酒量的行者,没有佩剑的女侠,没有飞鱼服的锦衣卫。

曲子在客栈大堂中央响起,以飨南来北往的旅人。

"你们说,现在会不会有一个没有曲子的花魁,同咱们一样少了一样东西?"小鸿雁问。

我和飞鱼李笑着饮完了各自这杯酒,同时说:"一定会有的。"

快乐的人群背后终归会有寂寞的身影,而最珍贵的,莫过于不世长安的寂寞。

人们觉得这个时刻需要点缀，我们叫停了曲子，对七个乐女说："和我们去找今夜的繁盛。"

十个人分别在车水马龙间穿梭，每进到一处灯火通明，便问长安哪里有花魁。

但是，每一个被问到的人都说，长安城只有一个花魁，她的名字叫花雨情。

很快，十个人便聚集在同一座楼楼下，我们走进前厅，向这里的每一个人问道，这里是不是有个没有曲子的花魁。

但是，每一个被问到的人都说，这里是有一个花魁叫花雨情，不过她没有的不是曲子，没有的只是一位写下扇面相赠的公子。

曲子我们是有的，至于扇面，我们还不解花雨情的情思，飞鱼李让乐女们去楼上门前奏乐，花魁的歌声传到了每个人心中，她只有随着曲子才会到达快乐或悲哀的顶峰。

谁又能说她不缺曲子呢，曲声和歌声像是一场生死契阔的问答。

三人上了楼，突然瞥见门前纸条上的五个小字：老来已健忘。

小鸿雁一笑，写好五个字放进屋内。

门开，花雨情先看到乐女，后是我和飞鱼李，最后是小鸿雁。

刹那间铁马冰河，千树万树梨花开。

小鸿雁带我们走下楼，走出门去，曲子没有停，花雨情缓缓跟来。大街上，让达官显贵收敛了颐指气使的平民们，却开始注意花雨情的步伐与容颜。

我们走进客栈，又一副碗筷早已摆好，花雨情走向大堂中央，伴随着新曲，为喧嚣的城市送上自己的祝福。碰杯声消弭了许多，荒芜委地，鲜花满心。曲终，花雨情自然坐在她的位置上，呷了一口酒，她没有奇怪于自己的来临。

小鸿雁笑着问，那五个字是什么。

花雨情没有对准小鸿雁的耳朵，而是轻轻地说，唯不忘相思。

小鸿雁说，这个城市里能写下扇面相赠的公子不少，这里就有两位。

飞鱼李说，这个城市里能触及长安底蕴的曲子很少，只有刚才一首。

我说，而现在我们都有了曲子，我们让无剑者安心，给孤独者乐趣。

花雨情说，看样子长安包容了无数的惊讶与畏惧，就连人们经常在皮影戏中看到的花魁的命运，也在这里被改变了：她在和三个有趣的人喝酒，她马上也要成为一个有趣的人。

小鸿雁说，所以我才说，我就埋在这长安好了。长安，从来都不只是用眼睛看的。

一桌人都在释然地笑着，驻足于长安的风情。

（作者学校：吉林省长春市东北师大附中）

张恩齐
长安三记

专家点评

读《长安三记》,寥寥几笔,把我带到古长安喧嚣热闹的情景中。秦腔、皮影、钟楼、古塔、客栈、少女与剑……

一记"小鸿雁"。此记语言轻盈、意味深长。"我"在长安遇年方二八女侠,相约江南小鸿雁。两人由一把剑为话题,"让剑,不是为了杀人",转变两个人的观念,更重要的是也改变剑的宿命。

二记"飞鱼李"。此记的句子非常节制,短短的几个字,意境、寓意、情景尽显其中。"我"又遇飞鱼李,他是锦衣卫,却被民间市井喧嚣的繁华所吸引,时而也有批评和炫耀:"我看惯了百姓假意或真心地说自己为是大明的子民感到自豪,若是陕西布政使司的一些人们真如你所说,即使他们不会对飞鱼服侧目而视,它也已经不合时宜。"最后,三人,第八次饮尽家国。

三记"花雨情"。此记赋予哲理,人生中有谁又能说她不缺曲子呢,曲声和歌声像是一场生死契阔的问答。寻找花魁的过程中,大家都找到自己想要的东西,那就是自由和快乐。正如花雨情感悟:长安包容了无数的惊讶与畏惧,就连人们经常在皮影戏中看到的花魁的命运,也在这里被改变了。从此花雨情变成快乐有趣的人。

> 我是长春市十一高中高二年级的岂焕。
> 兴趣爱好：手风琴、吉他、软笔书法、阅读、插画手绘、纸艺镂雕、滑冰、羽毛球……
> 社会实践：小记者报纸义卖、采访于海波、敬老院慰问

岂焕

当心铺

"留心能观天地自在，徒目难辨万物清浊。"

这是祖上留下来的联，在家里开的当铺门口悬着，八排木格门的店面正中央，麻布帘白底黑字一个大大的"當"，上头门楣顶着和联排一样材质的乌木匾，刻楷书大字——当心铺。

店里生意冷清，可能是店小地偏的关系，但更可能是我家当铺服务特别，一般人真没必要来；但关系不大，家中财源靠大哥和三弟开办的酒楼，这个小铺也就是个传承，倒正合了我这清闲人的清闲意，铜角朱漆算盘配京都雨花茶，阳光挤进窗格流泻了一地宁静，听着雀闹看两本世俗小说，除我之外，别无他人，索性连伙计也省了，自在非凡。

说起这店名店意却也颇有来头。曾言有崂山道士避战火之乱来金陵，祖上济散财救济各路百姓，道士得以避难后报答祖上，寻思祖上不缺银两器具，崂山道术又不传外人，便教了祖上"取心还心"之术，有喻良

心难得、尽生珍惜之意。当然这是老辈们慢慢悟懂参透的。道士临走前说，你们家要是能用这个术开一家店，便能以小见大，于个人观天下，定可保你家人心正直，心眼长明。

所谓"取心还心"之术，就是能在对方同意的情况下取他的良心——似魂魄样——并予以保存，也可将良心还归本体。无心期间，人便全无罪恶感，思何为何，尽由欲念。于是便开了这家当铺，专为人典当良心，以念道士教诲。说不清这术算好算坏，也助人断过不该承担的责任，也帮人定下不择手段的决心。

但我觉得，良心这东西，人之本性，还是不当为好。

一回来了位少年，看行装不是京城本地人，大清早刚开门扇他就踏着未尽的晨曦来了，但那本是眉清目秀的脸上却没有晨星的光亮，更多的是疲惫、忧愁和无奈。

少年是来赶考的学子，闲来无事，我就倒了杯茶给他，小谈以作歇息。杏月春来早，清茶入喉，他气色稍见好些。自言闻得城中有此奇店，愿求得一助。

我便好奇，来此店者几乎都不是为了当的那两个银子，客人都是想扔卜良知的负担，这位文气十足的年轻书生有何求于我？

他说世道不比从前，考试写文章万万不能是自己真切的想法，有时无意间的几句话都能掉脑袋呢。说到此处他的脸又苍白起来，茶杯也放下，和我比划道：前些日子翰林编修高启写了句"小犬隔墙空吠影，夜深宫禁有谁来"就被视为讽刺当下的特务政治，给腰斩了呢！

所以，他说，读书人可得仔细着，保命要紧，其次做官，可这仅剩下的路就只有抄背写好的"枯文"了。

我问道,既然读书人处境如此危险,为何还要来京赶考?在家乡留几亩田地,东篱下把个酒不也挺诗性盎然?

他苦笑,说还不是家里清苦,自己体弱做不得农活,心思也不够机巧做不了商,只能仗着有几分切近文字的灵性读书。无奈圣上规定,"寰中士夫不为君用"的不和朝廷合作的读书人,要处以极刑没收家产,这可叫我如何是好,罢,罢,权且当了良心,胡乱抄他个功名吧!

说罢他也不再品茶,抱杯抬手一饮而尽,看表情一杯清茶竟让他喝出了陈年佳酿的味道,眉头一蹙一展,道:掌柜的,咱开始吧!

我便贴符施法提炼良知心气,半个时辰不到就完工了,用樟木箱封存好,让他在封条上题了名字和年月,典当二十两银子,年增利一两,不计赎期。

送他离去,在小巷里转两个角就到了大路,他拱手道了声谢,胸有成竹般昂然阔步而去,我察觉到他更加果决的眼神里残逝了来时的愁怨——还有纯真和对信念的坚持。

回去的路上看一路斑驳的砖,心中翻覆不已,人各所求,少年若是达成目的保全性命就好,虽说功名不若气节,可气节又怎比性命,我就一小掌柜的,还是不要想啦。

花落花开慢慢慢,细水长流年年年。小铺开了许久,赔出去银子不少——因为少有来赎者,大都置良心于不顾,想必无了人本性的负担官场商场也会一路畅通吧;不过还好,和家里酒楼的入账比,这都是些小钱,我清闲的生活还是那么悠哉,且小铺的名声越来越响,虽有说只是道士的骗人法术的，也有说是闲极无聊给自己找乐子糊弄人的，但来店里的人是确确实实多了些，形形色色，算是开眼界了。

有乡绅当了良心去打官司的，听说面对同乡农民时悲悯之意全无，口若悬河天花乱坠，圆了他家"财不可失"的家训，赢了官司。

也有卖酒的来这儿，知道他的来历后我本想推掉他的要求，但见他苦苦相告现在行业竞争太激烈，不下狠手的话家传的牌子会砸在自己的手里，我还是给他当了。可惜从此京城内再没喝过正统的双沟酒，酒香淡了好些。

还有作字画的，是个老先生，好像是只靠手艺没办法混了，从此干上了倒卖赝品的活计。之后还送了我两幅，《高逸图》和《江行初雪图》，仿得很专业，让我给挂在了正厅两侧，不错，还挺顺眼的。

之后好像什么人都来过，真是三百六十行，行行缺良心啊，站在二楼楼台上抿一口茶，望望天，顿觉飞鸟得意自在，不为纷繁的世俗所困，也全无善良邪恶之分，欲飞则飞，欲落则落，开心时唱上两句啼鸣，困倦时伏枝打个小盹，果真天造尤物，比世人强上万倍不止？

黄昏后鸟影也渐稀了，饮罢最后一口茶，把日落的残辉关在了窗外。

于是打点厅房茶具，引了灯笼蜡烛，可准备闭店时却来了客人。

我推辞不待客了，但门外那人却执意要今天当完，口气有请求也有强硬。好奇着到底是个怎样有趣的来客，开了门。

门外的人竟没有打灯笼，亦无侍从，我暗忖能摸黑绕过这曲折的巷子必定早有打探了。那人站得端正，引手请入后借着灯光才看清，穿的是官服，从八品。约摸着这个时候能顺着公事出皇城，再一个人赶到我这里,应是急用了。

像是清纪郎的那人一脸急切却又强做淡定状,我知道不好问什么,连茶都没上,贴符施法寻箱封字一气呵成,没让他在封条上留名,只画圈以代,写了年月,完工。

这回可快,中途一句对话没有,灯火就这么静静地照着,闷到送客,我知道他不需要我送出巷子,便浅道一声保重,收门关了店。他走时匆匆,神情却也隐有满意。

我留心他腮下那颗青痣,以后定要让同是八品的二叔在宫里打探打探后话。

后来的事就顺理成章多了,那人司直郎转学士,升迁少詹事之后半年不到就拔成正三品詹事。因为詹事府是掌管东宫事务的机构,詹事府的头儿当然和太子皇后都混得好,两三年出现权倾朝野的情况也就不足为奇了。

可唯一出乎意料的是又一天晚上他竟然回来要赎良心,这次有了几个侍从,个个卫冠服圆领甲,我心里一惊,能把锦衣卫调成贴身信从可真是了不得,忙取箱迎客。

寂静还是那年的寂静,只是那箱子落了四五钱的灰尘,那人增了千百倍的权势。

耐下好奇他赎心的原因,起了封条推送那一团灵气回他体内,可每次念咒发力,那灵气却急急退缩,似不愿与主人重合,那逃避的感觉我察知得清清楚楚。

怪事,前所未有。

听重复过了好多遍咒语后，那人好像察觉事情不大顺利，启声询问情况。

略略沉思后我把那团灵气收回箱内，说："大人……容我冒犯……大人这些年是否私过公款，害过人命？"

他只沉沉点头，神情多了份不解。虽是淡定依然，可我好像听到了"这不废话么，不贪污不杀人怎么能发财升官"这样的心里独白。

我也点点头，放好了箱子，寻素布包了五十两银两拿给他，说："真是得罪大人了，和您直说，您的躯体作恶过甚，当年的良心实在无法承受，草民我也着实没有办法，您……只得请回了，按规矩，五十两赔给您。"

怔了半晌，他似叹非叹地呼了口气，银子也没拿，便带人走了。

天心无月，夜黑黑。那一定是他的世界。

倚着门板迟迟没肯回屋，发觉当人没有良心之后，世界竟完全变了样子。

原本的恶变成了成功的必经之路，原本的善却成了无能无为的象征，是非颠倒，清浊混淆，缺失了良知心气的眼睛也缺失了明辨是非的能力。耳不聪眼不明不是行尸走肉还是什么，天地之间最灵杰的人啊，怎会去向往丢失那最本真的灵气！

我也愤愤然了，回身取出那箱中惊惧孤零的良心，托到天台向天空尽力挥去，那团灵气似是憎恶这污浊世间一般一路盘旋向上，凝成一团清辉，化作了黑夜中最洁净的那盘皎月。

笑了，朝它挥挥手，迟迟不肯移开紧随它的目光。

直到那皓月又远成了一颗星，一粒尘，一份虚无。

再后来,那位曾经的少年也回来过,混够了,不待了,赎了,去了。还算是个"善终"。

他还带了两块更珍贵的乌木板,临行前帮我重提了用得很旧的那两行联。

留心能观天地自在,徒目难辨万物清浊。

他说这句话说得非常好,叫我找个好木匠刻了,挂上,这两块木头一百年都不会坏。

之于那位永远都不会再有良心的官大人,地位高得就差当皇上了。

只可惜名声不好,现在有人骂他,多少年后也会有人骂他:

没良心的。

(作者学校:吉林省长春市十一高中)

专家点评

《当心铺》是亘焕参加2014首届"北大培文杯"写作大赛的初赛作品,在众多作品中,它显得独特,可以说这是一篇精致的小小说,语言凝炼,结构清晰,以"留心能观天地自在,徒目难辨万物清浊"为主题,描述人间形形色色人的想法,且"取心还心"不是容易做到的。

作者来自东北,却写出了京味小说的味道,不经意的"我这清闲人的清闲意",却洞察出"三百六十行,行行缺良心"。小说针砭时弊,对当下倒卖赝品字画、卖假酒的现象也有评价。以"良心这东西,人之本性,还是不当为好"结束。

> 我是北京市立新学校高三年级的龚湜。兴趣爱好：读书，尤其是关于美学、哲学、中国古典诗歌鉴赏及天文方面的书籍；写作；电影；摄影；绘画；音乐；棋类。曾参加海淀图书馆义务劳动。2012年获全国春蕾杯作文大赛高中组三等奖。

龚湜

秘 语

只有用心灵才能看得清事物本质，真正重要的东西是肉眼无法看见的。

——《小王子》

序

雨后空气中弥漫着湿润泥土散发出的独特清香。真是件奇怪的事，雨水能"萃取"出泥土真实的气味——散发原始的腥甜。

夏季雨水多而足。一夜暴雨来势汹汹地席卷之后，大自然在清晨到来的阳光中静默着，安静而平稳地呼吸。

鸟儿永远是早起的动物之一。麻雀一家从杨树叶片的缝隙中小心翼翼地探出小巧的脑袋，两只发亮的黑眼睛警惕地向四周转动着提防危险，确定四周不存在威胁之后,麻雀父母扑闪着小翅膀为窝中嗷嗷待哺的孩子们觅食。

丁香树依旧在小憩。在它绿荫下乘凉的月季羞涩地低着清秀的脑袋,顺着铁丝网攀援而上的葡萄藤享受着和煦的阳光。

叶片被雨水冲刷掉附着其上的尘土,淌下剔透的水珠,它们顺着叶片滚落,有几滴不巧地悬挂于叶片的尖端,坠成了一滴晶莹的冠冕。

阳光从团块状的云层缝隙中迫不及待地喷薄而出,均匀地覆盖于大地之上。光温柔地拂过,缓缓移动着,悄悄抚摸着。所到之处,光明逐渐代替了黑暗,沉睡的生机被光亮重新唤醒。每一朵花,每一片叶,每一只昆虫,每一只小兽,如虔诚的朝圣者一般,紧紧追随着生命的脚步。

麻雀叽叽喳喳地结伴飞来,落在小院上方躺着葡萄藤的铁丝网上时,却一改往日的喧闹,屏息凝神地轻盈地跳过网间的空隙,溅起飞扬的水珠。它们低着脑袋,全神贯注地用嘴拱着叶片,寻找叶片上的小虫。

"吱呀——"一楼的窗户在这时被缓缓推开了,尖厉的声音惊动了正专心觅食的麻雀,伴随着翅膀慌乱的扑腾声,它们惊得飞走了。

一

窗后站着一个苍白消瘦的少年。他为了起床后换换气,推开了这扇年代久远的木窗,夏日雨后的清凉之气扑面而来,带走了睡意。

"下这么大的雨?"他自言自语,将脸探出窗外。丁香树茂密的深绿色叶片挡住了他大部分视线,叶子上细密的水珠清晰可辨,呈现着斑斓晶莹的光泽——阳光折射其上的缘故。

他并未察觉悄悄演绎着的,由大自然最美妙的光与影编织而成的电影,离他很近很近。

故事的男主角轩,16 岁。

又是一个即将成为记忆的暑假。这是一件值得高兴的事,还是一件值得苦恼的事呢?

开学意味着又要见到熟悉又陌生的老师和同学,他不喜欢人密集的感觉,觉得拥挤。轩心想,坐在书桌前,呆滞地盯着作业、漫画书和零食构成的凌乱组合。

暑假永远都是悄无声息地溜走的。清晨,轩在穿过葡萄藤的阳光照耀下睁开眼,夜晚在草丛中昆虫的合唱伴奏中合上眼皮。写作业间隙的发呆,眼中映出的是被割成窗户面积大小的景物。它们死气沉沉的静止带给人错觉,宣布着时间的停滞。生活在这单调的缓慢中,从未发觉时间流失之快。

这院子简直是一个牢笼,要把我与世隔绝。轩烦躁地想,漠然地看着窗外。窗外的景象虽像一幅画,却凝固了时间。轩的眼睛重新移向书桌,伸出手准备把堆在一起的作业收拾好放进书包。这时,他正在整理书本的手停住了,眼睛微微睁大,盯着书桌上凌乱之下的——

一个淡黄色信封。没有署名。

"这是什么?"带着好奇心打开,轩抽出里面的一张泛着米黄色的信纸。

亲爱的轩:

我叫 K,是一位孤独的旅行者。K 是扑克牌中的王,我也是我世界中的王。当我走得足够远再回头看时,我发现世界是美好的花朵和痛苦的荆棘并存的平行空间。"如果不去遍历世界,我们就不知道什么是我们精神和情感的寄托,但我们一旦遍历了世界,却发现我们再也无法回到那美好的地方去了。当我们开始寻求,我们就已经失去,而我们不开始寻求,我们根本无法知道自己身边的一切是如此可贵。"我爱《小王子》中的这句话,这便是我下定决心行走的原因。

我会把我旅行中的点滴告诉你。在旅行中你路过的每一条街,每一栋楼房,每一个人,窗台上种植的紫色鸢尾兰,雪白的桌布,都流淌着美的灵魂。

你要慢慢热爱你的生活。当你选择去热爱,你就拥有了常人无可比拟的财富。

交个朋友吧。你没有发现我正偷偷观察你。如果你回信,请放在窗台上。

祝好
K

字迹很娟秀。闻起来有墨水淡淡的清香。

轩瞪大了眼睛看了一遍又一遍。署名是一个叫 K 的人。

它是什么时候悄没声息地出现在他乱七八糟的书桌上的?太奇怪了。轩猜测着,把信小心翼翼地叠好,装进信封,放进抽屉。

如果是恶作剧呢?

几乎没有读懂这封信的具体内容,关于旅行,关于精神之类的。不过,至少现在他并未觉得暑假全部都是单调乏味的了。一个秘密偶然间落入了他平淡的生活之湖中，荡起了层层涟漪。

你在偷偷观察我？你是谁呢？

"轩，出来吃早饭了！"妈在门外喊他，每天都是六点半。

"来了。"轩答应着，最后看了一眼抽屉。

花丛中的一双眼睛睁开了。少年的身影定格在那亮晶晶的绿色瞳孔里。

二

无论上学还是放假，轩都保持着每天早上六点准时起床稳定的作息习惯。没有雨。预示着夏季的尾巴已经随着最后一滴雨水的蒸发踮起脚尖溜走了。

轩坐在餐桌前大口啃着面包。妈端着牛奶从厨房里走出来。"作业带齐了吗？要不要我开车送你过去？"

"不用了。"轩瞥了一眼手表。

他抓起玻璃杯，牛奶咕咚咕咚地灌下肚。"我走了，妈。不然该赶不上公交了。"

他急匆匆的原因，其实是为了在公交车站看见蓉。她和他同班，每天早上与他坐同一班车去学校。他已经暗恋她一年了。

青春期少年的小心思，局中人看来，是未褪去幼稚的可爱，局外人看来，却是未褪去可爱的幼稚。

她听见门在她面前关上的声音，透过窗户，目送儿子奔跑着穿过粉红色的月季和金黄色的矢车菊围成的小径的尽头。

"这孩子。"

"咦,这只猫什么时候跑进来的?"

"今天,是高二开学第一天。同学们经过高中一年的适应,想必大家对于高二更加充满信心……"

"真是堆屁话。"轩旁边的男生从鼻腔深处不屑地哼了一声。

高大英俊的男生是池。同样的年纪,他的个头却蹿到了1米90,即使在大多数男生中,也无疑是鹤立鸡群的存在。身高优势带给池毫无压力的优越感,也成了他欺负同年级甚至低年级男生的资本。

轩经常在课间的走廊里,看见他和一群男生勾肩搭背走在一起,一排高大的背影占据了整个楼道。他们高声谈论着游戏,或者是昨晚的球赛。即使再嘈杂的走廊,依旧能从无数声音中辨认出他浑厚的笑声,经过耳膜的放大,久久回荡在轩的心里。

不同于一般青春期男生的公鸭嗓,他的声音洪亮高昂,能嗅到阳光的味道。

但是轩总是刻意避开他们。因为他的身材,因为他的声音,因为他身上散发的巨大气场,那种气场,是他瘦弱的身板和孤僻的性格尚不能够驾驭的。

就算看见池拦住一个小学生要钱又怎样呢?他只记住了夕阳下池骑着黑色山地车闪电般穿过人流与车辆的洒脱背影。

他讨厌自己麻秆样的胳膊和腿,他讨厌自己毫无血色的皮肤,他讨厌自己把校服穿得像个布袋子。

他想成为池,他想改变自己。

三

亲爱的轩：

你发现过"美"吗？我把我的秘密带给你：我能发现世界四处存在的裂缝，以及裂缝中顽强开放的花朵。

轩，不要觉得自己孤独。只要你愿意，我们可以成为很好的朋友。你若静下心来认识真实的自己，认识你的生活，就需要忍受孤独。但是，这份孤独并不是将你与他人隔绝，带给你痛苦的孤独。它有另一个名字："站在金字塔塔尖的思考。"这份带有深入性的思考让你沉静下来，去观察，去想，去追问生活。你接过孤独的橄榄枝，成为了生活的哲学家。你便发现了世间一切的美都显现了，一个新的世界在你眼前一览无余。

如果你在自己的心中发现不了美，你就没有地方可以再发现美的踪迹。你需要摒弃感情的波澜，内心的痛苦，美才会悄悄接近你。达到"漱涤万物，牢笼百态"的心灵境界是极其不易的。

你的生活并不是单调乏味，它充满了你意想不到的惊喜。"使沙漠显得美丽的，是它在什么地方藏着一口水井。"你可以在你的生活中找到一口水井，去灌溉你的绿洲。去发现你身边的美吧。

美并未孤立存在，它依附于自然与社会的载体。

学会融入你的生活，与他人接触。你把自己孤立起来，你便感觉世界是一个牢笼。对于生活的愉悦是无法找寻到的，更何况生活中的美。况且，你并不是一个人，我在你身边。

祝好

K

这个信封安安静静地躺在他的书包最底层。体育课后轩从书包中惊喜地找到了它。短短的两天中这已经是第二次了。但令他好奇的，是这封信如何鬼使神差地跑出来的。轩额头上的汗水"啪嗒啪嗒"滴到淡黄色的信纸上，润开深色的阴影。

写信人是谁？

信的内容是他之前从未接触的东西。"美与孤独"，太过于抽象的两个词。他为什么要给自己写这些呢？

教室里没有人注意到他。女孩子们扎堆在一起兴奋地聊着明星的八卦，婆婆妈妈地讨论着哪个男明星最帅；男孩子还沉浸在体育课的余温里，顶着满头的汗却依旧在教室里推搡着，碰倒了后排的几个桌椅，看来未从刚才争抢篮球的火热中脱离出来。

他是一个安静的男孩。带给人的气质是文弱的，不像这个年纪聒噪的男生。他身上安静的气场与周围的喧闹格格不入。

他的体育可以用白痴来形容。因为不会打篮球，足球踢得也不好，男生们在结伴打球时几乎不会想到邀请他。这便造成体育课自由解散时，绿色草坪上的孩子在踢球，红色跑道上的忠实观众，往往只剩下轩独自一人获此殊荣。他坐在跑道上，看天，发呆。有的时候他总是在莫名其妙地联想。比如学校此刻淹没于火海，比如城市沉入水底会是鱼儿和珊瑚的家园……偶尔，足球会不长眼睛地横空飞过来打破他的奇思妙想，轩便接住球死死抱住。场上的男孩子们不耐烦地冲他喊："喂。扔过来啊！"他便悻悻地抬起胳膊，使出全身的力气将手中的足球以一个完美的抛物线朝他们掷去。能做的，恐怕也只有这个吧。

"我要回信试试看。"轩握紧信封。他的心脏剧烈地敲击着胸口。他像发现了新大陆一般激动。他遇见了一个如此神奇的人。发生的一切,像是电影中才会出现的情节,令他自己都不可置信。

他瞥见了坐在窗前的蓉,她并没有参与课间的闹剧。她一直都沉浸在自己的世界里,像一株安静的植物。

他们两个人如此相像。

"喵——"

四

亲爱的K:

我不知道这封信你会不会收到。你好像没有写邮编……但是我会遵守约定放在窗前的丁香树下的。

我好像天生就不招人喜欢。

我一直很孤单。小学的时候,班主任向我妈妈反映过这一点,那个老太婆让我去看心理医生。

但是,你在信里提到了另外一种孤独。你让我在这种孤独中沉下心去观察生活。但又让我融入它。唉,我的生活真的也就是这样。有什么可以探寻的"宝藏"吗?(轩想了想,又加上一句话)你是谁?我真的想认识你。

轩

他惊讶于自己能一口气写那么多。轩想着,觉得自己真的太需要一个朋友。但他心里非常清楚绝不是池那样可以勾肩搭背的"哥们儿",虽然他羡慕池,但是他认为一个可以听他倾诉,并且给予他相应建议的人才是真正的朋友。他猜想着,这个代号叫"K"的神秘人是否符合标准。

即使是一场闹剧又怎样呢?他只是想发泄隐藏在心底最真实的情绪。

他抬眼看了看墙上的钟,快12点了。

时候不早了,该睡了。

"喵呜"一声,猫轻盈地跳下窗前枝干粗大的丁香树,消失在灌木丛后的黑夜里。

轩喜欢看天。他通常把这个活动当做"寂寞的消遣"。

尤其是课间,在周围喧嚣的环境下寂寞散发的气息愈发明显。看着天空,轩总是在发呆。想象着如果人眼可以看见寂寞,那么寂寞就是一团雾,紧紧地包裹着每一个深陷其中的人。不同的人会有不同的寂寞之雾,扩散的程度也大不相同。比如,一向性格开朗的人如果突遇寂寞,它所散发的烟雾是明亮的黄色或者橙色,扩散很小,不会影响周围人的情绪;而如果一向性格自闭的人遇到寂寞,那便是灰色或者更深的浓浓的烟雾。烟雾扩散之远,足以让周围的人都闻到他的孤独。

轩抬起头望向窗外。

这次,他的感觉发生了变化。天空的一角蘸着夕阳划过的一抹金黄,使得天空变成了灰蓝和杏黄交织而成的美妙搭配。鸽群哗啦啦划破了天空和谐的美感,它们成群结队地奔向落日所在的远方。他突然发现,美,离自己那么近,近得可以听见鸽子飞翔时卷起呼啸而过的"呜呜"的气流。

此刻,有窗外的美景陪伴着他。他想,他周围的寂寞烟雾,颜色应该变浅了。

五

  这几天过得好像在做梦，他原来从未想象过。

  一个神秘的写信人闯进了他单调枯燥的生活。他对于写信的"K"心生好奇和疑惑。K像个鬼魅，好像是长在他脑门后的一双眼睛似的。他依旧不知道这几天做梦般的奇怪现象是不是某人的恶作剧。

  一天伴着最后一节课的铃声又这样流过了。

  已经进入了秋天。时间过得真快。

  米黄色信封静悄悄地躺在窗台上。

  轩急忙将房门关上，把书包往床上一扔，便奔到窗台前。

  果然回信了。他按捺不住内心激动的心情，抓起信封打开。

  带着草药味的清香扑面而来。

  里面藏着一束嫩黄色的金盏菊。轩把花拿出来，花瓣微微向里卷曲着，细小的淡黄色花蕊包裹在中间，呈现向外辐射的美丽形状。

  亲爱的轩：

    你需要拥有一个人静静行走的时刻。当你静下来享受一份孤寂时，你会得到对生命，对美更加深入的思考。

    我在城郊发现了宝藏。我旅行经过那里，公路不远处，竟然隐藏着一大片金黄色的麦田。我惊呆在原地，眼前壮观的景色给我带来流泪的冲动。

    麦穗在微风中摇晃着尖且长的脑袋。从远处望去，呈现波浪状翻滚着。像一片金色的海，聚集在一起，拥有极其整齐划一的节奏，它们有着孩童般的纯真。让我产生陷入其中的错觉。夕阳照出每一粒麦穗的饱满。麦田是阳光的种子洒在地面后生长出来的"阳光"。我进入了如海一般的麦田。

麦田里开辟了一条小路。小路的尽头总让我觉得隐藏着不可预知的惊喜。果然,我发现了。那里有一座废弃的教堂。教堂的尖顶融化在暮色里,灰黑色与橙黄色交织在一起,真是绝妙的搭配。教堂的彩色玻璃把阳光碎成冰晶样的碎片洒在地上,在教堂的四周,种了一圈金盏菊。我摘下了一株送给了你。

我把阳光带回来了。你闻到阳光的味道了吗?

K

轩抓着信的双手在微微发抖。他仿佛可以感觉到K正透过信纸静静地凝望着他。这令他的内心突然升起强烈的冲动。他被信中所描写的美景折服,世界上真的会存在如此美丽如画的景色吗?这时,他发觉自己真的从未离开过自家的院子半步。他甚至厌恶这方院子,认为这里的一花一草都是如此累赘。轩记得自己向妈妈抱怨过,为什么要种树和花,夏天的时候,总会有闹心的虫子前来"光顾"。

他开始慢慢对"美"和"生活"产生了兴趣。这种兴趣简直无法与学校教授的枯燥的数理化相提并论。

"也许,生活的本质就隐藏在我们人眼看不见的地方,只有当我与世俗的眼光告别,像你所说对内心的矛盾和消极告别,重新改变一个心境看待世界的时候,它其实是充满了意想不到的惊喜。实际上,世界像一片黑暗静止的海洋。只是我一直浮在水面上,没有勇气潜入水底。"轩伏在桌子上带着激动的心情继续写着,阳光掉落在他的笔尖上。

此刻他望向窗外。他看见白色翅膀黑红色斑点相接的蝴蝶惬意地从淡粉色的月季飞向旁边挂在藤蔓上的蓝紫色的喇叭花；他看见曾经嫌弃过的黑色的千足虫不紧不慢顺着葡萄叶子摇摇晃晃地爬过；他看见一只黄黑条纹相间的蜜蜂在丁香叶上小憩；他看见窗边一只黄色的蜘蛛结了一个完美的六边形蛛网……

回归自己的内心，原来院子里同样藏匿着宝藏。

"原来，我身边的一切，从大到小，都存在着各自生命的表现形式。都是如此可爱，招人喜欢。"

他不再认为昆虫是令人恶心的小玩意儿了，它们也是有生命的。看，这只蜘蛛拥有多么灵巧的头脑啊，一只小黑虫子不幸地飞入了它的陷阱。

一扇门在轩的世界里缓缓拉开了。

他要去寻找这些美丽的风景。他同时相信，自己并没有在做梦。因为金盏花清新的芬芳萦绕在鼻尖。

七

亲爱的 K：

谢谢你的来信。有如此美丽的景色存在，让我也为之心驰神往了。我准备骑车去。

同样谢谢你让我发现了许多我不曾注意到的生命。

我们能够见一面吗？

轩

不知不觉，高二学期已经过去了一半。轩却并未像平常一样因为时间的流逝而难过。他一直认为学校的生活无聊之极。他人眼中，他是个沉默寡言的"同学",他的名字一个学期被提及的次数几乎是个位数字。甚至刚开始班里的同学都记不得他叫什么。轩为之懊恼过,他痛恨自己的性格。他如此沉默寡言,他不知道如何融入他们结成的一个个帮派。但他同时又讨厌虚伪的讨好,那样只会让他很累,也不一定换来真正的友谊。

现在,他全然不担心这些无聊的事情。他发现自己的生活是美妙的,自己比同龄人的思考程度高出了一头。他们还在讨论期中之后去哪里打游戏时,他就已经计划着骑车去郊外欣赏自然的美景了。也许,K会同意陪他去?

可是他得到的答复令他失望。K并没有答应他的请求。K在信里只是淡淡地说了一句:"一个人的风景需要一个人欣赏。"

轩没有完全明白这句话。他决定一个人去。去做一个"站在金字塔塔尖"俯瞰世间一切的孤独者。

K,像是神祇一般存在于轩的生活里,他引领轩去发现轩从未发现的秘密。他让轩发现了美。美是自然中生命的演绎。美是社会中人性的闪光。然而,他在轩的心中的形象是隔了一层面纱的小人儿。轩心里清楚自己真的很想认识这个神秘的写信人,可是在某种程度上又害怕见到他。轩害怕见面后他是一个头发花白的老头,或者衣着破烂的"流浪汉"……

期中考试之后,轩一个人收拾好行李。为期三天的假期,他对母亲轻描淡写地说自己和同学出去一天。他看见妈妈脸上惊讶的神色,心里有一种说不出的滋味。

他在早上骑车上了通往市郊的公路。也就是一瞬间的事,他想。从城市的高楼林立到乡间的蓝天绿树,改变的,不过是构图的搭配而已。

城郊果真是另一番景色。他骑着自行车,想象着这条路K也曾经走过。想象着这条路他走过时什么滋味，心中在想什么。是否在呼吸新鲜的空气，是否在对着远处连绵的群山微笑，是否坐在一棵大树下给他写信，顺便嘴里还含着一根狗尾草？

他推着自行车行走在空无一人的公路上，蔚蓝如洗的天空像一块桌布铺在头顶，只有孤零零的一片云，虽然不到中午，但阳光已经变得刺眼，照在皮肤上有火辣辣的疼痛。

轩感觉到胸口有一种从未有过的释放。他发现，在自然面前，他像自由的风。

八

沿着公路一直走，轩找到了那片麦田。果真像是在做梦一样。他远远看着它在风中摇曳，是海浪般的波动。有麦田的地方，必然也会有风吧。

他走进麦田，果然，在麦田的尽头他看见了那座破败的教堂，教堂四周雕花窗户紧闭着，十字架孤零零地挂在空中。

四周的草地上开满了金黄色的金盏菊。正值中午，太阳悬挂在头顶炙烤着他的头皮，于是轩准备进去避暑。

"吱——"教堂门被推开了。灰尘的腥味扑面而来，在阳光下，灰尘变成了反光的小颗粒，在空中上下飞舞。

阳光下，他清晰地看见一排排被灰尘覆盖的长椅。彩色玻璃窗投下阳光破碎后迷人的斑斓。"这真是个迷人的地方。"轩心想，顺着长廊向前走去。年久失修的木板在他脚底下随着每迈出一步，就发出吱呀吱呀的声响。教堂的尽头，他看见圣母玛利亚的雕塑立在透过阳光的窗子旁边，轩伸出手，轻轻拂掉上面覆盖着的一层厚厚的灰，于是他看清了她的脸。

一缕缕阳光就这样照耀着圣母温柔的脸庞，在恍惚间，他仿佛觉得她是真实的存在。她的脸恬静而安详，拂去灰尘的覆盖，把她从沉睡中唤醒。

轩从来没有感觉过虔诚。现在，他感受到了一种原始的虔诚。一种纯粹的心灵的体验。深处宗教式的氛围，因为没有外界世俗情感的干扰而富有纯净的精神。K一定进去过，他一定也像自己一样坐在靠着彩色玻璃窗的位置凝视着圣母，观赏着头顶抽象的壁画。他只是把这难得的体验留给了我而已。他心想，坐在长椅上，毫不在意裤子上的灰。

他观察着这里的一切。幻想着这座教堂原来是什么模样，中途发生了什么使它废弃在麦田深处。废弃给予了它残缺的美。在残缺美的影响下，教堂的神圣感变得更加强烈。当轩凝视着圣母的脸，他感受到宁静、平和。时间在这里凝固了。这是真实的生活吗？一种强大的精神力量驱使着他，告诉他这一切都是真实存在的，所有的一切。

他想起 K 在信里讲过的一句话："朝圣者眼之所见，心之所动，感觉与心灵，色彩与情感，乃自成一体。精神要有色彩做外衣，才得以彰显力量；而色彩要有精神做内核，才得以包含意蕴。"K 告诉他，得出此精辟结论的人，是艺术家康定斯基。

他从口袋里掏出纸笔，迫不及待地想要告诉 K 今天发生的这一切。

九

亲爱的 K：

我找到了你告诉我的那片麦地。很美。我走进了那座教堂，它带给我前所未有的精神力量,像是,一种艺术中一直存在的精神似的。

我一定要见你一次。这次你不能再推脱了。

轩

他在教堂里写完这封信,刚准备放下笔的时候,手中的信突然间消失了。待他回头的时候,他看见一个小小的白色身影。

是一只猫。它叼着信往远处跑着。

"喂!"轩在后面追它,他跑进麦田,可是这时他已经看不到小猫的影子。

"猫咪,猫咪。"轩低着头,努力在一片金黄色中搜寻着小猫的踪迹。突然,小猫停了下来,回头看他。它的嘴里叼着那张信纸。

它有一双碧绿色的眼眸,在阳光下是两颗晶莹闪耀着的绿宝石。它看着他。

黑眼睛对着绿眼睛。

轩停在那里。

这只猫竟然让他恍惚间想起一个人。但他想不起那个人是谁。

他又开始奇妙联想了。

猫也会显现出人的一面吗?那动物的眼中,是怎么看待这个世界的?

白猫扭过头,不顾呆在原地的轩,一转身,敏捷地消失在金黄色深处。

十

他把自行车随意摊在丁香树下,拖着酸痛的双腿,疲惫地敲响了房门。回来已接近深夜。窗户里传来微弱的荧光,妈此刻应该抱着沙发的枕头看无聊的言情剧。他从窗户里看着妈从沙发上像个弹簧一样弹起来。他听着"啪嗒啪嗒"的声音从客厅到走廊,然后门"吱呀"一声打开了。"快点进来吧。"借着昏暗的灯光,他隐约看到妈脸上担忧的神情。

在他心目中,妈妈的形象是直爽、大大咧咧的,几乎看不到她伤心的模样。他并没有继承她的率真和开朗的性格,但他不知道他一向积极阳光的妈妈,还会出现眼前这般焦急憔悴的样子。

他们什么也没多说。轩心里虽然充满疑惑,却还是早早洗澡睡觉了。

蟋蟀在草丛中卖力地唱着小夜曲,可他全然没有听进去。瘫在床上,他回想着今天发生的一切。做梦一般发生的一切。今天他走过的路,欣赏了真实的风景,第一次走进教堂,遇见了……一只与他对视的猫。一只充满灵性的猫。一只神奇的猫。

在回来的路上,他抬头,星星是多么明亮地散落在天幕上,像上帝随手洒下了几颗晶莹的宝石用来装饰单调的背景色。

妈妈是在乎我的。她一直都在乎我,只是我没有发现而已。轩想着,渐渐进入了梦境。

亲爱的K:

今天我给你写了信。可是被一只小猫抢走了,很可笑吧。

我逐渐热爱这个世界,它是藏在黑暗的帘幕之下预备的精彩戏剧。但是一旦你具有了拉开幕布的勇气,五彩斑斓便在眼前展现了。我越发觉得真实的世界充满了浪漫的情怀。我写不出什么深邃的语言,但我认为我自己和别人不一样。我的确是孤独的,但我的孤独保留着我最单纯、最朴实的心境。他们不理解我的内心在想什么。我周围的人只在意肤浅的东西。与其这样,我宁愿是孤独的。

看，我并不认为小院子是单调无聊的代名词了。我送你一束院子里妈妈种的铁线莲吧。

轩

轩把蓝紫色的小花轻轻地采撷下来捆成一个小花束，放在信纸旁边。他搁在阳台上，他今天起得很早。他想知道是谁在给他写信。

没有人知道这个秘密。没有人知道有一个神秘人在和他通信。告诉谁呢？有谁会相信？那帮喧闹的男生肯定会指着他的鼻子说："轩，你真是个神经病。怪不得你没有朋友。"

他知道这里面有池。他们交集甚少。他原来真的羡慕池。羡慕他的高大，羡慕他的帅气，羡慕他所谓的自由。可是现在，他突然发觉到，一切刻意的接近都没有意义。他们不是一个世界的人。他其实薄得像一张纸。他想做一本封皮朴素的书，第一眼看上去，并未留下太多印象，但随着深入的翻阅，愿意接近他的人便发现了特别之处。在轩的世界里，同样高大，帅气，自由。K让他发现了他从未发现的美，无论是细微深处的美，还是恢弘大气的美。一切的美他都领略过。这种美带给他愉悦，带给他精神的解放。K给了他生命的意境，让他找寻到了生命的足迹。在人群中，生命是值得珍视的。在自然中，生命是值得尊敬的。什么时候，都需要给可贵的生命一个正确的位置。

他什么时候，能与这样一个充满传奇色彩的人见面呢？

轩久久凝视着窗外，阳光挤进树叶的缝隙，光影斑驳，打在他扬起的脸上。

他爱上了光。光穿透一切的时刻，生命便在沉睡中被唤醒。生命的起源，是光的起源。光照亮黑暗中的死寂，带来了永恒的生命。

好久，他都没有回信。

轩不知道 K 发生了什么事。

他怀着惴惴不安的心情，每天度日如年，焦急地期待着他的老朋友的回信。

过了两个星期。

信终于放在了他窗前的丁香树下。

亲爱的轩：

我想把我的旅行经历全部告诉你。这次也许是我们最后一次通信了吧。我要继续旅行。于是我选择离开这里。认识你，我真的很高兴。

我的行走，带我遇到了许多人、许多事。旅行的种种经验给了我"美"。我一个人在自然中，倾听自然万物起伏的呼吸。群山、流水、绿树、鸟兽，他们在以不同的方式演绎着属于他们自己生命的舞曲。我也曾深入人群。看到坐在长椅上的老婆婆晒得黝黑的脸上挂起的微笑，无声地告诉我她的生活里充满了阳光。我看到医院里产妇诞下新生儿的那一刻，心中浮起无尽的对于生命到来的尊重和喜悦。我路过街头看见拉着手风琴卖艺的年轻人，即使他没有西装革履，我依然从他洋溢着热情的眼睛里和他悠扬的音乐里看到了一种高贵的尊严。他把对于生活的欢乐带给了他人，多么浪漫，多么崇高！

然而，我也看到高楼无数紧闭的窗户，无数包裹得严严实实的窗帘。冰冷的机器转动着，向前推进着时代的节奏。我看见无数行色匆匆的人在时代铸成的闪着金属光泽冰冷的齿轮上转动着，像一只只踩着轮子的仓鼠。他们踩着齿轮，费力地推动着它向前……他们面无表情，因为接触齿轮的冰冷，身体上便同样拥有了写满了拒人千里之外的冰冷。生命的幕布就这样在这群人的面前无奈地拉上了。

我爱光，我爱花朵，我爱海，我爱自然，我爱世间的温暖，我爱人性中鲜少的浪漫。在我的眼里，我看到生活的真实。我看到生活中的灰色，同样看到其中掺杂的彩色。

我有一双你们没有的眼睛，以及一颗包容世间所有真善美的诗意的心。

你要做一面镜子，像托尔斯泰说的那样，照亮了自己，也丰富了文化。

还有，无论世界是否毁灭，不要让你最真实的自己毁灭。

敢于斗争，却不要忘记自由。

K

十一

"给钱，快点。"池在学校拐角处拦住一个小学生。小学生在他面前，像一只弱小的兔子。而他，活生生地扮演了一头饥饿的熊的角色。

"对……对不起……哥哥……我没有……没有……钱。"男孩一双大眼睛吓得睁得圆鼓鼓的，眼睫毛不停地上下扑闪着。轩站在池身后，清楚地看见快要夺眶而出的泪花。男孩紧紧靠着墙，结结巴巴地解释着，双手胡乱抓着裤脚。

池的脸上闪过一丝不耐烦的神色，随即被狞笑所取代了。

倾听未来的 声音

"小朋友,你说什么,我怎么一个字都听不懂呢?"他往小男孩的身上靠了靠,轩清楚地看见他的右手攥成了拳头。

"放开他。"轩在背后说了一句。

池扭过头,惊讶的眼神里透着不可掩饰的怒意。他的嘴角抽动了一下。

"你说什么?"语气中带着不可一世的轻蔑。这种轻蔑驱使着轩昂起头,顽强地撞进他的目光。

"我说。请你走开。"

小男孩依旧在颤抖着。他紧紧贴着墙角,可怜巴巴地看着池。

"学长……我……我能走了吗?"

池回过头,扫了一眼小学生,紧接着重新看着他面前看似瘦弱的男孩。

池看见了他身体里前所未有的能量,像一壶沸水,咕噜咕噜地,在体内沸腾着。

"滚。"他看着轩,从牙缝里挤出这个字。但是命令指向的是自己身后的男孩儿。

收拾书包的慌乱声音,小学生跌跌撞撞地跑掉了。

池依旧盯着轩。

"你干什么?"

轩迎着他霸道的目光。"我只是想让你注意一点你的行为。"他不再是那个曾经软弱的男孩子了。

他找到了真正的自己。

他不屑于为了刻意靠近一个不屑靠近的人,而改变他最想做回的自己。

他记得K说过的一句话:"学会去衡量友谊的价值。什么人,值得你为他真心付出。如果不值得,只能说明他比你肤浅。一个真正的朋友,能够让你感受到来自心灵深处的快乐。"

池并不是。

他仗着自己的某些优势,开始显现自己内心的幼稚。

"即使你的外在看似洒脱不羁,你的内心却迟早会被现实的链条死死捆绑住。你不过是个不愿意改变自己,并以浪费生命为乐的人。"

轩一字一句地说着。他不想隐瞒,他也不惧怕他说完这句话之后是否会惹来麻烦。

"所以,请你不要在我面前假装自己有多么神话了。我不是其他人,他们看不到你的真实,我看得到。"

池的表情僵硬住了,他久久地,不可置信地盯着轩。

"你他妈到底在说什么?"

轩拉起书包转身就往前走。留下池一个人愣在原地。

这时,轩回过头。看着池。

他突然觉得,自己像那只猫。

十二

少年坐在书桌前,开着窗户。葡萄叶在瑟瑟秋风中岌岌可危地抓住救命稻草。翻飞的树叶在他的头顶晃来晃去,卷起的脆弱的叶片,随着忧郁的秋飞向远方。

冬天随着落叶的离去,踏着寂寞的脚步来临了。

轩看着眼前这一切，眼神中生出几抹忧郁。不知为何莫名地忧郁。难道是悲秋悯人的伤怀情绪吗？

冥冥中他生发一种奇怪的感觉：一切梦境都要结束了。

绚烂之极，归于平淡。

可是他摇摇头，提笔开始写信。

亲爱的K：

不知不觉，我们度过了四季。一年里，我们仅仅是保持书信联系。然而，我是幸运的，因为你让我看到了生活的真实，生活的丰满，因为你同样是丰满的。你如此自由，沉稳，浪漫。我认为，是你唤醒了我体内另一个沉睡的我。

你让我发现了美的崇高。对于这种感觉，还是我去那座破败教堂时强烈感觉到的。当阳光从玻璃窗户中洒进室内，照亮一切的时候，仿佛就像是神圣的光辉驱散了混沌的黑暗。一切真、善、美的情愫随之在光芒中喷薄而出。我看着圣母玛利亚慈祥的脸庞，心中涌起如朝圣者一般高尚的虔诚。是啊，那时候，我就是一个朝圣者。朝拜艺术，朝拜人生，朝拜生命，感谢自然的恩赐，感谢宇宙的包容，感谢生命中的阳光。

同样，感谢你。

请让我，在你走之前，见你一面吧。

轩

晚上放学，轩坐在回家的公交车上。他开始观察车上的人，幻想是不是每一个人背后都有一个故事。

靠窗的妇女睡得很香，也许家里有小女儿需要照顾；坐在我前面的男孩带着耳塞，也许他为了享受音乐并不着急回家。

他发现公交车是一个装满了各种人各种奇妙的梦行走的布袋子。每个人都有一段故事。也许是好的故事，也许是糟糕的故事。

他学会去观察周围的人。餐厅的服务员，他们端着油腻的盘子穿梭于顾客之间，是否抱怨过生活？身着礼服的新人，在众人目光的见证下交换誓言，是否感谢过生活？街头的乞讨者，他们是否为时间的匆匆流逝而感到悲哀？

他望着车窗外疾驰而过的霓虹，想象着如果公交车还可以移动的话，是不是会形成彩色的光带。

"你是要走了吗？"他把头靠在车窗上。耳边响起汽车发动机的轰鸣声。

白猫站在公交车驶过的站牌前，目送公交车驶走。绿色玻璃珠般的眼睛里折射出夜晚的璀璨星光。

十三

看惯了夏季的碧海蓝天棕榈树，冬天的海水给人另一番审美享受。

泛着白色的沙滩，一小部分融化在灰蓝色的海水里。此刻的天漂浮着灰白相间的云，它们追随着海水散发的咸味，不紧不慢地从远方飘过来。

海边，K曾经走过。

他告诉轩，他喜欢海边。当他面对平静的海面，便感受到了自己渺小的体内壮阔的生命。

倾听未来的声音

现在，轩就站在海边，在波澜壮阔的海面前，他同样感受到了自己的渺小，以及静默的海水带给他另一种形式的雄伟。他静静地伫立在海边，海面随着微风浮动起微小的弧度。

"海是世界，也是生命。静止的海水下是另一番瑰丽的世界。你需要学会潜水，潜到海面以下。但是鲜少的人会拥有这番勇气。"他在这时，想起了K说过的话。

他一直站在原地，望着起伏的灰蓝色海水，它是一头平稳呼吸的蓝鲸。

他想象着K来过海边，一个人，赤着脚，默默地在海边散步。沙滩上留下一串脚印。他瘦高的黑色背影映衬着灰色的天空，形成了天地间一个独特自我的符号。

"——轩！"

他回过头，妈正向他走来。她穿了一件白色的裙子，美得不食人间烟火。在他的记忆里，他从未发现妈妈这么美丽，年轻，充满活力。

她站在他身边，与他一起凝望着近在咫尺的海水。一艘扬着白帆的帆船驶过，悠扬的笛声回荡在海天之间。

"轩，我很高兴，我看见了你的成熟。你比原来开朗了，这让我很是欣慰。希望你的爸爸也能知道。"

她顿了顿。

"我和爸爸都非常爱你。"

轩低下头看着妈妈，她此刻像个孩童一样天真地闭着眼睛。

"我知道。"

他看着远处的天空，非常近，海鸟在画布上翱翔着，翅膀留下的痕迹形成了无数个不规则的线条。多么高远的美！多么自由的美！轩开始羡慕海鸟了，它们如此自由地翱翔于蓝天，也如此勇敢地面对暴雨的洗礼。

他想起《美学散步》中关于海的赞美："我爱他，我懂他，就同人懂得爱人的灵魂，每一个微茫的动作一样。"

他相信，K也曾经来过。但是，他选择了离开。他是自由的，他不属于任何人。

"——K！你在哪儿！"轩使出全身的力气，大声地对着广袤的海大声呼唤着他的名字。海鸟听得见，白云听得见，船听得见，海听得见，浪花听得见。

"K——"

"K——"

"喵呜——"一声清亮的猫叫在轩的头顶响起。他抬起头。

白色的猫站在一块岩石上凝视着他。他永远忘不了它一双绿色玻璃珠般的眼睛。

白猫站起来，抖了抖毛，轻盈地跳下岩石。

轩看着它，它也看着轩。黑眼睛对着绿眼睛。

它又轻轻地叫了一声，紧接着，它开始在沙子上走起轻盈的步伐。

他全程注视着猫奇怪的举动，突然瞪大了眼睛。

它在沙子上，写了一个大写的"K"。

K，神秘的K，神秘的王者，你是我心中的鬼魅，但你竟然听见了我的呼唤。

猫淡淡地看了他一眼，奔向远方，消失在薄雾里。

轩并没有上前追它。让它去吧。

它就是K派来的使者吗？

又或者，它就是K吗？

妈妈疑惑地看着轩。

"轩，我并不想隐瞒你什么。但是你刚才是在叫K吗？"

轩扭过头。

"我在你的抽屉里发现了写有K署名的信。"她依旧用不可置信的眼光看着轩，"可是，这并不是K写的。"

"什么意思？"他看见妈妈的眼睛不停地扫着他的脸。

"我看见，你一个人坐在窗台边写信，几乎每天都是如此。你还记得期中考试之后你和我说你要去旅行的事情吗？你考试之前，写过一封信，就在……早上。但是那天你没有写完，落在窗台上了。信的开头是'亲爱的轩'，你写到你在城郊发现了一片麦田里的小教堂，但是只写了一半……"她慌乱地挪开了眼睛。

"什么？妈你到底在说什么？"

"你，你在给自己写信啊。我发现你好几次，早上爬起来开始写，把信放在阳台上。你给自己，取了一个叫K的名字……"

终

和煦的阳光洒在新绿的叶片上。

校园里的国槐冒出的嫩绿色叶片，吸引了喜鹊欢叫着在粗壮的树枝上搭起小窝。

木槿开出了淡粉色的花朵，与缀满枝头的桃花争奇斗艳。白翅膀的蝴蝶闻着花香醉人地翩翩起舞。

天空是春天拂过后水洗的蓝。

蓉屈膝坐在槐树下,长发垂在腰际。她的手里,捧着一本书。

真是个专注的女孩子。

他站在树下,眼神透过急匆匆的学生看着她。在轩的眼里,花树下的专注的女孩像一株高洁的玉兰。

他看清楚了书封面上的三个字《小王子》。他快步走过去。

"嗨。你也在看《小王子》?"他把夹在腋下的书取出来。同样,也是《小王子》。

"好巧,你也在看这本书。"女生仰起脸,微笑点亮了整个春天,"一起坐下来看吧。"

一只白猫蹲在树上,享受着阳光的温暖。它凝视着桃花掩映下坐着的两个人。眯起了绿色的眼睛。

喵呜——春天,又是一年生命的灿烂轮回。

只有用心灵才能看得清事物本质,真正重要的东西是肉眼无法看见的。

猫是谁?

这是K的秘密。

谁是K?

这是我的秘密。

(作者学校:北京市立新学校)

专家点评

　　这是一篇立意高远结构完整的好文章，表达之纯熟远远超越中学生的作文水平，可以说是一篇富有才情的好文章。虽然虚构通信的表达方式来自于《苏菲的世界》，但是由于作者独特的经验，诗意的语言和富有感染力的细节描述使这篇文章成为"轩的世界"，一个神秘的叫K的男人富有启迪意义的通信唤醒了内向拘谨的男孩轩，这个有些封闭寂寞缺乏勇气的男孩在与K的通信中获得了生命与美的真谛，大门在他面前徐徐拉开，他从幽暗的门里走出来，去发现阳光、生活的美好、自由的价值，当然更有内在的坚定和生活的勇气，他最终成为了他自己。正如轩给K的信中所写："我逐渐热爱这个世界，它是藏在黑暗的帘幕之下预备的精彩戏剧。但是一旦你具有了拉开幕布的勇气，五彩斑斓便在眼前展现了。"

　　本文的另一出色特点是把K的通信获得的哲学思考跟真实的现实连接起来，轩沉闷的中学生活，暗恋的少女蓉，欺负弱者的猛男池，虽然出镜不多，有分寸的着墨都是为了映衬轩的真实生活和内心变化。当然，由于作者着力于要思考生命和美等重大问题，显得稍微有些失重，布局如果稍微均衡一下也许会更完美。

　　作品文辞优美，表达精细，很多比喻富有独特的传达力，比如轩暗恋的少女蓉，"像一株安静的植物"。比如写"寂寞"："想象着如果人眼可以看见寂寞，那么寂寞就是一团雾，紧紧地包裹着每一个深陷其中的人。"诸多的妙语和感悟如星星在黑夜里闪亮，让文章显得饱满而富有魅力。整部作品构思精巧，起于小王子的游历，终于小王子的真实，起承转合，文气相合，结尾没有落入俗套，几乎点题后，又抛出疑问，神秘的猫是谁，我是谁，K是谁，也许就是秘语，这正是文章的题目了。

我是中国人民大学附属中学高三年级的陈紫晗，一个自信自律、阳光向上的快乐女孩。我爱好广泛，具有奉献精神和公共服务意识。我曾参加中关村一小及人大附中合唱团。进入高中加入学校志愿团，作为一名志愿者，曾到宋庆龄故居等地作义务解说和志愿服务。加入鸿之梦社团，为打工子弟小学编写讲义，教授实验课程。我注重培养文学素养。加入学校宣传部和小作协，作为人大附中校刊《无疆》的文字编辑，积极为校刊撰稿投稿，校对修改文章，在《无疆》校刊以及小作协《务虚文苑》会刊上有数篇文章刊登。

陈紫晗
警官艺术

人物：

农民——叶戈尔　　　　　　工人——安德烈

老警官——亚历山大　　　　法警——叶夫根尼

警官——奥楚蔑洛夫　　　　巡警——叶尔德林

首饰匠——赫留金　　　　　厨师——普洛诃尔

警长——阿列克赛

场景：

法院　　　　　　　　　　　广场

第一幕 广场上维护秩序

　　傍晚,广场上充满了喧闹的人群。突然,两驾马车驶入广场,人群骚动。

安德烈:哦!叶戈尔,好久不见!最近发生了些什么,什么使你愁眉不展的?

叶戈尔:哦,安德烈,别提了。最近不知为何,粮食的价格一跌再跌,地主的地租却是不变,再加上收成不利……再这样下去,恐怕种子粮都要买不起了。

安德烈:这可真是件怪事!粮食收购的价格不断降低,购买粮食的价格却是越升越高,怕是老爷们都赚得金币满钵了!

叶戈尔:嘘!这可不能乱说!……瞧!那儿来了两辆马车。看那精细的雕刻,一定是哪个老爷或是哪家的公子吧!

　　瓦西里、弗拉基米尔上。

瓦西里:卑劣的弗拉基米尔,晚上好。

弗拉基米尔:高傲的瓦西里,你又有什么鬼点子了?

瓦西里:直话直说吧:离开达莉亚吧,弗拉基米尔,你根本配不上她。

弗拉基米尔:嚄!你倒是配得上,瓦西里。你说说,她那么美丽妖娆,聪慧过人,而你呢?只是卑鄙、无耻、下流的愚笨之徒,岂能比得上她!

瓦西里:一派胡言。你怎见得我卑鄙了?倒是你,弗拉基米尔,我亲眼看到你昨天冷漠地赶走了你那相处了两个月的女友!你这种纨绔子弟简直是玷污达莉亚的美名。

弗拉基米尔：好啊！你去四处打听打听到底谁才更像个无所事事的花花公子，瓦西里！

瓦西里：花花公子？你这般凭空污我清白，我要教训教训你！

　　二人厮打起来。

叶戈尔：有趣！官家和官家打架！

安德烈：快去看看，别错过了！

　　人群熙攘起来，警长上。

亚历山大[一边跑过来一边喊]：嘀！你们在干什么，还不快分开！（把二人拉开）你们两个到底怎么回事？怎么凭空打了起来！

瓦西里：哦，亚历山大警长。我想这件事属于我们的私事，和您并没有太大的关系，您走吧，不会出什么大乱子的。

亚历山大：不会出什么大乱子？这是什么想法！弗拉基米尔公子，我告诉您，一个国家如果人民不严格按照法律过日子，而是自在逍遥的话，那么这个国家迟早要灭亡的！你们最好给我一个理由，否则我要把你们统统带去警察局解决问题了！

弗拉基米尔：是啊，长官。您看看这个人：多么高傲的性子！刚才他屡次挑衅我，还先动手打人，您看看[指着自己的脸]，他下手多么狠毒！不信您问那边的群众，这些正直的人民才是真正的西弥斯呢！

亚历山大[转向群众与瓦西里]：他说的是真的么？

叶戈尔[突然叫嚷]：不错的！长官。他们两个刚才聊得好好的，突然这位瓦西里公子便动手了。这种行为可是太张狂了，反而是这位弗拉基米尔公子，风度翩翩，怎么看都不像是一位暴徒。[对弗拉基米尔谄媚。]

弗拉基米尔：哦！多么英明的公民！这位好人，待会案子了结，你可一定要跟我去喝杯茶什么的！王法因你而愈发闪耀了！[转向亚历山大]警官，我看这件事可以了结了吧，您带这位公子走一趟，一切就都真相大白了。

瓦西里：哦！长官！您不要轻信了……

亚历山大[打断瓦，对他点点头]：可不能这么快地下结论。瓦西里公子，我也要问问您：刚才他说的可是实话？

瓦西里[支吾]：恩……警官……我想……不错的。

亚历山大：那么你为什么要动手呢？

瓦西里：哦，警官，刚刚我们俩在为争夺一位姑娘的芳心而苦恼不已，可是不曾想他却凭空捏造，污蔑我的名声，这怎么可以忍受！于是我便忍不住……

亚历山大[思索]：这样看来，弗拉基米尔公子，您的责任也不小啊。

瓦西里：可不是！英明的长官！您一定得好好管教管教他，不然这种人到处挑事，将来一定会成为祸害的。

弗拉基米尔：无耻啊！我要好好教教你怎么说话！[挥拳]

瓦西里：长官！他又打人了！绝对饶不了他！

亚历山大：住手！跟我走一趟，我一定要解决了这个问题。

安德烈[远远喊]：长官，您要好好惩罚惩罚这种无法无天的人！

弗拉基米尔：哼，长官，我的父亲可是席加洛夫将军，您这样做恐怕不妥吧。

亚历山大：您父亲是将军又怎样，在法律面前，犯了错就是要受到惩罚的！

瓦西里：哦，不错的。感谢您，长官，我会登门拜谢您的。

亚历山大：瓦西里公子，您也不要忘记了，这件事你们二人可都是逃不了责任的。你们二人在广场上打架，本就是严重违反法律了，更何况围了这么多人呢？这些群众不好好干活，在这里围观，得触犯了多少条议会制定的神圣法律！

瓦西里：哦……长官，您怎能这样呢？我劝您不要这样，我的父亲可是大法官尼古拉。您这样做，我父亲饶不了您。

亚历山大：我的眼中只有法律，法律可没有一条说过：大法官阁下的儿子可以打人而不必违反法律。您也得跟我走！

瓦西里、弗拉基米尔：您可把我们两个人都给得罪了，您的下场好不了的。

亚历山大：我倒是不信了：在这个王法的天下，我怎么会去害怕你们这种违法的人！跟我走！

　　群众骚动起来。

叶戈尔：这长官真是没趣，本来好好的一幕打架，就被他这样破坏掉了，尤其是有钱人家子弟打架！这样的好戏也不知什么时候才能再碰到了。

安德烈：可不是！长官！您把他们放回来接着打吧！

亚历山大[冲群众]：胡说些什么！你们聚在这里干什么！你们这样做可是违反法律的。你们这群人干了一天的活，下了工不回家老老实实休息，反而整天在这广场上挑衅滋事。我倒要问问你们了：是哪条法律允许你们这样做的？是哪部法典给你们聚集挑事的权利的？要是所有人都像你们一样不安分地闹事，国家还不闹出大乱子来！要是在军队里，你们早都被枪毙了！你们都回家

去，不许再出来，要不然我可是要惩治你们了。[挥手赶人]

人群嘟囔着哄散。

所有群众：这长官管理得太不好了，执法还不公正，真应该换掉……[叽叽喳喳，全说坏话。]

亚历山大：老百姓！都散开，不许成群结队！回家去！[自言自语]这群人就是欠了教育与管教。他们不懂法律，而我却是受过教育与军队管教的人，我来管教他们，本来就是天经地义，也是为了他们好，为什么他们却不理解呢……[摇头]

警官、群众下场

第二幕　法院审判

群众、亚历山大、叶夫根尼、弗拉基米尔、瓦西里上。群众骚动。

叶夫根尼[用东西敲击出声响]：肃静——

群众安静下来。

叶夫根尼：亚历山大，您被控告在两天前用言语和行动侮辱将军之子弗拉基米尔、大法官之子瓦西里以及其他多位公民，而且前二人是处理私事的时候被您侮辱的。您承认犯罪事实吗？

亚历山大：老爷，法官先生！有罪的不是我，是他们那些人。这件事完全是由他们争抢一位姑娘的芳心引起的。那天我心平气和地走路。一瞧，各式各样的人站立在广场上，一大群。老百姓怎么聚集在一起啦！请问，他们有什么权利？难道有法律规定老百姓可以成群结伙吗？我推开那些人，去处理案件……

叶夫根尼：让我插一句，您当天并不当值，难道驱散人群也是您的事吗？

群　众：不是他的事，不是他的事！

叶戈尔：老爷，自从有了他，我们简直活不下去啦！打他当上警官那一天起，我们就恨不得逃出去才好。他把我们大家可折磨苦啦！

安德烈：老爷，正是这样！不管出了什么事情，或是我们聚在一起干什么事，他准跑来，大喊大叫，闹得乱哄哄的。他给什么事儿都立规矩。他说没有哪一条法律上写着准许群众聚集。

叶夫根尼：肃静——

亚历山大 [委屈]：老爷，驱散人群怎么不是我的事……万一发生不合规矩的事，那怎么办？难道能让老百姓胡闹吗？哪个法律写着可以让老百姓任着性子去干？我要是不去赶他们，管他们，那谁去管他们呢？对真正的规矩，这里的人谁都不懂。老爷，这么说吧：全村的人中只有我才懂得怎么管老百姓。老爷，我什么都懂。我过去不是农民，我是士官，在华沙当过差，在司令部里，先生。什么规矩我都懂，先生。群众是普通人，什么也不懂。他们应该听我的话，这对他们有好处。就拿眼前这件事来说吧……我是赶散了人，可是难道应该放任他们打架聚集吗？瓦西里公子和弗拉基米尔公子妄图用父亲的官职来抹去自己的罪恶，我忍不住，便把他们带走了。

叶夫根尼：您得明白，这不是您的事！

亚历山大：先生，怎么能这么说？这怎么是与我无关的事呢？怪事！他们还向您告状，说我不许他们集会……集会有什么好处？不干正经事，倒打起架啦……我……

叶夫根尼：够了！弗拉基米尔阁下，他的行为可对你造成了损失？

弗拉基米尔：不错的，法官先生。他对待我的态度不但粗暴，更是对我和我父亲的名誉造成了损失。

叶夫根尼：瓦西里阁下，他的行为可对你造成了损失？

瓦西里：不错的，法官先生。他还扬言要殴打我们呢。您去打听打听，现在哪个地方不在传言我是个花花公子！这还不都是他造成的！

叶夫根尼：亚历山大警官，鉴于您的恶劣行径对几位公民造成了不可挽回的损失，本庭判处你监禁一年。

亚历山大：为什么？这是哪一条法律？

群　众 [嘘声]：带走他！带走他！送他进监狱！

亚历山大：老百姓，都散开！不许成群结伙！各回各的家去——

　　叶夫根尼、群众、亚历山大、弗拉基米尔、瓦西里下

第三幕　新的警官

　　狗、赫留金上

赫留金：哎哟……哎哟！疼死我了！该死的东西，你竟然咬我？伙计们，逮住它！别让它跑了！

　　奥楚蔑洛夫、叶尔德林上

赫留金 [扑倒在地，抓住狗的后腿]：可算逮着你了！[远远看见了奥楚蔑洛夫、叶尔德林] 哦，警官老爷，您早啊！您说说这狗，凭空咬人，这可怎么行？我们这可是有法度的国家，一定得……

　　[被打断]

奥楚蔑洛夫 [摆摆手打断赫的话]：今天的天气好冷啊。[紧了紧衣服]

叶尔德林，我们快些回警局去吧。

叶尔德林：不错的，长官。天气这么阴，下雨了可不好。这些市民看起来也没有闹出什么乱子，我想巡警可以结束了。

二人作势欲下，群众上。

赫留金：哎哟……各位快来看看呀！狗咬人了……

群众围上作惊奇状。

奥楚蔑洛夫：这个赫留金，真是可气，一点小事，非要宣扬开来。

叶尔德林：怎么处理，长官？

奥楚蔑洛夫：去看看……[走过去，使劲地咳嗽几声] 怎么回事？

安德烈：长官，那个人好像被狗给咬了。

群众议论起来。

群众1：看！那不是新来的警官奥楚蔑洛夫吗！

群众2：不错，就是他，那个公正的裁判！

群众1：哦？这是怎么一回事？

群众2：你还不知道吧？那个惹人厌烦的亚历山大走后，不久便调来了这位新的长官——正直的奥楚蔑洛夫。前些日子，一个卑贱的农奴牵着他高贵的主人的狗上街遛，结果不曾想他却懒惰得打起了盹；结果啊，那条没人看管的狗四处乱跑，还咬伤了一位叫瓦西里的公子哥。

群众1：真有这么一回事？这倒是有趣，快说说，那懒鬼最后怎么样了？

群众2：别着急，听我慢慢说。那条狗咬了人自然是大事，广场上不一会儿便闹了起来，那个懒鬼自然也是醒了。他赶紧去抱住那条狗，结果正遇上瓦西里嚷嚷着要找领狗的人算账。这个农奴可是吓坏了，一个劲儿地请求饶命，并且还说自己之所以睡着是因为平时干活、种地太累了,嘿！别说,还真有不少人开始同情他了，起哄要让瓦西里饶过他。

群众1：难道他就这样脱了干系？

群众2：自然不会。我们都险些被这个狡猾的瞌睡虫给欺骗了。幸亏这时候奥楚蔑洛夫警官出现了，他一眼就看穿了这人的诡计。他一下子就想到了，这条狗之所以咬人一定是因为这个农奴指示的。想想也是，老爷们的狗那么有教养，怎么会凭空咬人？一定是他的伎俩。

群众1：似乎还真是这样的。可是后来呢？

群众2：后来？还用说？那个农奴自然是叫他活活打死了呗,你是没在场，当时整个广场都沸腾了，多壮观啊！

群众1：真是可惜，没有看到这幕精彩的场景。不过所幸，这次倒可以好好看看了。

切回主画面。

赫留金[急促地喘气，无辜地]：长官，这畜生咬了我的手指头……太无视法度了！我要有一个礼拜不能用这个手指头了，这给我带来的经济损失和精神损失得有多大呀！这畜生的主人必须得赔偿我！

群众1：说得对！长官，这种野狗一定不能没人管，不然人人自危，谁还敢来广场上聊天？

奥楚蔑洛夫[咳嗽几声，严厉地]：这是谁家的狗？真是没有王法了，我一定得给他点颜色看看，老虎不发威，当我是……还以为我管不了他了![转向群众]这到底是谁家的狗呀?

群众:这好像是席加洛夫将军家的狗!

奥楚蔑洛夫[恐慌地]:席加洛夫将军家的?这……[挠挠头,对叶]来,叶尔德林,把我身上的大衣脱下来……怎么这么闷呀?[对赫]不对呀,你,说实话,你的手指到底是怎么弄的?[怀疑地]这小狗如此娇小玲珑,你这么高的个子,它怎么能咬到你呢?我看,你是蓄谋已久,故意弄破了手指,之后逮住这只小狗,勒索人家主人赔你钱。[鄙视地]你这种人素质太差,真应该拉到局里去教育教育!

叶尔德林:[皱着眉]不对,我记得将军家里都是大猎狗,没有这样的狗呀……

奥楚蔑洛夫:[愣了一下,对叶]你再想想……

叶尔德林:[确定地]不是,这不是将军家的狗!

奥楚蔑洛夫[动了动眉毛]这狗……毛色都不正,怎么会是将军家的狗呢?将军家的狗肯定是一看就有将军气质的猎犬![对群众]谁是这畜生的主人?[对赫]我一定会给你一个交代的……

叶尔德林:[疑惑地]前几天我去将军家,好像见到过这样条狗……

群众:[附和]没错儿,是将军家的!前几天我们还看见将军家的仆人牵它出来遛弯呢!

奥楚蔑洛夫[对叶尔德林,混乱地]:那个……怎么起风了……叶尔德林,给我把大衣披上……

厨师普洛诃尔上。

群众:欸,那位是将军家的厨师吧。[向远处的厨师招手]哎,普洛诃尔,您快过来,这条狗是将军家的吗?

普洛诃尔:我看看……[确定地]将军家里哪有这样的狗呀!

奥楚蔑洛夫[急切地]:我就说嘛,将军家怎么会有这类杂种呢……

普洛诃尔[紧接着说]:这是将军哥哥的狗,他老人家的哥哥可喜欢这狗了。

奥楚蔑洛夫[对普,虚伪地]乌拉吉米尔·伊凡尼奇来了?哎呀,我还不知道呢!要是早知道,一定会到府上拜会的呀![顿了一下,露出笑容]哎呀,看这小狗,多伶俐呀!来……来……哎呦,真乖呀!

厨师普洛诃尔、狗下。

奥楚蔑洛夫[指着赫留金的鼻子]:你,跟我走一趟,真是该好好教育教育你!

人群开始哄笑,奥楚蔑洛夫、赫留金反向下。

群众2:看见了吧,多么英明的长官,一下子便从中找到了缘由。

群众1:是啊,这个卑鄙的赫留金,巧舌如簧,我们险些就被他蒙了,幸亏有警官的明断!看看这位警官,处理案件干脆利落,多么公正的一位执法者!要是他早些来这里,我们也不会受那个什么亚历山大那么多天的控制了。就该让这样的人来管理城市。

群众2:不错,不错!看!警官那里又出了什么乱子了,快过去瞧瞧!

群众下。

第四幕　升职

　　阿列克赛坐在椅子上，奥敲门。

阿列克赛：谁在那里？进来！

　　奥楚蔑洛夫上。

奥楚蔑洛夫：长官，是我，奥楚蔑洛夫。我听人说您找我有事？您有事尽管吩咐，不论我能不能办到，我都会竭尽全力的。

阿列克赛 [威严的样子]：哦，是你啊，奥楚蔑洛夫……我记得不错的话，你是三个月前来这里的吧？

奥楚蔑洛夫：是的，长官。我三个月前来这里，什么都不懂，多亏了您三个月来的悉心教导，现在我知道的规矩多多啦，这多亏了您！

阿列克赛 [眯眼]：恩，很好。你来这里才三个月，进步却是不小。看看这个吧 [把信递给奥]，这是有人在表扬你呢。

奥楚蔑洛夫 [看信，诚惶诚恐的样子]：哦…天哪…我……长官，我那天去巡视，正碰上一起胡闹的案子，我想到您平时说的，就照着做了，不曾想居然被人们记得这样深刻！要我说，这信不应该表扬我的，这都是您的功劳啊！我比起您来实在是太过渺小了，简直是愧对这些赞誉……

阿列克赛 [得意地摆摆手]：我对你非常满意，很好，明天起，你就是副警长了。

奥楚蔑洛夫：哦……长官……我已经不知道该说些什么了。您放心，只要您有需要，吩咐一声，我奥楚蔑洛夫永远都会为您效劳的。

阿列克赛 [眯着眼笑]：哼，很好。你去吧，不要多逗留。

奥楚蔑洛夫[敬礼]:是,长官!我走了!您要多休息,注意身体。

    奥楚蔑洛夫下。

阿列克赛:这个奥楚蔑洛夫倒是值得栽培。不像那个呆板的亚历山大。哼,那个蠢货,活该进监狱。

    敲门声。

阿列克赛:谁在那里?进来!

    画外音:我!弗拉基米尔!

阿列克赛[立马跑向门,谄媚状]:哦!将军的贵公子!是什么风把您刮到这里来了!我这地方实在简陋,没有来得及收拾,您屈尊,可千万不要怪罪!您别着急,我这就来开门了,不能脏了您的手!

    阿列克赛下。

全剧终。

专家点评

    本篇改编自契诃夫的《变色龙》,在原作的基础上二度创作,故事结构相对完整,起承转合比较流畅,典型人物的典型性格塑造鲜明,在前后对比之下使故事寓意更加鲜明。但是在不改变俄国故事背景的情况下,语言的原汁原味性很难保证,配角人物有性格雷同的倾向。

我是上海市格致中学高二年级的江超男。你只读过我的文字，却没看到我的汗渍；你有你的规则，我有我的创意；你肯定我的现在，我决定我的未来。爱读书，爱童话，爱北大，也爱汪曾祺，更爱写写小清新短文，站上北大的颁奖台是我的一个小梦想，征服北大才是最终的大目标。我不是温柔的淑女，不是叛逆的酷女，我把童心和热情永远带在身上，把爱和幻想寄托在童话里，我是来自魔都上海的江超男。

2011年获上海市"文博杯"征文大赛一等奖，参加过各种社会活动。文章《老照片》《那年夏天，宁静的海》发表于《中文自修》；《城市黄昏》发表于《新读写》。

江超男

稻草人

一

当风轻轻地吹落了梧桐树的第一片叶子，秋的脚印已经随处可寻。洋槐树下的虫鸣，越来越高的天穹，日益倾斜的太阳，甚至风铃奏出的，也是秋天的旋律。

稻草人守望着的麦田，远远看去像金色的海，散发出收获的气味。稻草人面向南方，柔嫩的黄色与夕阳交相辉映，红光跳跃着，拉长了稻草人的身影。

这是个收获的季节,也是稻草人将要离开的季节。

"我已经太老了,帮不上忙了。"稻草人喃喃自语着,"我该走了。"他深情地望着稻田,看着稻子们纷纷将穗儿戴在头顶,欢乐地摇着晃着舞动着,每一粒都饱含着整整一个夏天的热情,他心里不禁失落起来。

等到夕阳慢慢回到山谷,天空里最后一束光也沉浸在黑暗的拥抱,唯独留下皎洁的月和斑点的星。人们躺在床上,卸下一天的忙碌与辛劳,渐渐被睡意笼罩了。在这个宁静的村庄里,只有稻草人一整夜都没有睡,他站在麦浪间,用力睁大了眼睛,想要记住守望过的每一块田野。

晨光熹微,稻草人即将离开了。

"呼——呼——"

风,又吹落了梧桐树树梢的一片叶子……

二

农场主把稻草人抱到谷仓的旁边。"稻草人,你的工作结束了。"农场主点起一支烟,他的口中吐出一个个圈圈,然后消失在空气里。

农场主跛脚的儿子走来,坐在稻草人的身边。

"稻草人。"那男孩用清水般澄明的眼睛望着他,依依不舍的样子,"我要给你一个礼物。"他从口袋里掏出一个又尖又长的布鼻子,轻轻安在稻草人的脸上。

"我很喜欢这个鼻子。"稻草人默默念叨。

孩子给了稻草人一个拥抱,就在这个瞬间,稻草人感到自己的胸膛里有什么东西跳动了一下,然后浑身像是燃烧了起来。刚才那是什么?

稻草人想破了脑袋都不知道。

"刚才那是什么，轻轻跳动着，很温暖。"稻草人问他。

"那是我的心跳。"男孩回答。

"什么是心？我也想要这个奇妙的东西。"

"心，就是看得见本质的东西。它温暖，它跳动，它能让一切有了意义。你是个不一样的稻草人，人们都说只有人才有心，我一点也不信。再见了，稻草人先生。"男孩挥了挥手，一瘸一拐地走了。

那一刹那的感觉，将印刻一生。稻草人的胸膛里，着实有什么在生根，在发芽，反而在这个瑟瑟的秋季，更加剧烈了。于是，稻草人站立了起来，一步一步走着。

他离农场越来越远，离麦田越来越远，离农场主和他的儿子越来越远。但是，他还是属于这里的。因为他的衣服有农场的尘土，他的身体是稻秸的捆绑，他戴着农场主破旧的帽子，他还有孩子送给他的又尖又长的布鼻子。

三

稻草人翻越了一座高山。

在山顶，他遇到了西北风先生。

"您好，我是来自农场的稻草人。"稻草人有礼貌地向西北风鞠躬致敬。

"哼，我是西北风，我现在要去把所有高兴的东西都铲除。哼，稻子们高傲地把穗儿戴在头顶，哼。"西北风好像不太高兴。

"您,不喜欢稻子吗?……"

"哼,稻子们不懂礼节,这是什么时节?他们应该恭谦地站立一旁,哼。你很有礼貌。"西北风的怒火差点把稻草人的鼻子吹走,"你刚才要说什么来着?"

"我说,西北风先生,您有一颗心吗?"稻草人一字一字地说。

"心?我没有心。我曾听说过心是人类才有的。心太炙热,那种除了人谁都不能承受的炙热。"西北风皱了皱眉头,"我很忙,我得走了。你接着往东走吧,那里住着我的妹妹,她喜欢和人类打交道,或许她知道。"

西北风头也不回地走了,稻草人挥手道别:"再见了,西北风先生!"

稻草人向东前行,他觉得身体里空荡荡的,到底他要追寻的是什么?

四

稻草人路过了一片向日葵田,向日葵已经收获了,只留下光秃秃的笔直粗壮的花茎。

"您好啊,稻草人。"是一阵轻柔的声音。

是谁呢?稻草人寻声看去,只见到一个小女孩坐在路边的石头上。她有一头亚麻色的长发,一双被迷雾遮盖的灰蓝色眼睛。她穿着单薄的衣物,显然不足以抵抗寒冷。

"请拉我一把,可以吗?"小女孩始终面带微笑,"我的脚崴了。"

稻草人拉起了小女孩,问她:"你在这里做什么?"

小女孩说:"我在听。"

"听什么？"稻草人不解，现在安静极了。

"听夏天的声音。"小女孩把手拢在耳边，做出陶醉的表情，"你听，是不是有沉闷的风拍打太阳花的声响？就好像是用木槌轻柔地击打小铜锣一样，那声音，美妙极了"。

"现在什么都没有，你看，向日葵全都被割去了，只剩下光秃秃的秆。"

"啊，稻草人，我看见的分明是金灿灿的一片。"小女孩的眼底闪烁了一道光，微弱得几乎看不见。

"是吗？为什么我看不见呢？"稻草人问。

"你要用心去看。"小女孩说。

"什么是心？"稻草人问。

"你瞧，它在我的胸膛里扑通扑通，它是我的生命。每一束光亮，每一片风景都被我的心收藏。"小女孩捋了捋头发，"可惜我的眼睛什么也看不见。"

"对不起。"稻草人道歉。

"没什么，但是我也什么都能看见。"小女孩说，"我看到你是个有心的稻草人。"

稻草人把手放在自己的胸口，他的胸膛平静得好似现在他们站立的地方，没有风，没有向日葵。

稻草人悲伤地说："啊，我没有心！"

小女孩伸出手，按在稻草人的胸口，没有跳动。

"你身上散发出秸秆的味道。"小女孩说，"你能送我回家吗？"

"当然能。"稻草人将手伏在胸口，"心是人类才有的，你能给我一颗心吗？"

"有的人类的心是冰冷的。你也有心,只是还不会跳动。相信我。"小女孩轻轻摸着稻草人额头。

就在这个瞬间,稻草人又有了似曾相识的感受,胸膛里有什么东西跳动了一下,好像是大提琴手用力拨动了琴弦,不同于上次。这一次,他感到有什么东西在胸膛里融化,他闭上了眼睛,却看见了意想不到的东西:那是一片灿烂的向日葵花田,正盛开着满满的花朵,午后三四点的太阳光强烈地照耀,这是一个不可思议的日子,一个充满平凡与祥和的夏日午后。稻草人的耳边响起,是风拂过向日葵,留下木槌击打铜锣的声音……

"我看见你看见的了!"稻草人快活极了。

"真棒,稻草人,我们一起走吧。"小女孩说。

稻草人在想,这就是心,心是一个火炉,心是一双眼睛。

五

稻草人和小女孩一起向东走,稻草人想要明白心的意义,小女孩想要回家。

"你知道你的家在什么地方吗?"稻草人问小女孩。

"就在不远处,我感觉得到。"小女孩说。

六

他们路过一个城镇,那个集镇颓败极了,他们只找到一栋漂亮的小洋房，看来是一个富人的。天色晚了，他们想要去请求主人留他们过夜。

小女孩坐在一旁，稻草人走近篱笆，看见一位衣着华丽的绅士，正站在他开满大丽菊的院子里拉奏小提琴。

"您好，我是稻草人。"稻草人站在篱笆外向绅士恭敬地问候，"我和我的同伴想在您漂亮的房子里住上一宿，可以吗？"

绅士好像什么也没听到。

稻草人只好又重复一遍。

"滚开！你没看见我正沉浸在高雅的音乐里吗？你这个腐朽的家伙，快快远离我新粉刷的篱笆，让你和你庸俗的同伴冻死在外吧！"绅士愤怒极了，骂完后，他故意拉出了几声杂音，好像这样才符合他的心情。

稻草人走回小女孩身边。

小女孩问他："刚才发生了什么？"

稻草人说："有一位高贵的绅士在他种满大丽菊的院子里拉奏小提琴，我们拜访的不是时候。"

"是吗？可我看见的，却是一只又丑又肮脏的癞蛤蟆，正坐在他泥泞的沼泽中央哼唱难听的曲子。"小女孩依然面带笑容地说。

七

被拒后稻草人和小女孩只好继续向前走。他们路过一座高塔，高塔的门口坐着铁皮人。

"您好啊，我是稻草人。"稻草人对铁皮人有礼貌地说。

"你们好，我是铁皮人，这座高塔的看门人。"铁皮人说。

倾听未来的声音

"您能让我们在这里歇歇脚吗?"稻草人问。

"当然,欢迎你们。"铁皮人向他们做了一个欢迎的手势。

铁皮人浑身锈迹斑斑,他慢吞吞地打开大门,然后对稻草人和小女孩说:"你们进来吧。"

小女孩和稻草人走进了高塔,塔里十分黑暗,铁皮人点燃了蜡烛,微弱的火光照亮了空旷的屋子。稻草人四周打量着,这是一座废弃的瞭望塔。

小女孩对铁皮人说:"铁皮人,我可以到塔的顶端去吗?"

"当然可以。"铁皮人慢慢放下同样锈迹斑斑的梯子。

在高塔的顶端,小女孩向着太阳的方向仰起头。

铁皮人关心地问:"这样不会很刺眼吗?"

小女孩说:"我什么都看不见。我是个瞎子。"

"对不起。"铁皮人深感抱歉。

"但是我也什么都能看见,我看见了太阳的样子。"小女孩笑呵呵地说,十分开心,"阳光太过耀眼,没人能够直视它。但我可以,我能看见太阳的模样。"

铁皮人问:"那么,太阳是什么样的?"

"是心的形状。"

稻草人深深地思考。

小女孩问铁皮人:"你为什么不离开这座废旧的塔?"

铁皮人向远处遥望,许久才说:"为了守护这片风景。这是我心中的信仰。"

一夜过后,稻草人与小女孩再次踏上旅程。

铁皮人在后费力地挥手,"再见啦,再见啦。"他大喊着。

小女孩对稻草人说:"我看见的,是一位自豪的国王,提着利剑,守护在壮丽的城堡。"

稻草人自言自语道:"心是信仰。"

八

稻草人和小女孩去了一片橡树林。冬天的寒气侵扰了每一寸树林。天那么冷,小女孩再受不了这猛烈的寒意,她有些疲倦了。

在一棵老橡树的脚下,小女孩躺着,对稻草人说:"稻草人,我就要到家了。"

稻草人摩挲着小女孩惨白的脸庞。

"我知道。"稻草人说。他知道自己很难过,很伤心,但他却哭不出来。

稻草人低着头说:"我,不知道我还能做些什么。我想去大哭一场,可没有心的跳动,我便没有眼泪。"

"稻草人,你已经有了一颗心。你流出了泪。"

"那也许只是从我的稻草里渗出的雨水。"

小女孩摇了摇头:"那就是你的泪水。稻草人先生,你的心里有爱。再见了。"

然后她蜷缩在橡树的脚下。

九

夜幕降临,月光为小女孩铺盖了薄薄的绒毯。

稻草人没有走开,他一直陪伴在小女孩的身边,拔下自己身上的稻草盖在她的身上。

他看见一只乌鸦飞来。乌鸦呱呱地鸣叫:"稻草人,稻草人,你这样做没有用的,你也快回家吧。"

稻草人说:"我的家,在很远很远的地方,而且恐怕我回不去了。"

这时候,东风来了,东风很美丽,她问稻草人:"我的哥哥说,有一个稻草人遇到了麻烦,我来瞧瞧,他是不是迷了路?"

稻草人微笑着说:"是啊,我迷了路,我以为自己的什么东西丢了,结果,一直都在呢。"

东风说:"要不要,我带你一路向西,回到原来的地方?"

"不,我想回去但不能回去。"

"为什么?"

"她让我觉得自己有了心,我要温暖她。"

稻草人让小女孩依偎着他,小女孩始终微笑着。

"这是我的一个秘密,再简单不过的秘密:一个人只有用心去看,才能看到真实。事情的真相只用眼睛是看不见的。"小女孩闭着眼睛说,"亲爱的稻草人,现在你也拥有了这个秘密。"

稻草人俯身亲吻了小女孩的额头,就在这时,他觉得胸膛里有什么在使劲地跳动,那感觉如此强烈,稻草人看见自己的身体冒出红光,看见树林里一片郁葱茂盛的景色,看见小女孩明亮清澈的双眼。他觉得很热,很快乐。

他燃烧了起来,他看见自己身体上的火焰,照耀了这一小块树林,也照耀了小女孩蜷缩的冰冷的身体,稻草人笑着:"让我来温暖你们!"

稻草人真真切切感受着心带给他的节奏感和火烫的感觉。当身上的稻草一点点燃尽，他的脑海里不断浮现着农场主和他的儿子，西北风先生、富人和铁皮人的影子。不久，稻草人不见了，只剩下一堆灰烬也随着风吹到了远方。

黎明到了，只见一个小女孩高高兴兴地踏着步越走越远，她还回头，向着身后的什么摇了摇手，她的眼睛如此漂亮。

十

远方的梧桐树树梢上，长出了一片嫩芽。

一个稻草人已站在远处播种的田野里。春天来了。

（作者学校：上海市格致中学）

专家点评

这是一篇具有安徒生情怀的童话之作。作者借一个稻草人寻找心的历程，描述了人间冷暖，最后以稻草人燃烧自己温暖别人这一事件直指一个朴素的真理：一个事物只要它拥有了爱，它便拥有了美丽的心灵，否则即便披着人的躯壳，也还是如同行尸走肉。从而揭示"心就是爱"这一主题。作者深谙安徒生童话的精髓，以温暖明丽的词汇、清新雅致的比喻以及寄意深远的人文情怀，赋予了稻草人鲜活的生命，并使文章充溢了美丽动人的力量。

倾听未来的声音

我是太原五中高一年级的焦安然。"玫瑰无由开了花，因为它开了花；它就那样自身无忧，也不图被见。"一路成长，我就如同这样一株玫瑰，安静自由地和自己一起体悟着这个世界。喜欢在书籍中思考，在大自然中发现灵感，记录生命点滴；喜欢随时写上几笔，或是画上几笔，表达对生活的热爱。曾经到方舟自闭症康复研究院看望"来自星星的孩子"；在山姆士超市参加Super Sales活动；现在学校心理协会担任组织部部长。2013年《给自己一个传递爱的理由》为全省中考适应性考试中太原五育中学唯一一篇满分作文，刊登于第七十一期校报；中考作文《我以书为明灯》刊登于《新作文山西省中考满分作文》；2014年《然而》发表于第三十一期校刊《流火》。

焦安然

闭上双眼，我看见

这个世界，原本就在看与未看之间……

一、女孩

近了，近了。

那一片湖水，如一幅画卷徐徐打开，越来越清晰地呈现在眼前。

湖水已不再是湖水。我仿佛见到了一个新的世界。

原本以为湖面平静似镜，可现在却出现了细密如织的小波纹，将清晨的阳光打碎，仿佛装着世界创生以来的童话。而每一个波纹里都有岁月最深沉的积淀，都是一个独特的无尽宝库。从前也见过湖水，现在却感觉自己从来没有好好看过它们。从惊诧中回过神来，揉一揉酸胀的双眼——我已经不再认识这个世界——就算我看一辈子，也参不透其中深不可测的秘密。

湖畔的一只湖蓝色的小猫微微晃了晃尾尖，眼里竟也是一个世界。

二、猫

她乌黑的双眸一尘不染，像无云的天，又像这片湖。她只看了我一眼，却直抵我的内心。

女孩远远地从小路的尽头走来，出神地望着湖面。她同样喜欢湖水吗？心里一动，不经意间发现了她眼中难以捕捉的惊奇。好久没有人来了，我也不愿见到有人来——可是，她还小吧。

抖抖身上的露水，向她走去。她嘴角上扬，蹲下身把手轻轻放在我的头上，再没有其他动作。

"喵呜"，本能地叫出了声，又立刻止住。她不一样！是的，她和他们不一样。那些开车闯入此地，丝毫不顾这里的静谧空灵的成人；那些见到我就拼命抚摸，完全将我视作一个玩物的尖叫着的青年；那些一边讪笑地夹着皮包一边指指点点装文雅的"绅士"……

旧日种种令人厌恶的记忆又复苏了，但我没有再愤怒——因为此刻有一双有信任味道的手在我的头顶，面前有一个我永远忘不了的无瑕的微笑。

三、女孩

它过来了,牵动着一个宁静的宇宙。直觉告诉我,这只特别的湖蓝色的猫在提防着什么,我笑着迎上它的目光,因为这是对待动物最好的方式。

可我不能专心。因为它的每一根毛发里都藏着我从未领悟过的深意,这个世界在今晨完完全全地变化了。我真切地看到每株草,每只蚂蚁,甚至是每片云的独特,而我,也不只是一个女孩。世间只有我是我,我永远无法理解一个人或另一种动物是什么样子。

蹲得累了,不敢有什么太夸张的动作,轻轻站起身来,生怕惊扰这个对我来说仿若初生的世界。心中满是疑问,或者更多的是不安。为什么一切都变了样?原本真实的世界呢?

最后看一眼湖水,转身回家。

真的很美,平静,深邃。

四、猫

我想要再次探寻人的世界。

悄悄踩着女孩的足迹一路向前,也许小路尽头的那片土地已经变了吧。

店铺。夸张的叫卖声不绝于耳,醒目的宣传标语占据了我的全部视野。人头攒动,喧嚣嘈杂,让我头晕目眩。

"今天搞活动呢,买二赠一,快来选购!"售货员标准的笑容从面部蔓延开来。卖东西都可以这样开心,人们的幸福指数真的提高了。

满意地随女孩走出店门，拐进了旁边的电影院，一场歌舞表演正在进行。演员们个个风采迷人，绚丽的舞姿、动听的歌喉，赢得了观众们的阵阵掌声。舞台上的他们笑容更加绚烂，气氛一次次被推向高潮，我忍不住为他们喝彩。

走出剧院，仍然难以抑制激动的心情，甚至后悔这几年来荒凉的生活，迫不及待地想融入已经焕然一新的世界。

"喵——"一上大街，我立刻惊呆了，好像刚从一个狂热的火场掉入深邃的冰窟似的，行色匆匆的路人没有一个人笑，甚至是几个孩童，再没有我想象中的轻盈，难道他们的笑容都集中在了售货员、演员脸上吗？

我再没有挪动半步。

五、女孩

竟然又看到了那只湖蓝色的猫。

从未见过一只猫有那样的兴奋，这足以证明它的特别，它的身上有一种久违的难以名状的气息。

可它毕竟只是一只猫啊，人世的复杂怎是它大致走遭就能分辨得了的？它开心，只是因为它看到了人们的笑；人们的笑，又由几分无奈、几分辛劳、几分浮杂浇注。人尚且难以自知，何况猫呢？

大街上看到它呆滞的身影，一动不动。

我的心竟生生地疼起来。

六、猫

不，不，我一定是看错了，绚烂的笑容明明是有的啊！抬头，一张张冷峻的面孔将我最后的希望浇灭。又是那只手以熟悉的方式将我从愕然中拉回。

黄昏，我感到了从未有过的疲惫。女孩的影子被拉得好长，如一条漫长的路。

"科长，我改了报告的数据，这样咱们可以获得两倍的利润，到时候，咱可就发了……"

"你挺机灵的，这事不要多说，知道吗？"两个西装革履的人满脸喜悦地走过，到我身边时，其中一个不耐烦地踹了我一脚。等等，他们居然在笑！我踌躇地走了几步，感到一种说不出的奇怪。他们真的很开心，笑容也更真实更自然，但为什么我的心情却丝毫没有好起来？

想要逃离。无论是铺天盖地的冰冷还是泛滥的笑容，我都不想再看到。

湖水，我来了。

七、女孩

睁开双眼暗暗祈祷能找回原来的世界，可最终还是失败了。

所有的细节都经纬分明地交织在一起，网着一个又一个故事，而故事背后是探寻不尽的深渊。

我来到湖边，相似的清晨。

八、猫

一张张迥异的面孔在眼前交替闪烁着,融进了面前的湖水里。我已跟不上他们的脚步,因为太匆匆,无法触摸到真实。

"人们的目的地,应该是一个快乐的地方吧。"我安慰自己。

"不,人们永远也不知道自己要去哪里——他们只是不满意。"

我一惊。是那个女孩,她怎么会知道我心中所想?她带着熟悉的纯净的微笑,接纳整个世界。我醉在了她的笑里,恍惚间热泪盈眶。

"你寂寞吗?"也许只是我的呢喃。

"不,我在和寂静做朋友。"

"你快乐吗?"

"我的心里满载着爱。"

"那为什么……你的笑只是微微的,不及演员的热烈奔放?"

那边是幽远的沉默。

"这是我的一个秘密,再简单不过的秘密:一个人只有用心去看,才能看到真实。事情的真相只用眼睛是看不见的。"有了回答。

我却说不出话。

"我只为笑而笑,或者说,为爱而笑。"

顿时清醒。那些人的笑不在心里,空有华丽的躯壳,功名已经吞噬了他们的心。于是,脚步是轻飘飘的,被纷杂万物左右了一生,只留下一世匆匆。

九、女孩

那只湖蓝色的猫在笑。

"猫是不会笑的。"我试图回答自己。

"我并没有笑,是你看到了我的心在笑。"

"为什么?"苍白的问话。

"因为,我对这片湖倾注了太多美好的清晨。世间湖有千千万万,只有这一个被我们用心去爱。你我的心是满的。"

我看了它一眼,它在笑,仿佛我的灵魂在舞蹈。

面前的小湖、花草、白云都成了我的一部分,宇宙间没有其他,只有我自己。那千年的童话、无尽的宝库都在一刹那浓缩了,缩进了我的血液里,涌入心底。好像一直以来都是我一个人在生活似的,景物直至思想的界限都模糊起来,天地浑然一体。

这个清晨,我闭上双眼,变化了的世界我仍能看得见。

十、猫

在旭日微风下闭上双眼,我看见了踏实的一个个微笑,恍若等待了千年,正如真相永远在最易被忽略的地方。

湖景亦心景。而那华美的、瑰丽的、清新的、忧伤的都源于一颗心啊。

只是不知道什么在心内,什么在心外。

所以,闭上双眼,我看见……

(作者学校:山西省太原市第五中学)

焦安然
闭上双眼，我看见

专家点评

以"闭上双眼，我看见"为题目，用美文笔法描写出女孩子与猫的对话。人和动物是天生的好朋友，自然的和谐营造出美的情境。

作者从两个视角看世界。女孩的视角与猫的视角相互交替，在不同视角下，看到不同景象。

作者把猫拟人化，"我想要再次探寻人的世界"，喧嚣嘈杂原来是"今天搞活动呢，买二赠一，快来选购！""一场歌舞表演正在进行。演员们个个风采迷人，绚丽的舞姿、动听的歌喉……"人世间原来这么美好啊！

而女孩则略显忧郁，"睁开双眼暗暗祈祷能找回原来的世界，可最终还是失败了"。猫说的话，打动了女孩："那华美的、瑰丽的、清新的、忧伤的都源于一颗心啊。"

我们用心去爱一切，一切都是美丽的。

我是中国人民大学附属中学高三年级南若晨。
不爱搭讪，不爱交新朋友；
不爱创新，不爱突破自我；
不爱长笛，不爱自娱自乐；
不爱数学，不爱思维碰撞；
不爱辩论，不爱唇枪舌战；
不爱志愿服务，不爱去故居做讲解；
不爱经济，不爱做学校JA经济社的人力部长；
便不是南若晨，
不是我。

南若晨

烟花门事件

北京爷们儿

#烟花门#不转不是北京人！//@爱京者：是北京爷们儿就转！不能让外地人在我们的地盘上撒泼！@北京爷们儿【视频：北京人傲气浇烟花 外地人粗俗骂脏话 20140131】（分享自@优酷）北京人傲气浇烟花 外地人粗俗骂脏话

视频上一个男子操着浓浓的四川口音在吵吵嚷嚷："老子花钱买的烟花，凭洒子不让放，你凭洒子给浇灭了？"另一个男子提着个桶，说：

"北京空气都差成这儿样了不儿（知）道吗，你还放烟花，你们外地人就是不儿（知）道珍惜北京！"

第一个男子消失了一会儿，再回来时，手上有了新的烟花，嘴里依旧叫嚣着："老子有钱，老子再买，你再来浇啊！"说着点上烟花。"桶"的反应也极快，毫不犹豫地拎起桶就给浇灭了。潮乎乎的烟花，一如霜打过的茄子，再也打不起精神，谁都知道不可能再点着了。烟花男的脸顿时变了色，五官扭曲起来，瞬时，揪起了"桶"的衣领子，打架，似乎是不可避免的了。围观的人都去拉开他们，拍视频的手，也抖动起来。后来，便陷入了一片黑暗。

1月31日，是大年初一。今天其实也不过才初三而已。

翻到视频下面的评论，网友们也真是神通广大。

爱京者：那个烟花男叫A，京二代，凭着自己家北京的房子基本不用好好上班。

北漂族：被浇的那个是我同事。他叫B，从小地方河南一路考上北京的大学，现在住在自己租的一居室里，但是工作很努力，我们大家都还蛮喜欢他。我觉得A过分了。

strong1：我们就是有钱买烟花不行么。那是自己挣的钱。

happinesslzc：外地人就是不知道爱护北京，不把这儿当家还占用我们的资源。@异地高考拥护者

Roar：凭什么瞧不起我们外地人啊，我们也爱这座我们工作着的城市。

异地高考拥护者：限制我们买房也就罢了，还不让我们子女在这里高考，不让孩子们高考也就罢了，我们自己花钱买烟花还能给浇了，北

京人,你们够狠!"

冷凝管:外地人就这素质?张口"老子"闭口"老子"的?

Eco-ing:您爱环保,可以。可您也无权干涉我们自己买烟花放烟花吧。

炸酱面爱好者:我们北京人自己清理清理自己的地盘有错啊?

……

懒得翻下去了。无非是挺 A 派,或是挺 B 派,每一派都带着正义,带着浓浓的戾气,带着深深的私利。

到底,真相是什么?为什么北京人和外地人要有两个不同的称谓,而不是,中国人?

漆黑的夜,面前的屏幕发着光,笔记本的运转声在寂静的夜里听起来愈发的刺耳,似乎破坏了整个夜的宁静。

我打开我的主页,在上方的白色框里输入:

烟花门 # 事发地点,其实就在我家旁边。那两个人,其实前两天我才见到过。

傍晚,夕阳刚刚沉下地平线,大地正准备陷入寂静与黑暗之中,烟花和鞭炮打破了这一切,轰隆隆的仿佛要将大地震裂。

我出来散步,路过那个卖烟花的简易棚,摇了摇头,继续走在人行道上,呼吸着近乎让我窒息的浓浓的硝烟味。

A,此时正拿着一个小礼花,点着了,往人行道边扔,我本能地绕开,没走多远,听到爆炸声和一个人的叫声。

"你没长眼啊,往哪里扔呢?你要扔在我脸上我就破相了!"不错,这是 B,带着公文包,似乎是匆匆赶回家,一脸的怒气。我想我是能理解B的，是啊，多危险啊，差一点就毁了他的脸，甚至是生命。

A，似乎还沉浸在放花的欢乐之中，没理他，只是又点上了一个烟花……

后来的事，我就不知道了，也许他们继续吵了，又或许只是各走各的路了。

右上角显示，已超过201字，我按下删除键，12秒以后，看到了"还可输入140字"。

我想告诉大家这件事，但是也许，后来的所谓烟花门，与这件事无关吧，我这样安慰着自己。之所以选择继续沉默，不是因为舍不得删字数，不是因为懒得发长微博，我知道，是我并不想参与到这种事情中去。

第二天，大年初四，打开电脑。网站首页上，大大的标题：烟花门事件专题

点开以后，看到这样的报道：

中新网2月2日电（记者 XXX）近日，记者联系了烟花门事件的当事人A、B。但尚未与B获得联系。A接受了记者的采访。A表示，他只是在过年的时候，作为一个小市民，花钱买鞭炮图个过年的快乐，可偏偏还被人浇灭了，这来年的好彩头也没了，十分扫兴。他不觉得他做错了什么，同时他表示非常不理解对方的行为。

点了右上角的叉，我默默地关掉了电脑，抿起嘴，不愿说话，沉默，甚至是不敢张开嘴。默默地还生出一份畏惧。

倾听未来的声音

春节就这样过着，我一个孩子，只是安静地陪父母去亲戚朋友家串门、聚会、聊聊家常。我从来没跟他们提起过那件事，甚至是在母亲与别人闲聊到那个视频的时候。

"你知道吗，最近那个烟花门就是在我们家楼下发生的呢！"

"那你们这两天可得小心一点。也别买烟花了。"

……

但那天的事情，也不是我一个人见到。

终于，有人发微博说，想起那烟花门事件前两天发生的前奏曲，一时间震惊了关注这件事的各位网友。这位那天不知在哪里的路人，披露的事，彻彻底底地改变了大家的看法。

strong1：看吧，B 就是故意的！

happinesslzc：B 你枉为北京人！

Roar：就说北京人你们老以为自己 NB，其实只是自以为是罢了。老说我们素质低，你们才素质低！

异地高考拥护者：这样的人都能在北京参加高考，我们的子女为什么不能在这里高考！

冷凝管：原来，B，你是为了报复。所谓的拒绝放炮，所谓的保护北京的环境，所谓的正义，都只是借口吧。你，丢尽了北京人的脸！

虽然是寒冬，可是我此刻身处温暖的家中，手捧一杯热茶，滑动着鼠标，却隐隐觉得有些刺骨的凉，后背暗暗发冷。

破五的早上，正是老祖宗说要放鞭炮赶晦气的日子，往年的鞭炮一定噼里啪啦震天响。意外地，我家周围却没听到鞭炮轰响。

早餐时间，打开电视，又是烟花门。

虽然只是我们家这个片区公安遇到的一起简简单单的打架斗殴事件，北京市公安局却郑重地开了新闻发布会。

B，被拘留。

这样算是给全国的网友们一个交代。

这件事就该这样结束了吧。

夜，依旧漆黑，衬着天空中一次次绽放的礼花的美丽。

再次下楼散步，我不自觉地走到那个地方，走上那条普通得不能再普通的人行道，停在那里，陷入沉思。

几步远的地方，大红色的烟花棚子里还是有不少人在买着烟花，棚子边，那个字迹模糊的"50米内禁放烟花，机动车停车熄火"的牌子孤独地立在黑洞洞的夜里，却亮得刺眼……

最后，其实，最不堪一击的，是那所谓的亲眼看到的真实。

（作者学校：中国人民大学附属中学）

专家点评

该文以微博上烟花事件为缘起，引发出对于北京与地方差异的讨论，具有一定的公共性话题意义。并且借助微博互动的形式，提出了一个很现实的问题：为什么有北京人和外地人之分，而不是，中国人？从现实烟花事件真相的揭示，也反思了网络媒体所具有的两面性。该文以网络发帖回帖的方式来构筑文章，在构思上也颇有创意。

> 我是山西大学附属中学高三年级的尚静。
> 擅长绘画，喜欢画漫画、插画和素描等；热爱读书和写作；热爱旅游。参加公园环境整治行动和为白血病同学献爱心活动。

尚静

米兰的镜子

米兰走进了教室。

有几个男生相互看了看，又瞥了米兰一眼，偷偷笑着。

她没有说话，双手攥紧了衣角，低着头快步走到自己座位上坐下。

米兰习惯性地打开文具盒，喜欢的小熊维尼。不管米兰有什么烦恼，只要看到那大大的笑容，被乌云笼罩的心情就立刻放晴了。

但是，"啊——"米兰看着文具盒里蠕动的绿色青虫，吓了一大跳，迅速站起来连连后退。

那几个男生看着米兰惊慌失措的样子，不仅笑出了声。

几颗金豆不争气地从米兰眼眶中蹦出来，顺着脸颊滚落到地上，溅起一个个小小的水花。

这，已是她这周来第四次被捉弄了。

她的椅子上被人倒了墨水。

她的作业本莫名其妙地不见了，随后在走廊里的垃圾桶中出现。

音乐课上大家起哄让她唱歌。而班里的同学们都知道她五音不全。

尚静
米兰的镜子

米兰从来不会告诉老师，也不会告诉爸爸妈妈。她一直都是那个安静孤单的样子。

只是，有时候，她也会想，如果自己没有雀斑，像玫瑰花那样漂亮；或者像黄鹂一样有动听的歌喉；再或者，哪怕自己可以更勇敢一些，是不是，一切，就不会是现在这个样子呢？

叮铃铃，下课铃声响了。

米兰一个人走在回家的路上，夕阳将她的身影拉得很长很长，像被放大的孤单。

她踢着路上的小石子。石子骨碌碌滚远了，她就跑过去再踢上一下，乐此不疲。

直到——

咦，前面，好像有温暖的光？

远远望去，那一团玫瑰色的光晕，暖暖地荡漾开。

原来，石子停下的地方，有一面金色的镜子。

"是谁遗落在这里的呢？"

"是你啊。"

米兰环顾四周，没有人啊，只有一辆汽车从远处飞奔而过，惊起旁边树梢上几只休憩的小麻雀，扑楞着翅膀飞向天空。

"镜子，是你在跟我说话吗？"

"是我。"

"你是谁呢？"

"我是另一个你。"

"米兰，回来啦。快去把书包放了，准备吃饭了。"

"我知道了,妈妈。"

米兰走进她的房间,从书包中拿出镜子,小声地说:"镜子,你不要出声,我吃完饭就回来。"

镜子里的米兰扮了个鬼脸,咯咯笑着,说:"好的。"

妈妈做的晚饭是米兰最爱的红烧鱼,但现在,红烧鱼只能占据米兰的胃,占据不了米兰的心,她现在满脑都是大大的问号。

回到房间,米兰轻轻敲了敲镜子,"你还在吗?"

镜子里的米兰伸了个懒腰,揉着惺忪的睡眼,说:"怎么了?"

"镜子啊,我有好多问题想问你。"

"嗯,你说吧。"她打了个哈欠。

"你从哪里来呢?"

"我从你心中来。"

"你来干什么呢?"

"我来,嗯,我来和你做朋友……"

"真的吗?"

"米兰,你在和谁说话呢?"妈妈推门进来。

"没有啦,我在自言自语。"

"镜子,为什么妈妈看不见你?"

"只有用心去看,才能看到真实。"

"透过我,你会看到梦幻城堡中飞出的精灵,会看到宛如一整块蓝宝石的海洋,会看到迷雾森林中的兔子和松鼠,会看到冬天里轻轻降落的第一片雪花,回看到过去、现在和未来。"

"而这一切,都取决于内心的渴望。"

尚静
米兰的镜子

"因为你心中充溢着满满的自卑,所以,你的世界,只有你孤零零的一个人,没有其他风景。透过我,你看到的只是另一个你,另一个相反的自己。"

米兰低头不语。

"那么,你愿意去改变吗?"

第二天,米兰刚走进校园,就听见书包里的镜子说:"米兰,微笑,和同学们打招呼。"

尽管不太自然,但米兰还是冲迎面走来的同班同学叶青笑了笑。

叶青不可置信地看着米兰的背影,觉得自己出现了幻觉。

英语课上,孙老师问:"哪位同学愿意来领读课文。"

班里鸦雀无声。

黑暗的书包中,镜子蓦地闪现一道金光。

米兰怯怯地举起了手……

"镜子,谢谢你,我感觉自己找到了自信。"

"不用谢我,是你自己愿意去尝试,愿意用心去体会这个世界。"

米兰没有发现,镜子中的自己变得暗了一些。

渐渐地,同学们、老师、家长都察觉到了米兰的变化。

同学们七嘴八舌地说:"她更开朗了,更爱笑了。""我在她的抽屉里放了一堆瓜子皮,但是她在我的抽屉里放了一袋瓜子。""她昨天夸我聪明,其实我觉得她也挺聪明的,她上次数学考了满分。"

班主任刘老师说:"米兰以前太安静了,现在的她更能融入这个集体中。"孙老师说:"她进步很快,但我不清楚改变米兰的是什么。"

妈妈说:"米兰敢和陌生人说话了,变得更勇敢了。"爸爸说:"我们以前用眼睛只看见了米兰的一面,但现在,我们用心发现了她的另一面。"

镜子里空荡荡的,无穷无尽的透明。

没有了那个熟悉的身影,没有了那个欢快的笑声。

"你还在吗?"

回应米兰的只有房间里被风吹动的风铃清脆的碰撞声。

连米兰也分不清,是自己变成了那个镜中的米兰,还是,这两个米兰,都是她自己。

多年以后,当米兰最好的朋友,叶青,问起促使她当年变化的秘密时,米兰微笑着说:"哪有什么秘密,我只不过是用心看见了一整个世界,用眼睛看不见的世界。"

(作者学校:山西大学附属中学)

专家点评

这是一个不自信的女生如何找回自我的故事。故事采用了一个童话的框架,通过设置镜子这一意象象征了另外一个自我,在与镜子的对话交流过程中,拓宽了自我的内心世界,并在镜子的指导下,转变为一个开朗、自信的女孩。本篇行文简洁明了,文风自然清新。

我是天津市耀华中学高二年级的孙烨。文章发表情况：
《中国高中生美国做义工》发表于《中国青年报》，2014年6月23日第12版；
《一元钱的借条》发表于《今晚报》，2008年7月6日第11版；
《一次有趣的实验》发表于《今晚报》，2005年6月23日第34版；
《送玩具》发表于《未来新闻人－青少年新闻教程》，第206-207页，天津教育出版社，2005年。

孙烨

看

"这栋摇摇欲坠的古老的两层房屋，被工厂和烟囱包围着。

我能清楚地听到将死之人在其中痛苦的呻吟，尖叫啊！呻吟啊！地狱那无穷无尽的黑暗呦，听啊，死人们在吟唱——"

……

我放下了手中的书本，转身出门：送报纸的人应该快到了。

我叫什么不重要，我是什么人也不重要。重要的是，我要干什么？

我居住在一片本质接近狄更斯笔下的贫民窟的地区，末段还有一栋传说中的鬼宅。没人知道为何还有这么一座没人住不收门票也没人参观的破房子立在那里。夜晚阴风阵阵的时候它就沉默地伫立在那里，大有气掩爱丁堡力压京城81号的架势。

倾听未来的声音

……

回到家放下报纸,我就在属于自己的那个摇摇欲坠的破烂卫生间里慢悠悠地洗手。走出卫生间,我下意识地抬头看了看日历:2XXX年7月7日。

两年前,思思就是在这一天永远离开了我。

我的生活没有过色彩,从前它是一片令人作呕的黑暗。七年前思思像一道亮白的闪电将它化为水墨,两年前它不幸再次归于混沌。

我看似平淡的生活下充斥着狂暴的浓汁,而这层虚伪的面纱终于在今晨被打破——窗外传来一位女士惊恐而尖利的叫声。我秉持着乐于助人的良好传统走出了那块阻隔着我与肮脏世界的木板——人们在习惯上称之为门。我看到一位身上具有多处明显贫民特征的女士面容扭曲地狂奔而来,边跑边用手指向道路末端的鬼宅,喊道:"太可怕了!那有一具尸体!哦天呐,一具尸体!"有不少屋子的窗户中都探出了人头。我向鬼宅的方向望了望,并没有看到一具追赶而来的尸体。于是我礼貌地安抚了一下停在我面前的女士,并说:"我觉得我们需要报警。"

"这么说你今早取完报纸后,就再也没有见到过那位送报纸的先生?"

"是的警官先生。"

"那么你对此有什么看法吗?或者你见过什么可疑的人物吗?"

"唔,这真是可怕,毕竟他为我们这个地区送了两年多的报纸……至于可疑的人物,我是不是也算一个?"

"从某种意义上讲是的。"那个一直在记录的年轻警官合上了他的本子,"但他们通常不如你坦率。"

"非常荣幸。"

"说起来,你的言谈很不符合——我是说,很不像住在这里的其他人。"那位年长些的警官开始打量我的屋子,"你是做什么的?"

真是没有水准呢。我心中冷笑一声并回答:"这都是我妻子的功劳,她教会了我一些很有用的礼节。至于我嘛,只是个不入流的私人侦探。"

年轻些的警官——好了这太麻烦了,他说过他姓李,小李警官看上去有些吃惊,毕竟这是在中国,很少出现私人侦探这样的职业。接着他也开始打量我的屋子,嘴里说道:"不知道尊夫人是否——"

"她已经去世两年了。"我打断小李警官的问题,目光飘向墙上的黑白照片,"她叫李思思,正巧和您同姓呢。"

"是啊真巧啊——不不不,我是说我很抱歉——"

"好了。"年长的警官——嗯,他姓赵,赵警官打断了我们,"我们要去调查一下现场,不打扰了。"

我做了个请自便的手势,带上了门。很久很久没有对别人说出过思思的全名了。记得她说她爸一开始给她取的名字是李师师,后来在她的强烈要求下改成了李思思。这样也好,不然我会对宋徽宗好感全无的。至于我和思思的相识——这是个悲伤又老套的故事,不提也罢。思思是个古典又文艺的女孩,对古代的阴阳术数非常感兴趣,身上总带着一丝历史的神秘感,这也是她吸引我的地方之一。可她却无声无息地消逝在了这片绝望的深渊……

转眼已是黄昏。我抱着泡面在破烂的电脑前看着索多玛120天。我很喜欢萨德,我相信暴力会制造问题,极端的暴力可以解决问题。说起来，宅男这个职业在本世纪一直很流行啊，我这算是在赶潮流吗？门突然被敲响了，会是谁啊。我走去开了门，是白天来的两位警官。

"我们担心还会出事。"小李警官的语气有些局促，"我们可以在你家借宿一晚吗？"

"可以啊，"我笑了，把他们让了进来，"不过二位只好睡在地板上了。"

"没关系的。"赵警官看了看有破洞的沙发，选择了站立。

我贴心地为他们找了两个板凳。

"你晚上就吃这个？还有，这是什么片，索多玛吗？"小李警官注意到了我的泡面。

"是的，这部片很不错啊。人类比动物优越不是吗，因为他们总有冠冕堂皇的理由洗掉手上的鲜血呢。"我搂过了我的泡面。

"虽然我也很喜欢这部片子，不过这么说未免太偏激了些。还有，你不要抓那么紧，没人和你抢的。"小李警官用一种意味难明的古怪眼神鄙视着我。

经过愉快的对话环节，我了解到了不少事。比如小李虽然从未迈出过国界，但却是个不折不扣的崇洋媚外人士，什么外国文学宗教秘史塔罗占卜——这么说吧，只要和亚洲没啥关系的东西他都喜欢。老赵则正好相反，对我国博大精深的文化那是无所不知知无不深。认为易卜生是中国人，被我们联合揭穿后，他还懊悔地批判了一下《社会问题》比《官场现形记》差远了，结果引起了小李的强烈不满。真不知道这两个奇葩是怎么组成的搭档。对话在平淡的氛围下慢慢深入，说着说着，我们说到了案情。

"死者是被人从后面勒住脖子直到窒息，然后才吊在树上的。死亡现场周围有明显的拖拽痕迹。我们了解到死者送完报纸后总是从鬼宅——嗯，他们是这么叫的，从鬼宅穿过，而我们也在死亡现场不远处发现了死者的自行车，因此可以初步还原死亡情景。可惜在死者身上和现场没有取到任何指纹和可以证明凶手身份的物件，贫——我是说这个地区的人也都不常出门，因此没有直接目击证人……"老赵此刻显得很是专业。

"这年头谁不知道作案要戴手套。"我无谓地耸耸肩，"那么有进展了吗？"

"暂时圈定了几个嫌疑人，不过都没有特别靠谱的动机。我倒是想知道，凶手杀人后为什么一定要把死者吊到树上？莫非凶手熟读布朗神父系列……"小李显然放弃了治疗。

"好了！别说那些没用的了。当排除了所有不可能之后，我们剩下的就会是真相。"

"老赵你 cos 狄仁杰走火入魔了吗？"我也忍不住插了一句。

"你这么崇拜狄仁杰你倒是告诉我他属什么啊。"小李也加入了我的行列。

老赵沉默了很久，然后坚定地说："虎。"

我和小李同时闭上了嘴。

"那是郁金香吧，很漂亮啊。"老赵突然注意到了我床头柜上的花盆。

"那是思思亲手种的，"我陷入了略带一丝苦味的甜蜜回忆中，口中轻吟："吾妻死之年所手植也，今已庭庭如盖矣。"

"虽然我也很感伤，但是这和后面那句有什么关系吗？你难道不应该念念什么到而今、独伴梨花影——"老赵也忍不住插上一句。但看到我的脸色后，他识趣地闭上了嘴，拉着小李打地铺去了。

倾听未来的声音

……

我一直没有睡。听到屋门外两种不同频率的鼾声,我突然笑了,思思经常抱怨我睡觉打鼾呢——不过这都是过去的事了。

是的,所有人都觉得过去了。

可是我没有。

……

临近拂晓了,我拧亮了床头的台灯。灯泡发出幽幽的昏黄光芒,想必映在我的脸上很是恐怖吧。突然,有人敲了敲我的屋门。我下意识地说了句"请进",老赵就走了进来。

"很抱歉这么晚打搅你,不过看起来你也刚醒?"老赵有些意外地看着我。

我看了看自己那身整晚扔在床上的睡衣,笑着摇了摇头:"不,我一直在看书。最近的一些事勾起了我对亡妻的一点思念,令我难以入眠。"

恍然间,那盆郁金香缓缓开放了,就像思思慢慢对我绽开笑脸。

老赵看了看那盆郁金香,语气也变得有些奇怪:"那我不打扰你了。"

我恍若未闻地注视着那几朵花,未曾留意他何时离去。

早饭是几片粗糙的材质不明的面包。小李盯着手中的面包,口中不断嘟囔着一些类似于"莫里哀""泼留希金"的字眼。

"你这么说就太不恰当了,"老赵煞有介事地说,"其实卢至的《一文钱》也很不错,有空你应该多看看。"当然,面包他是一个渣都没碰的。

"二位对文学都很感兴趣啊,有没有兴致来看看我的藏书?"我摆出了一个自认为绅士的邀请姿势。

"好啊。"

我们一起走进了卧室。

"唔,这里有很多关于阴阳术数的书嘛。"老赵在我那由几片破木板搭成的书架上翻阅着,"还有《希夷梦》啊,你真是很文艺的好少年。不过你的生活确实艰苦了些。"

"我品尝痛苦,所以我知道我活得幸福。"我朝老赵笑了笑。

"还有《小王子》啊。"小李从我的床头柜上拿起了一本书,随手翻开到了我昨天标记的一页。

"这是我的一个秘密,再简单不过的秘密:一个人只有用心去看,才能看到真实。事情的真相只用眼睛是看不见的。"

我用红色的笔将这两行文字重重地画上。

"你为什么要把这些话画上啊?还用红色的笔,看着怪瘆人的。不过圣埃克絮佩里的《夜航》也是很不错的书呢……"小李又开始跑题。

"心中的秘密是纪念日,"我笑笑,"所以通常情况下人们不会把真相告诉你。你用心聆听过郁金香开放的声音吗?那就像恋人的私语,在昏黄的灯光下飘荡……你可以用眼睛看到事实,但你看到的往往不是真实。就像注视那盆郁金香,有人看到生命,有人看到生活,有人却看到了草本植物……喂,我可是告诉了你一位王子的秘密哦。"

"就像《柯南》里每个犯人都有不能言说的苦衷吗?我只看到他们杀人,却看不到他们为什么杀人。"小李明显歪曲了我的意思。

我叹了口气,正打算说些什么,突然一声惨叫传来:"又死了!又死人了!"老赵看向我:"既然你是位侦探,那么一起去现场看看吧。"

我自然没有什么意见。

"在头部遭受重击后昏迷,接着被扔进水池里溺死。"小李在本子上记录着死亡原因,"而且又是在这栋鬼宅,我现在都觉得这里有点阴森了。"

"子不语怪力乱神,你不要把案件往奇怪的方面引。"老赵明显有些不满,"一个在树上吊死,一个在水池里溺死……"

"警察!警察!"一个明显是打酱油的路人跑了过来,"那里又发现了一具尸体。"

在一番明显模仿了宋慈的尸检过程后,老赵皱起了眉头:"树,水池,现在又是活埋……这不能不让我想到五行啊,木、水、土……"

"听起来很有道理的样子啊。"小李难得地赞同了老赵的意见。

"为什么这就不能是巧合呢?二位《七宗罪》看多了吗。"我插了一句。

"看来侦探先生有一些想法?"老赵试探地看向我。

"没有什么想法,只是有感而发罢了。"我摆出基努的浪人造型仰望了一下天空。天空的颜色很诡异,就像老巫婆的瞳孔。一朵惨白的云将自己撕扯成了一个 Joker 的笑脸。老赵和小李也随着抬起了头,一时间空气中流动着令人不安的沉默。直到小李低下头,嘴里飘出一个意义不明的词汇:

"小布丁。"

"两个死者都是这一带出名的流氓,因此我们圈定了几个近期跟他们有过冲突的嫌疑人。

周小花,男,26 岁。半个月前被死者抢劫了 20 元钱。刚才还跟我抱怨了半天。他时而目露凶光,时而眼神闪烁,如果未患重度精神分裂症与被害妄想症的话，可以被列为首要嫌疑人。

吴小花，男，38岁。号称死者之一曾试图调戏其妻郑小花。但是只要死者不是太过重口味或者当时被人下了春药，这就纯属诬告。你是没见过他老婆……

王小花，女，28岁。号称死者之一曾对自己有不轨……"

"综上所述，只有周小花值得进一步跟踪调查了？"小李试图得出一个有用的结论。

"基本上是这样。不知侦探先生可否帮我们分析一下？"

"这么客气干嘛？这是我的职业嘛。"我摆出一张英雄脸，"待我好好想想。"

"那你慢慢想，我去调查一下那个周小花好了。"小李忽然起身就走。

老赵脸上的表情显然在说，这小子八成是去找吃的了。

老赵默默地走到了床边，拿起了那本《小王子》开始翻看。

"你究竟为什么画下这么两句话？看起来很浅显易懂啊。"老赵似乎有些不解。

"有时我们记一件事，记下的却不只是事情。同样我画下一句话，画下的也不只是句子，也许是人生呢。"我故作深沉地扮演着尼采。

这种逃避式的回答连我自己都会相信呢。

"这种逃避式的回答我才不会相信呢！"小李的声音突然在身后响起。

老赵盯着小李看了10秒左右，从牙缝里挤出了几个字："请问你是土行孙吗？"

"不是啊。"

倾听未来的声音

转眼又是黑夜降临的时刻，与以往没什么不同。只是我的小破屋因老赵和小李的存在平添了几分生气。晚上我们一起抱着泡面对着电脑看《咒怨3》。我没有问他们为啥还不离开，他们显然也没有给我解释的意思。两个小时就这样伴随着小李时不时的怪嚎从我的生命中流走了。从前我不懂得珍惜，现在我已无需珍惜。

"时间不早了，我去睡了。"我起身离去。

"你不会又要看一整夜的书吧？"老赵似笑非笑地看着我。

我没有回答。

"那我半夜去看看郁金香开放可好？"

我依然没有回答。

我也不知道老赵究竟有没有来看郁金香，但这样的时日想必不多了。

早饭还是几片面包，具体味道我就不描述了。老赵在把一片面包往嘴里塞了四分之三左右时，身体明显抖了抖。然后他尽量摆出一副委婉温和的表情说："我可以把吃不了的面包扔到垃圾桶里吗？"

"扔地上就行。"我满不在乎地答道，"或者你可以文明一点，出门左转公共垃圾桶不送。顺便帮我扔一下啊。"

老赵拿起面包转身就走。

他回来的时候面色阴沉地告诉我们："又死了一个人，还是在鬼宅。这回是利刃穿心，一刀毙命。"

所以没有听到其他人恐慌的尖叫是因为他们已经习惯了吗？

"现在基本可以确定凶手就是按照五行规律来杀人的。木、水、土、金……看来是时候提醒大家天干物燥小心火烛了。"小李拿出他那万年不变的记录本边说边记,"另外,我建议监视周小花。毕竟这次死者又是一个跟他有过节的流氓。"

"这件事我去办吧,你们先回去好了。"老赵转身就走。

"你们在看什么电影?"老赵突兀地出现在我们背后,他的面孔就映在发着幽幽蓝光的电脑显示屏上。

"《辛德勒的名单》。"我还淡定,倒是小李吓了一跳。

"这么治愈啊,我还以为你会看点别的类型的。"老赵语气忽转。

"我这里有四部《异型》。如果你想看的话,这里还有《一个男人和他的猪》……"

"不必了!"老赵突然掏出一把一点也不像玩具的手枪对着我,"多看看治愈的电影拯救你扭曲的灵魂吧。侦探先生,我宣布你被捕了。"

显然小李比我更惊讶。

每篇侦探小说必不可缺的情景只有两个,一个是犯罪,一个是侦探大秀智商,解释自己如何看破了凶手天衣无缝的阴谋。

"你知道我要问什么的。"我看着面无表情的老赵说道。

"其实很简单。郁金香在夜晚只有在光照刺激下才会开放,这说明你前天晚上撒谎了,你是刚刚开始看书,再加上你扔在床上的睡衣,不难推断你出门了。正常人谁起床看书要换衣服?重点是你究竟为什么撒谎。我今天早上顺便取了你的指纹,扔面包时在垃圾堆中翻找了一下,不幸找到了一副手套。更不幸的是我在上面找到了你的指纹和一位被害人的血迹。这就是结果,过程其实不那么重要。"

"警官先生,其实要达到一个目的有很多条路。当我们抛弃了道德的底线时,我们就走上了最快的一条,不是吗?"

没有回答。

"李警官,"我笑着看向至今一脸难以置信的小李警官,"天真这种品质在被现实蹂躏后,往往会转化成另一种名为愚蠢的东西。"

还是没有回答。

"我想去拿我的郁金香。"

老赵犹豫了一下,点了点头。

……

我是个愚蠢而无可救药的废物,从前是,现在也是。上大学时我逃避现实,终日以怀才不遇为名蜷缩在一些可笑而幼稚的想法中。思思就在这时出现了,她跟别人都不同。她欣赏我的才华,理解我的想法,并试图把我改造成有用的人。我却因此沾沾自喜,开始变本加厉地发表那些偏激又无用的言论。终于,我把自己送进了贫民窟。

我说过,那个下地狱的送报纸的是两年前来的。那时我终日各处奔走求职,一点点放大着自己的愚蠢,思思常常一个人在家。我不想说那天发生了什么。思思大病了一场,几个月才能下地。就在我试图痛定思痛意图振作之时,那三个该死的流氓却毁了我的一切。这些人,兽欲上掩盖的人皮又能有多厚?思思连受两次侮辱,大病不起,终是在两年前永远地离开了我。

我沉沦,我绝望,我一病不起。我终日躺在床上聆听下水沟中脓汁流过的声响,聆听地狱底层腐烂灵魂的呻吟,聆听撒旦忽远忽近的笑声。我疯了一样地想念思思,又疯了一样地拼命忘记她。我早就疯了,我被无穷无尽的丑陋人欲逼疯了。几天前我想明白了,我要下地狱,我要跟那些肮脏的灵魂一起下地狱!

……

小李警官呆滞良久之后,终于艰难地开口了:"我知道他想为妻子报仇,可我不能理解——"

"不能理解他为何放弃了一切,只想着复仇而不想着好好活下去是吗?记住,永远不要去试图规劝那些明知前途黑暗一片还不肯回头的偏执狂,你以为他们全是瞎子吗?"

"至少也是白内障吧……"

"还记得他画下的那两句话吗?那就是很好的提示。用心去感受吧,每个人都有一些到死都会深埋心底的秘密。好比注视着那盆郁金香,我们看到的完全不同,因为有人用眼在看,有人用心在看。我们现在看到的一定不会是真实,可这至少是事实。或许有一天我们会理解他,可社会终究不会原谅他。"

良久的沉默。

"那他错了吗?"小李警官显然还是没有体会到什么。

"不知道。但你要记住,我们选择的路和他不一样。罪人可诛,罪恶不灭。我们显然要在这条路上继续走下去——"

猛然,一股黑烟裹着火焰从卧室紧闭的门后扑出来。

两位警官在三秒的反应后,一起大喊:"快救火啊!"

……

"警官先生,火势已经控制住了。"

"那就好。尸体呢?"

"尸体?火场中并没有发现尸体啊!"

(作者学校:天津市耀华中学)

专家点评

这是一篇小说,描述的是一个跟"生死"有关的故事。作者围绕着《小王子》中"这是我的一个秘密,再简单不过的秘密:一个人只有用心去看,才能看到真实。事情的真相只用眼睛是看不见的"这段话展开。

"我"与"警察"之间的或紧密或虚幻的关系,给读者造成了神秘感,直到最后结尾出现"尸体?火场中并没有发现尸体啊"这句话。原来没有死人,这只是个秘密。作者的愿望是平安无事才好。

我是山西省太原市第五中学高二年级的王锐。我爱摄影，入学后一直担任学校摄影社视觉总监。喜创作，散文《守望的村庄》获"第九届全国青少年冰心杯文学大赛"银奖和"第十六届语文报杯"国家级二等奖。散文《划过》获第五届"新东方优能杯全国创新作文大赛"二等奖。自幼爱好画画，曾为王保忠短篇小说集《尘根》（北岳文艺出版社）绘制插图22幅……

王锐

皇帝的天衣

第一幕

老皇帝勤政爱民，为国事殚精竭虑，御外敌，收河山，匡正礼乐，救人民于水火之中。然太子却沉迷于衣冠锦绣之间，终日与裁缝衣匠为伍，以制衣为乐。老皇帝驾崩后，太子继位。新皇登基，不理朝政，以致政事荒芜，大权旁落，宰相要职落于裁缝手中。民不聊生。

时间：第一日晨
地点：宫廷
人物：宰相

某进京上奏的大臣
侍臣（宰相亲信）

侍　臣：宣大臣上殿！

大　臣[迈着急促的步伐匆匆进殿，见皇帝不在朝堂上，十分惊讶]：丞相大人，微臣斗胆请问：皇上为何不在殿中？微臣有要事禀告。

宰　相[捋着一绺胡须，傲慢地]：皇上近来微服私访，于民间寻找天衣，以兴我国运，富我黎民，壮我国力，故此不在宫中。尔有何事上奏，可告知本相，本相会替你通传皇上。

大　臣[心头一震，暗想大权已落入宰相之手，未免忧心忡忡]：城北……有一乡绅在东市内抢夺商户衣物，已被百姓捉拿押送至衙门。此人自称天子，治下欲以大逆不道处之。臣以为此事事关皇上天威，不敢耽搁，故星夜赶来禀报，问策于丞相。

宰　相[拍案而起]：大胆！尔等愚民竟将皇上困于官衙！真是大逆不道，专毁我朝龙威！此乃皇上安邦定国之举，尔等草莽！何罪论处？来人，将其拿下，速速随我解救皇上！

众侍卫：诺！

大　臣[被拿下，惊慌失措，脸色煞白]：臣罪该万死！臣不知皇上圣意，还请丞相饶命！

宰　相[一摆手]：带下去，斩立决！

　　大臣被拖走，一路喊冤，其状甚惨。
　　宰相与诸侍卫快马加鞭赶出宫门解救皇上。

宰　相：[小声嘀咕]这傻皇帝，又惹祸了。

第二幕

  皇帝被五花大绑，头发、衣衫凌乱不堪。不知情的衙门侍卫正对其破口大骂，拳脚相加。皇帝体力不支，几欲昏倒，手中紧紧攥着一条被撕坏的袖管。

时间：第一日午时
地点：城北衙门
人物：皇帝
   宰相
   衙门侍卫
   侍臣

宰 相 [飞奔进衙门，看到皇上，努力挤出两滴眼泪]：皇上，恕奴才救驾来迟，奴才这就为您松绑……[转向侍卫，大声呵斥]大胆贼子，竟将陛下击打至此，拉出去斩了！九族一并诛灭！

  衙门侍卫本欲邀功却不知触怒圣上，立刻昏死过去。

皇 帝 [总算是醒了过来，宰相为其松绑后，慢慢站起来，朝昏死的侍卫连踢数脚]：狗奴才，竟妄想谋害朕，赶紧给我砍了！朕看那帮愚民衣服新奇，以为是传说中的天衣，想要几件有何不可，还要跟朕撕抢！朕好说歹说自己是皇帝，居然不信，真是不知好歹！丞相，幸好你这两条狗腿跑得快，不然朕就曝尸荒野了！

宰 相 [谄媚地虚情假意地拍拍皇帝身上的土]：皇上息怒啊，这些草民没见过天子圣颜，不知陛下体恤民情之举，当真是让陛下蒙难了。臣定当严惩！依愚臣之见，陛下宜居深宫，以防不测，免遭奸佞陷害。天衣之事不难，臣这就颁发文告，广招民间能工巧匠孝劳于陛下。陛下且回宫歇息吧，臣回宫为您做衣娱乐如何？

皇帝 [高兴地拍手，指了指外面的百姓]：还是爱卿最知朕心，朕想要比他们好千倍的天衣，明白吗？

宰相 [心中暗暗嘲笑，脸上笑容更加谄媚]：诺。[又转身朝侍卫喊道] 把那些人都斩了，看热闹的也要斩！

宫外一片哀号。

第三幕

时间：第二日

地点：城门外

人物：百姓甲、乙、丙

　　　细作

　　　宰相

　　城墙高处悬挂着几颗血淋淋的人头，城门外贴有一张告示，百姓们围着指指点点，议论纷纷。

　　只见告示上写着：皇上许久前微服私访，察天下之舆情，问苍生之疾苦，险为奸人所害，国威蒙辱。为正国法，已将其就地斩首，特昭告天下。然陛下爱民如子，怀民于心，今御衣府人才寥寥，特寻民间能衣善绣之才，整天子之仪容，清乾坤之浩气。另陛下听闻天衣流传于民间，若有知情者，速速上奏，赏银五百万两。

百姓甲：皇上竟又杀人了，微服私访却如此骄横跋扈，被大家抓到痛打真是报应！只是苦了那些人，白白丢了性命。

百姓乙[无奈地摇摇头]：这年头，哪天不死个人呢，自从新皇帝登基，城里的人越来越少，又有哪个不是枉死的。

百姓丙[压低声音]：作死！这种话都敢说，快闭上你们的臭嘴。小心宰相的细作把你们抓了！

百姓甲[义愤填膺]：这天下都快成了那奸贼宰相的了……想先帝在时，去退蛮夷，休养民生，国泰民安，然而先帝的基业就这么被他那混账儿子和宰相毁了！这昏君即位以来，整日忙于穿衣着装，丝毫不理朝政，而那奸佞宰相为虎作伥，结党营私，国运日衰。况且御衣府内不都有几千人了？城中的裁缝都快被他们抓光了，怎么还要抓人？

百姓乙[嘲讽地]：八成是皇上看烦了他们做的衣物，想看点新鲜的吧！

甲、乙、丙三人唏嘘不已。

细　作：你们三个，非议朝政，走，随我去衙门见大人！

百姓丙[叫苦连天]：你们俩啊！嘴不老实，命都要没了啊！

其他百姓见状，连忙都闭紧了嘴，各自散去。

整座城里人心惶惶。

丞相府内，宰相捻着胡须沉思，似在预谋什么。

倾听未来的声音

第四幕

朝堂阴气森森。

殿外,侍卫林立,刀光闪闪;殿内,各路官员往来不绝,奉上华美绝伦的服饰。大小作坊的裁缝,也被带进了大殿。整个宫殿看似热闹异常,其实暗含杀机。大殿上,只有皇上和宰相谈笑风生。

时间:第三日

地点:皇宫大殿

人物:皇帝

宰相

侍臣

众裁缝

众官员

众侍卫

皇 帝:今日召各路贤臣、巧匠聚在一起,专为寻找朕想要的那件天衣。几日前天帝托梦于朕,说穿上这天衣就可以富国强民,朕日思夜想,急欲求之。今日听闻你们为朕带来了天衣,那就呈上来让朕辨辨真假吧!

侍 臣[端上一件衣服放在皇帝面前]:陛下请过目。

皇 帝[伸手细致地抚摸]:啊,这东瀛打造的羽衣是多么的精致!用针均匀，走线精巧。再用上翠鸟的羽毛做成的丝线，是如此的轻盈而又不失庄重！只是这领口上的镶边，朕不很满意……这怎么可能是天衣呢？！居然如此欺瞒朕！快，下一件！

侍　臣 [略微有些不耐烦]：陛下，请看。

皇　帝 [激动得两眼发直，用手轻轻抚摸着，只差没流出口水]：哎哟！看这件披风！竟是这般完美无瑕！江浙之真丝，昆仑之羚皮，配合得如此妥帖，朕穿上后一定威风不已，这才是真正的天衣啊！这是哪位爱卿送的，重赏！[宰相和侍臣皆偷偷嘲笑皇帝。]

宰　相：皇上且慢，臣不敢打搅您的好兴致，但这确实不是天衣。

皇　帝 [微微有些恼火，眯着眼看宰相]：这不是天衣？那天衣在何处？

宰　相 [装模作样地]：皇上，不瞒您说，臣为了皇上不因天衣过分烦忧，也一直在寻找它的下落，今日特献给陛下。[示意侍臣]

侍　臣 [捧出一个盒子]：皇上请看，天衣就在这里。

皇　帝 [往盒子里一看，发现空无一物，大怒]：你这狗奴才，居然敢戏耍朕！这盒子里明明什么都没有，哪里有朕要的天衣！是不是你暗自藏了天衣，反而用一个盒子来唬朕！有何居心！

宰　相 [慌忙跪下，眼睛里闪过一丝诡谲和嘲讽]：皇上息怒，奴才冤枉啊！臣可是看得真真切切啊皇上，天衣就在这盒子里！您瞧这做工和料子，都是顶好的。奴才绝不敢蒙骗陛下啊！

皇　帝 [疑惑，又往盒子里看了几眼]：明明什么都没有啊,这事好生奇怪。[招手示意侍臣] 过来，你能看见盒子里的天衣吗？

侍　臣 [装模作样地看了几眼，眼里顿时放出光芒]：皇上，这可真是极好的衣物，怪不得称其为天衣，它的美好奴才简直无以言表！

奴才也不知是哪世修来的福气，竟有幸得见天衣！恭喜皇上得此好衣物！

皇　帝 [将信将疑地招了更多的侍臣和宫女过来]：你们都来看看！

众侍卫 [带着刀枪，抢先大喊]：恭喜皇上得此天衣！

众　人 [惊恐，皆跪拜]：恭喜皇上，贺喜皇上，得此天衣！

宰　相 [阴阳怪气地]：皇上，您看，微臣没骗您吧。

皇　帝 [惭愧地扶起宰相]：爱卿快快请起，是朕莽撞了。可为何这天衣唯独朕看不见？莫非是朕太勤于政事，劳累过度，双目迷眩？

侍　臣 [心头一阵奸笑]：皇上，奴才听闻九天之天衣，只有明君贤臣才可得见，浊目愚心则不得见。

皇　帝 [先惊诧，后恼羞成怒]：你这贼子，居然敢冒犯朕！来人，快！斩了他！

侍卫们纹丝不动，怒视众大臣。大臣们一个个战战兢兢，宰相则颇显轻松。

大臣甲 [有所明白宰相居心，机灵地站出来]：没料到皇上竟如此蠢笨，不是明君倒也罢了，居然是浊目愚心之人。如此岂能治理江山？

大臣乙 [随声附和]：况宰相大人视天衣如此真切，实乃贤臣！

皇　帝 [愤怒地挥舞着双臂]：尔等要造反吗？朕平日待尔等不薄！竟如此非议朕！大逆不道啊！

大臣丙：皇上素日沉溺衣物之间，丝毫不理朝政，致使民不聊生，祸国殃民！臣等力荐宰相，求宰相以天下苍生为重，登上皇位，为国谋利！

大臣丁 [从众臣中冲出来]：够了，你们这帮乱臣贼子！你们个个享用天

> 子俸禄，反而恬不知耻，密谋篡位！更想不到你这奸相如此狼虎居心！［宰相怒目而视，大臣丁不为所惧。皇帝露出感激的表情］

大臣丙：自古尧舜即开禅让之举，况且当今皇上愚笨昏庸，何不让位于丞相，顺天意，安民心？恳请丞相处斩这无知愚忠之人！［宰相微微点头，大臣丁被拖走］

大臣丁：自古篡逆之人更恶于暴君！奸贼！不得好死！

大臣丁在殿外被当场处死，血溅三尺。众人更加恐惧，宰相一脸得意。

大臣甲：望皇上从尧舜之德，为天下苍生着想！

皇　帝：奸贼！朕有眼无珠，竟用了你这厚颜无耻、忘恩负义之人！

大臣甲［无视皇帝］：望丞相为社稷江山着想！［示意众人］

众　人［跪拜］：吾皇万岁万岁万万岁！［侍卫们持兵器欢呼］

宰　相［虚情假意地举手作揖］：这……也罢，本相当不负众望，为天下黎民百姓着想，庶竭驽钝，重振河山！

皇　帝［指着宰相破口大骂］：你这贼人，盖世至奸！亏朕如此厚待你，让你总理朝政，你却夺我江山，不得好死啊！

宰　相［冷笑］：此乃民心所向，天意也！皇上还是留着力气去大牢里享用大衣吧，哈哈哈哈哈！

侍　臣：来人，把这祸国殃民的傻皇帝拖入天牢！

皇　帝［被拖走时怒喊］：逆贼，你这逆贼……

众　人［齐声欢呼］：真乃苍生之幸啊！吾皇万岁万岁万万岁！

第五幕

　　裁缝出身的宰相登基后,荒淫无度,行为比那爱华美衣物的傻皇帝更要不堪。百姓们苦不堪言,各地义旗大举,直取皇宫,宰相身首异处。而那瘦骨嶙峋的傻皇帝完全不知外面情况,仍在天牢里,悲戚地回想着自己的皇帝生涯,后悔不已。

时间:半年后
地点:天牢内
人物:皇帝

皇　帝[老泪纵横]:原以为,穿上华丽无比的天衣,就可以器宇轩昂,仪态威严,安邦定国。没想到却使百姓生活贫苦,国家一日不如一日,而我也沦为阶下囚,真是报应啊!看来,事情的真相,只用肉眼是看不见的,我被华丽的衣物蒙住了双眼,被那奸人宰相和侍臣的溜须拍马蒙住了心,远离贤良,残暴无道,祸国殃民,只知一味地寻欢作乐,上天怎么会容忍呢?今天的局面,实在是我一手造成的啊!

帷幕缓缓落下。

剧终

（作者学校:山西省太原市第五中学）

王锐
皇帝的天衣

> **专家点评**
>
> 本文改编自《皇帝的新衣》,本土化的处理,放在中国古代的故事语境中重新解构,有创意。同时给了故事一个"向上向善"的结尾——皇帝意识到了自己的问题,开始反省自己,体现了作者的反思精神和价值观念。但是这样的改编把一个原本开放性的童话故事修改得意义过于浅薄,故事明显后劲不足。同时,半文半白的语言风格应该慎用,处理得好可以鹤立鸡群,而目前情况看起来有些使用欠佳,某些地方不伦不类。

> 我是北京一零一中学高二年级的于汇文。
> 在学校校刊《采薇》担任文字编辑工作。在每一期校刊《华年》中都有投稿,在学校校刊《一步》和《采薇》中也均有我的投稿。曾在"中小学创新作文大赛"北京赛区决赛获得一等奖。

于汇文

楞伽经

得经

丑石村因为村中几块相貌奇丑的石头而得名,听老人说,这石头是从天上掉下来的。村子到底存在了多久,没人能说得清,不过有一点可以肯定,南北朝的时候,丑石村人就已经在这太行山里过活了。山沟里一个小村子,避过旱蝗洪涝,躲过战火漫天,延续了上千年,着实令人啧啧称奇。

当年达摩祖师弘扬佛法,一苇渡江、翻山越岭,一路上舟车劳顿,经过丑石村的时候病倒了。村里人热心,大家轮番照料,今天你家熬锅粥,明天我家送钵药,一天一天过去了,达摩祖师身体也渐渐好了起来。临走前,达摩祖师为了感激丑石村人的救命之恩,留给村里一部《楞伽经》,告诉村里人这部佛经可保佑丑石村众生平安。

说来也怪,自从得了这部《楞伽经》,丑石村还真是如世外桃源,外人不惊不扰,家家安乐自得,天下大乱也好像和这里没有关系,就算是碰上百年一遇的大灾,咬咬牙挺一挺,转年保准又能丰鸡足豚。丑石村里的人说,这《楞伽经》里藏着一股禅气,庇佑着丑石村一方净土。

传到孙德平手里,《楞伽经》已经传了四十二代。

孙德平二十二岁中了秀才,只可惜生不逢时,第二年,大清朝便废了科举。私塾老师说孙德平可惜,若是再早生几年,他肯定能考进士做大官。不过孙德平倒不是很在意,他说这年头,朝中做官可不如村里种田嘞。这话一说,可把私塾老师都吓了一跳。

孙德平五十岁那年,村里的老族长去了。老爷子走的前一天,一大早不知哪儿来了精神,硬是爬下床走到村口,"当当当"撞了三声钟。人聚齐了,老族长就说了一句话:"《楞伽经》,交给德平。"

在丑石村,谁拿着《楞伽经》,谁就是族长,老族长这是传位给孙德平了啊!晚上,老族长把孙德平叫到自己屋里,面授机宜近一个时辰,临走前亲自交给他一个蓝布包裹。当天夜里,老爷子驾鹤西去。

抗战

村里的事情不是很多,邻里间家长里短的事儿,没什么人较真,村子外面的事,就更没人关心了。村里人说,咱这头上可有达摩祖师罩着嘞,只管好好干活比什么都强。

不过日本鬼子侵略的消息,让往日平静的小村庄一下子炸开了锅。

这天晌午,孙德平正蹲在自家门口龙爪槐底下抽烟袋锅,在县城里当学徒的虎子着急忙慌地跑回来,大老远就嚷:"小日本打到北平了!

咱们跟小日本开战了！"

村里人一听这，唧唧喳喳就围了过来。虎子揣回来份报纸，头一版老大的字写着"告全体将士书"。这上面列举了日本鬼子的恶行，描述了中国军队如何英勇抵抗，当然，这还是封全国抗战的动员信。这封信的后面还有军事紧急状态的通知。

围着这份报纸，大家七嘴八舌地就议论开了，开始是义愤填膺地骂日本鬼子，到后来都集中在一个话题上：丑石村该怎么办？

虎子指着这报纸就骂："天杀的小日本，早该跟他们干了！要我说咱们丑石村老少爷们也组织个抗日救国军，到前线杀鬼子！"

"我看不好。"虎子回头一看，孙有田穿一身细绸子衣裳，手里转着对儿核桃走了过来。在丑石村，要说比有钱，谁也比不过孙有田。他早年出去做买卖，听说是倒腾大烟，四十来岁赚够了钱又回了村里。

"你倒说说怎么个不好法？"

"正规军都顶不住，咱们去前线还不是送死。"

"有田，你咋知道咱们顶不住的？"隔壁的孙大娘一脸的惊慌。

"怎么知道的？你看看这报纸'日军占领北平天津，北京大学、清华大学集体南迁'这才几天，国民党他妈的跑得比兔子还快！要我说，大家收拾收拾，能逃多远逃多远吧。"这话引得一阵骚动，几个动作快点儿的，先悄悄回家了。

"行了！家里有俩钱，瞧瞧你这贪生怕死的样儿！"虎子一阵冷笑，"你这是没碰上小鬼子，要是碰上了，我看你，哼，头一个当汉奸！"

"当汉奸？小兔崽子……你是找打……"

"都别吵了！"一直在旁边站着的孙德平发话了："家，要守。祖宗留下的,咱们哪能说丢下就丢下?"他狠狠地抽了口烟袋锅,接着说:"大家也没什么可慌的,都忘了《楞伽经》了?达摩老祖会保佑咱们的。要说抗战,咱们中国四万万人,不缺人,关键是缺东西。打仗不只打人,打的是枪、炮、粮食,要我说大家就全力生产,军队在前线枪炮救国,咱们粮食救国。"

孙德平的一番话让大家又想起了《楞伽经》,不由得踏实了下来。丑石村一时间又恢复了往日的安宁,不过大家种田都更卖力了,对付大地就像对付小鬼子一样,有着使不完的力气。

从那以后谁也没再见过虎子。有人说他是参军,真去前线打鬼子了。

国难

日子过得飞快,大家热火朝天地粮食救国,村里人省吃俭用,攒下几千斤的粮食,几天几夜走几十里山路,运到县城里交给抗日募捐处。

不过再后来,县城也被鬼子占了。

丑石村背山面山,逃都没有地方逃。

村子里马上乱了起来。一种能把人刺穿的声音响彻村中,这不是哭声,更像是狼的嚎叫,要撕裂声带的嚎叫。

但是慢慢地,村子逐渐安静了下来,安静得让人恐怖。

这种安静没有持续太久,很快,村子里又热闹了起来。屋子里,上吊的、撞墙的、砸锅砸碗的、强奸的,惨叫嚎叫一时间不绝于耳;土路上,男的女的、老的少的、穿衣服的没穿衣服的,享受着这最后的狂欢,享受着这最后的罪恶。

丑石村，成了人间地狱。

这一切，直到一个奇怪的人和一把大刀的出现。

他走在土路上，拿着大刀。他不狂欢，也不哀号，他只默默地看着一切。然后，他举起了刀，劈死了第一个光着腚的人，第二个光着腚的人，第三个光着腚的人……直到，整条路都和他一样沉默。

他终于说话了，很平静，却能穿透每一个人："到村口，开会。"

这个人是孙德平。

村口的会上，大家没精打采的，眼巴巴地瞅着孙德平讲话。孙德平走到村口空地中央，站定，看着前方："这是国难啊。自'九一八'以来，日本人毁我河山，占我城池，屠我百姓，奉之弥繁，侵之愈急。我们丑石村人，更是作为中国人，何曾受过此等的奇耻大辱！是可忍，孰不可忍！"他顿了顿，看了看周围的人，"然而我们现在呢？是怎样的颓废，怎样的不堪，又是怎样的可耻！这可正是日本人希望看到的啊！大难之前，当有大勇，今天，我们是时候同心合力、以死相拼，跟日本人拼个他死我活！当然，《楞伽经》保佑了丑石村上千年，今天，也必将保佑丑石村人！好了，大家回去整理整理，也准备准备杀鬼子。"

这几天村里磨刀声阵阵，听了孙德平的话，大家也都明白过来了，与其等死，倒不如和小鬼子拼个你死我活。大家都抡起膀子，要拼了命跟小鬼子干上一架。孙德平也是忙里忙外，才在附近几个山顶设了瞭望哨，然后马上赶回村来看看大家的备战情况。

过了个把月，半个鬼子都没见着。村里人不敢放松，孙有田自告奋勇出山去打探消息，嘿，鬼子占了县城，压根就没打算进山！大家不禁感叹《楞伽经》真是保佑着丑石村啊！

县城被占了，粮食救国也没法救了，丑石村一下子反而比往常更安宁了，外面的人进不来，里面的人也别想出去。不过大家倒也不觉得憋着别扭，几十年都是这么过来的。也是过去一样种田，也是过去一样过日子，大家谁也不提日本鬼子这茬儿。这样的日子，没人知道过了多久，只是记得种了麦子、收了麦子、收了麦子、种了麦子……

虎子

这天，孙德平也许是预感到了什么，起了个大早，在村口龙爪槐底下抽着闷烟。孙德平不能不担心丑石村的未来，县城还被小鬼子占着，全国上下想必也不太平，单单是丑石村，日子平静得不真实。

也不知是眼睛花了还是怎么，孙德平看到山前远远地冒出几个人，他揉了揉眼睛，朝着山头走了过去。这帮人穿着绿衣服，越走越多，足足走了一片。再定睛一看，这帮人手里拿的可全是枪，枪上挂的小旗子……

"小鬼子来啦！日本鬼子来啦！"孙德平认得那小旗子，那是日本的国旗！他头也不回地拼命跑，边跑边嚷，突然，好像被什么推了一下，孙德平倒在了地上，之后的事情他就什么也不知道了。

孙德平再醒来的时候屋子里围满了人，孙德平看不太清，不过也大概知道，有丑石村的人，也有小鬼子。

一看孙德平醒来了，别着把军刀的军官马上凑上跟前，用蹩脚的中文说："您醒了！我是大日本皇军的中村伊达。真是不好意思，我的手下不小心打伤了您。"说着，就给孙德平来了个九十度鞠躬，"我已经下令惩处了他，对不起！"说罢，中村伊达又来了个九十度鞠躬。

孙德平一脸平静，问："你们到底是来干嘛的？"

中村伊达一脸的笑容："德平君，您先来见个老朋友。"

说着，人群里冒出个戴着日本军帽的小伙儿，虽然眼睛还是模模糊糊，但孙德平认出来了，这不是虎子吗！

"孙虎子，你个小王八蛋，当汉奸！丑石村养你真是瞎了眼！"孙有田一看见虎子，眼睛里喷着火，冲上去就要打。

"这个中国朋友看起来精神有些问题，让他出去待一会。"中村伊达给旁边两个日本兵使了个眼色，把孙有田架了出去。

中村接着说："你们俩也好久不见了，咱们都出去吧，留他们俩好好叙叙旧。"说罢，中村伊达带头走了出去，大家也都跟着出了屋子，里面只剩下虎子还有孙德平。

孙德平先开口了："鬼子是你带进来的？"

虎子没吭声。

"你打鬼子去，怎么倒成了汉奸！"

虎子看着自己熟悉的大地，沉默了好一会儿，终于说："德平叔，您是聪明人，应该知道皇军来这荒村野岭找什么。不如把《楞伽经》交出来，皇军不会亏待你的。"最后虎子也没敢回答孙德平的问题。

孙德平笑了笑，硬生生撑着床把上半身架起来："虎子，出去这一趟，你真是让我自愧不如啊！别的不说，你这当汉奸我就不敢！"孙德平没发狠，可听得虎子却是一后背冷汗。

"德平叔，您是看着我长大的，我也掏心窝子跟您说两句，现在连老蒋的政府都迁到重庆了，这中国早已经是日本人的天下了。国，您是救不了了,但这全村几百口人的命可全在您手上啊!"虎子意味深长地看了孙德平一眼,转身走出了屋子。

交经

这一天之内发生的事,让全村人都有点没反应过来,突如其来的灾难让大家措手不及,面对眼前的这一切,只有注视的力气。

孙德平的脑袋也有点乱,他让全村人都老老实实待在家里,他自己也关起门来,好好捋一捋这一天发生的事情……

第二天一大早,孙德平就被吵醒了。中村伊达带着几个日本兵,带着好几个大包来到孙德平家。

一见到孙德平,中村伊达又是个九十度鞠躬:"德平君,我来看您了!这是我特意准备的猪肉罐头、鱼肉罐头和水果,请笑纳。"

"真是让中村先生费心了。"

"唉,哪里话。丑石村真是个好地方,来到这里心情都是好的。"

"不敢当,不敢当。"

中村伊达狡黠地一笑:"丑石村不仅地方好,东西也好。我听说这里有本《楞伽经》,那可真是宝贝,不知我能否有幸一见真容?"

孙德平看着中村伊达,两人四目相对,会心一笑。"不过我们村有个老规矩,达摩祖师是月圆之夜来的,请出这《楞伽经》也得在月圆之夜。三日之后便是十五,还请中村先生三日之后再来。"孙德平这样爽快地答应,中村都没有意料到。

孙德平把《楞伽经》交出去的消息传遍了丑石村,不过这消息倒没引起太大的震惊。大家也都理解孙德平的决定，更何况这时候也没人管这身外之物了。

三天之后，待到太阳落山，中村伊达如约而至。

这天热得出奇，就算是在晚上还是能感到滚滚热浪。

孙德平的伤没养好，还是得躺在床上。中村伊达一进来又是个九十度鞠躬，孙德平点点头回应。

"德平君，不知《楞伽经》……"

"就在屋内"，孙德平说着手往里屋一指，"老朽身体不便，就不陪中村先生了。"

中村伊达顺着孙德平手指的方向一看，屋里正中央摆着个四四方方的八仙桌，桌上正当中摆着个蓝布包袱。不用说，《楞伽经》肯定就在这包袱里！中村伊达快步走进里屋，径直朝着八仙桌走了过去。

"轰隆"天上突然传来一声巨响，紧接着孙德平屋子里也传来一声爆炸。这屋顶上竟然出了个大洞，孙德平里屋地面上也凭空出了个大坑，一股气浪直接把孙德平从床上掀了下来……

传经

"德平……德平……"孙德平好像听到一阵朦朦胧胧的声音，他使了使劲，终于睁开了眼睛，眼前密密麻麻的全是人。这场景孙德平似曾相识，只不过，这次好像没有了小鬼子。

"德平，你可算醒了！知道吗，你可已经睡了三天三夜了！"孙有田趴在床边说。

"三天了……三天了……"孙德平自顾自地嘟囔。突然,他好像想起来什么:"《楞伽经》呢?日本人呢?"

"嘿,别说了!你屋子里掉下块陨石,说大不大说小不小,可巧了,正砸在中村那小鬼子身上!其他鬼子一看《楞伽经》显灵,一溜烟全跑了!"

"那《楞伽经》呢?有人动过吗?"孙德平又着急地问。

"没。你不醒来,哪有人敢动镇村之宝啊!"

"哦,那就好。"孙德平长出一口气,"有田,你让大家都回去休息吧,我没事了。你留下来,我跟你说两句。"

孙有田把大家陆陆续续送走了,又回到了屋里。

"有田,我要把《楞伽经》传给你。你不要推辞,我这把老骨头,经过这么多事,早该散架了。"

孙有田看着德平,一时说不出话来。

"你端盆凉水,泼到桌上那蓝包袱上。那不是什么《楞伽经》,全是我托你从县城带来的火药。"他从褥子底下抽出个包袱,也是深蓝色的,"这才是咱们祖传的《楞伽经》。"说着,就把包袱递给了孙有田,"你看看。"

孙有田小心翼翼地打开一层又一层包裹,终于露出来传说中《楞伽经》的真容。

孙有田迫不及待地打开《楞伽经》,可是,这《楞伽经》竟然是空的!白茫茫一片,半个字都没有!

"德平,这书……什么都没有啊!"

"你再仔细看看。"

孙有田从头翻到尾,从尾翻到头。这书,确实是空的啊!

"这《楞伽经》在心里,得用心看。"孙德平看着有田,平静地说。

"原来一直就没有什么《楞伽经》!"

"谁能知道一千多年前的事呢。"孙德平抬头看了看屋外的天空,已是深夜了。"这陨石,兴许真是菩提达摩保佑啊。"孙德平自顾自点了点头,转过身来,看着孙有田,"当族长,这《楞伽经》得放在自己心里,装好了,也得把它在大家心里安顿好了。有了信心,什么日子都熬得过去。"孙有田从来没见过孙德平的这种神情,他的双眸中竟然有一种温柔。

尾声

没过几天,村里又来了批军人,不过不是小日本,这回是中国军人。日本投降了!

原来,中村伊达来的时候,小日本就已经不行了。孙虎子天天琢磨着怎么能躲过当汉奸的死罪,结果,就怂恿中村伊达来找这本《楞伽经》,希冀着它来保佑"大日本帝国"。

再过几天,孙德平走了,有田张罗着办了丧事。村里没哭天喊地,大家知道没孙德平,这天也还塌不下来,因为虽然谁也没看见过《楞伽经》,不过大家心里可都放着一本呢。

(作者学校:北京市一零一中学)

专家点评

信仰,是支撑一个民族战胜困难的最强大的力量。

丑石村留存的《楞伽经》已有一千多年的历史,它保佑着丑石村民的平安和幸福。百姓们心中有《楞伽经》,就有信心对待和反击外来的侵略。

于汇文巧妙地运用了佛经在民间的力量及传说中的神力,结合抗日故事,树立了民族英雄的典型孙德平这个人物。

小说故事情节生动,画面感很强。成功描写了孙德平带领村民团结一心、积极抗日,坚决打倒卖国求荣的汉奸的过程。

丑石村对《楞伽经》的崇拜是有传统的,孙德平是《楞伽经》第四十二代传人,在他生命的最后时刻,他将《楞伽经》传给了孙有田。作品的点睛之处:孙德平说:"当族长,这《楞伽经》得放在自己心里,装好了,也得把它在大家心里安顿好了。有了信心,什么日子都熬得过去。"

是的,信仰在心中!

> 我是北京市第四中学高一年级的张涵之。
>
> 吾非好书者,未曾领略"古墨轻磨满几香,砚池新浴灿生光"之喜,但仍自诩与笔墨有缘,不为其他,只为笔墨已化为本心,无可分离。
>
> 书山稗海,文史苑囿,吾常于其中沉潜含玩,钩没抉隐,往往沉溺其中而不可自拔。偶有一日发而为文,虽不能纵横捭阖,却能发散心中所思。此间之趣,虽不足为外人道,却仍能激励于内,至于笔耕不辍。

张涵之

石 头

在我小的时候,世界就是一场闻所未闻的盛大感官魔术。树木疏影横斜,在地表切割出光与暗的分界线,花儿娇艳欲滴,鲜艳得就像揉眼睛过度后视网膜上残存的眩晕色块。音乐如梦如幻,让人不明白这些没有意义的声音是怎么具有摄人心魄的美丽。气味魂牵梦萦,看不见摸不着,却强硬地挤在世界之中。而每种东西,都有自己的触感,无论是平滑还是粗糙,在指尖上划过,总给人一种幸福的战栗。

儿时的我,天天沉浸在这感官中无法自拔。但是,五种感官中,哪个更重要一些呢?眼睛吧。因为耳朵听不见,顶多没办法听歌,但是还可以看动画片。嘴巴尝不到好吃的味道,但是有些时候做得很精致的食物只是看看就让人心情愉悦,鼻子闻不到好闻的花香虽然有点伤心,但是只要看看也知道长得漂亮的花儿也一定很好闻。触觉？都能看见东西长成什么样子了，触觉……可有可无吧……总而言之，还是眼睛最重要。

不过每当我兴致勃勃地向大人们宣布我的伟大发现的时候，大人们总是奇怪地看着我："你说说这个孩子呦，不缺胳膊不缺腿的，怎么天天想自己残疾了该怎么办？真是个怪人！"

大人们嘛，总是什么都不考虑，他们甚至都没想过自己有一天万一需要从所有的感觉中选一个，该选什么。作为小孩子，我们得理解他们的头脑简单。

但是，为了在他们中间生活下去，我还是得少问这些问题。记得在我完全停止之前，我问了很多个大人，但是他们都没想过。而且都只会看着我，好像我是什么奇怪的人一样。最后，我就不问这些问题了，他们这样，也是没办法的事情嘛。

"喂？"

"你在想什么呐？"

困在山洞里的我突然听到了小小的声音。这声音很轻、很细，像是一个小孩子才能发出的声音。竟然还有人困在这里？还是个小孩了？

"同志您好，您知道现在自己在哪里吗？"对讲机的那边传来警察公事公办的声音。

"不太清楚，我只知道自己在大约半山腰的位置，哦，对了，大概在阔叶林带，应该不算太高。还有，在我被困在这个山洞之前，我好像记得山洞前有一小片被人工砍伐过的树桩。"

"谢谢，您提供的线索还是很有帮助的，您还有多长时间的补给？"

"算上那个小孩儿的话,可能也就够个两三天吧!"

"小孩儿?"

"我也是刚刚知道,哎,其实我什么也看不见,他的声音也很轻,也说不准是个女人还是个孩子,总之不是男人就对了。"

"好的,我们尽力,在此期间,请您不要惊慌,尽量保存体力,与此同时,尽量长时间地保持这个对讲机的开机,对讲机发出的电信号也是我们救援的重要依据。"

"好的,我尽量。"

对讲机的那边又重回"沙沙"的杂音。

说说我现在的状况吧,因为最近工作、感情什么的都诸事不顺,所以想来大山里放逐一下自我,或许能产生什么新作品的灵感也说不定。我以人多嘴杂、影响心情为由拒绝了一个驴友团的邀请,自己独自上山。本来,我又不像他们非得登顶,只是想在没人的地方走走罢了。只不过碰巧遇到了大暴雨。本来躲进这个山洞只是为了避避雨,谁知山坡上的一块巨石突然掉了下来,把我困在洞里,幸亏带了些补给和联络用的对讲机。刚刚和警察联系上,估计是没什么危险。但是东西还是省着点儿吃好,谁知道在这深山里,警察得多长时间才能找到我呢?

进来得太急,根本没看见这山洞有多大,但直觉是不小,再有个人也是完全可能的,只不过刚才的声音太轻,现在又太安静,我不得不对自己的听力产生了怀疑。

不过,还是试试吧。

"哎,哥们儿,您怎么也在这儿啊?"我发现自己听不到刚才那个声音,也许是在这里憋了几天,憋出幻觉来了?现在的我什么都看不见。

整个山洞，正处在伸手不见五指的状态当中。可能还真的那么巧，山洞里还真有另一个人呢？或者是我太紧张，已经有了幻觉？我正胡思乱想，他又说话了：

"我是石头。"

那个声音音量不大，但是很清脆，而且带着几分发音含混的稚嫩。这估计是个小孩儿没错。只不过他的自我介绍却有些突兀，"石头？那你的大名儿呢？"

"石头。"

"那你姓……"

"石头。"

就这样，我认识了石头。

"你知道吗？我常常想，如果一个人必须要去掉一种感官，那就去掉眼睛吧。"沉默了一小会儿之后，石头突然又开始说话了。不知为什么，他一说就说到了我儿时最关心的问题。

"为什么？"我突然来了兴致，这种兴致是我在很久以前就丢失了的。小时候心心念念的问题被提起，我突然有了想好好谈一谈这个问题的欲望，"你想想，没有了眼睛，世界上什么东西就都不存在了，比方说，树对一个盲人来说和柱子没有任何区别，就算给他一朵花他也看不见花儿的美好。如果一个人没有了视觉，那绝对是全天下最恐怖也最痛苦的事。"

石头发出了轻轻的声响，我想象着一个小男孩儿微微地摇着头，并且发出轻轻的笑声，"事实可不是这样的。"

"那是什么样的?"

"这是我的一个秘密,再简单不过的秘密:一个人只有用心去看,才能看到真实。事情的真相只用眼睛是看不见的。"他的声音一如既往地轻,但是他的语气,却像一个老气横秋的小大人儿:"你知道吗?我一直住在这里,我见到了很多的人,我觉得啊,视觉,是感官里最没有用的。事情的真相,当然不能用眼睛去看,要用心去感受。"

"你光这么说说我肯定是不信的。"真奇怪,明明洞里黑黑的什么都看不到,我的眼前仿佛依旧能浮现出一个珠圆玉润的小男孩儿。在这样的天气,他该是穿着保暖的毛衣或者马甲。一条鼓鼓囊囊的小裤子,再加上一双小小的鞋子。这样的衣服确实显得是有些臃肿,他,该是像一个小团子,就像所有被妈妈保护得有些过分的小男孩。一边睁着明亮的大眼睛看着我,不,应该就像我一样,只能茫然地看着声音发出的方向。

"我一直住在这儿,知道好多好多类似的事情。只用眼睛,是看不见真实的。"

"你知道,有一次一个樵夫来这里劈柴,那天天气很不好。所以他在晚上就躲到山洞里过夜。山洞里住着一头棕熊。棕熊并不讨厌有人来陪它,所以它就和那个樵夫相安无事地睡了一个晚上,樵夫觉得很暖和,他当然感觉到身边有点毛茸茸的,当时他以为这是一头迷失的野鹿或者野羊什么的。靠着棕熊毛茸茸的皮毛,他睡得很舒服。他甚至在睡梦中主动往熊那边靠了靠。棕熊宽厚地允许了。

第二天他醒了,突然发现离自己不远的地方睡着一头大大的棕熊。他根本没有想到如果棕熊真的有什么恶意的话,那个晚上他根本不可能活下来。

他满脑子想的都是这头凶恶的熊在醒来后一定会吃掉他。所以他决定先下手为强。

樵夫上山一定是带着柴刀的。他也知道,如果硬碰硬的话他能打赢棕熊的机率很小。所以,他仔细选择了下刀的位置,打算一刀就把熊的胸膛剖开。这样熊死得最快,他能生还的机率也最大……"石头如此认真地讲述着,我好像能看见他嘟嘟的小脸儿。

"最后呢?"我忍不住插嘴。

石头应该是白了我一眼吧:"你说呢?"

"哈哈,故事编得不错,但还是有很多漏洞的。"

"这不是故事,是真的。"

"好好好,是真的。你无非就是想说人在能看到东西的情况下反而会做出一些错误的判断对不对?"

"对,因为眼睛看见的东西,是不经过心灵的,看见了就只是看见了。反而你说的那些可有可无的东西,才是真正走心的。只要走心,你才能发现世界的真相。你看那个樵夫,他当时看不见的时候,他只能感觉到这个东西是毛茸茸的,很温暖很安全,他可能还能听到棕熊平静的呼吸,闻到草和土的味道。他可能直觉上很安全,事实上也很安全。但是,当他一旦看见熊的时候,之前所有的信号都被看见'熊'这种样子的东西吓住了,根本不知道想想自己到底这一晚上是怎么过来的。"

石头很激动,一口气说了那么多的话,我一边听,一边想象着他眼睛里闪着坚定的光芒,把自己所有的想法都交给一个陌生人的认真样子。是那么逼真,逼真到我自己都不确定是真的有个人在和我说话,还是只是我的一种虚妄的幻觉。

我第一次发现,在什么都看不见的情况下,真的可以如此清晰地描摹出一个人的样子。石头的穿着、表情、动作,都只是我自己的猜测。但这样的猜测,却比我真正看到的影像更加清晰。

"喂,吃不吃午饭了?"其实我刚刚也听得极其入迷,虽然不知道现在几点了,但是我的肚子已经开始抗议了。我只好赶紧用食物告慰自己的胃。幸亏,带的都是高热量的户外食品,否则根本不可能在这里这么悠闲。

"好呀,谢谢了,你就往前走两步然后放下就可以了。"石头轻轻软软的童音又响起。这样也好,反正我们谁也看不见谁,干脆就让他自己来找吧。

"那个,你能不能把午饭和晚饭都放到一边啊?这样省得我拿两次。"

他说的有道理,我当然照办了。

在我享用着自己的午餐的时候,我还不忘和石头聊天:"你不是说有很多故事来的,你刚才只讲了一个哦。"我笑着,用尽量轻松的语气,而且我想象,石头也应该笑了一下吧。

"你知道,除了樵夫和那只熊,还有一个类似的故事。这片山有个泉眼。有一回一个人来找这个泉眼。虽然不知道为什么,但是他看起来是很急切地在找那个泉眼。当时我看见他拿着各种各样的仪器,拿着标了很多经度纬度的地图找了半天。你知道,在森林里,尤其是说不好是否附近有强磁场的时候,能看的只有太阳。那个人就从太阳升起时一直看到太阳的落下。当然了,这座山大大的原始森林,还有大大的树和各种各样的树叶,根本看不到路,更别提找到他想找的泉眼。后来,晚上了,他终于听见了泉水的响声,找到了他的泉眼。"

张涵之 石头

我并不讨厌，事实上还很喜欢他的故事，只是这些故事，确实太过离奇。一个听起来不满十岁的小孩，怎么可能天天在森林里呆着，还知道那么多关于泉眼和棕熊的故事？

"所以你看，其实不是什么事情都要靠眼睛的。"石头一边说，一边发出了几声意义不明的响动。我想象这应该是喟叹，但是一个这么小的孩子，应该还不懂什么叫喟叹。

"你讲的这两个故事像是从某本故事书上抄下来的一样，听起来特别唬人，但仔细想想，还是有点太离奇了。再说，这些发生在山林里的故事怎么就都被你知道了？你总不可能天天留在这儿，这些故事啊，八成是你的爸爸妈妈为了让你不乱跑，编出来的小把戏。"

"爸爸妈妈，我的爸爸妈妈可不会这样对我，事实上……这些故事都是真的。"

也许是我无谓的语气激怒了他，小石头好像生气了，很久都没有再跟我说话。

又过了很长一段时间，我想应该得有一天左右。那个时候我的最后一口食物也已经吃完了，我很怀疑是无边的黑暗让我的作息时间出了问题，吃了本不该吃掉的食物。现在有点虚弱，于是，我昏昏沉沉地睡去。想着小石头一定会帮我听着外面的动静。果不其然，在某时，早已经陷入睡梦中的我又被石头的声音惊醒了："起床了，起床了。"

"怎么了？"

"我听见洞外有人，是不是来救你的？"

"也是来救你的。"对于小石头的话，我理所当然地提出了异议。

"行啦,无所谓他们是救谁的,反正有人能来就很好了。"小石头的语气,听起来异乎寻常地冷静和无谓。

"喂,马上就要出去了?你难道一点感觉都没有吗?"我有一点点不爽地问他。

"没有……"

我听见人声越来越近,于是我开始呼救。警察既然能找到这里,应该也是心里很有数,很快就到了我所藏身的洞口前,我听见压在洞口上面的石头被挪开的声音,心中充满了狂喜:"我在这里!我在这里!"

然后,可能是太激动的原因,我眼前一黑,一下子晕了过去。

听到的最后一句话是小石头的:"你要记住。只用眼睛,是看不见真相的。"

我很快就恢复了正常,事实上,我根本没必要接受任何治疗,因为我根本没有受任何伤,但是为了保险起见,我依旧在医院待了两天。在这两天之内,我没有见到小石头。对啊,小石头呢?

"医生,麻烦您还是好好看看这位病人,他可能在山洞中独处再加上虚弱,神经多少受到了点压迫。您知道吗?他竟然跟我们说还有个小孩子和他困在一块儿了。我们进去后发现山洞是不小,能容纳三四个人,而他说的那个小孩子,根本没影儿。他还说给那个孩子放了食物什么的,这倒是,我们看见离他不远的地方有一堆食物,看来他还真是以为里面有个人。"

警察队长的话突然传入我的耳朵。

石头,石头,石头。

山洞里没有人，但是有小石头。

山洞里没有人，但是有不少石头。

我突然想起小石头讲的那两个故事。当我们的眼睛看不到了，我们才有能力接受世界的奇妙，就像最最瑰丽的梦境，总在闭上眼睛睡觉的时候才会造访。就像那个樵夫和那只棕熊，当樵夫看不见的时候，熊很安全，软软的、平静的。但是当他能够看见，他看见的只有凶恶的、残暴的熊。

同样，我想，如果我能看见，我是不会允许一颗石头对我说话的。因为我会反复告诫自己石头是不可以说话的，没准儿，我真会以为自己得了什么妄想症然后从此惶恐不安。但是那几天我看不见，我什么都看不见。

小石头，是我见过的第一、也是唯一会说话的石头。但是小石头也没准只是第一颗有机会对我说话的石头。因为，那个时候的我，什么都看不到。

的确，只用眼睛，是看不见真相的。

（作者学校：北京市第四中学）

专家点评

该文对第二命题（事情的真相不是用眼睛能看得到的）作了戏剧化的设计：主人公由于意外而被困于一个山洞，在伸手不见五指的黑暗中，眼睛失去了功能，凭借着声音"我"与小石头相识，小石头用樵夫和寻泉者的故事诠释了"事情的真相只用眼睛是看不到的"的内涵。故事结尾产生了奇妙的效果：由于我在警示的同时昏了过去，当他醒来讲述小石头的故事的时候，没有人相信他说的话——"真实"再一次隐匿到眼睛的后面，这使得文章的命题再一次得到戏剧式的强化。

我是北京市第二十中学高三年级的郑昱彤。我喜欢看书，因为"书中自有黄金屋，书中自有颜如玉"，不论是古今中外的大家著作，还是新生代中的文学翘楚，都是我心中挚爱。我也喜欢写作，不仅限于学校的应试作文，更多是心情随笔和天马行空的小说。我沉迷于文字的世界，因而能感受到文字的无穷力量，不论外界环境如何变化，只要有书籍，内心便是沉静的。语言有着万千种组合，可以表达出万千种情感，而文字是语言的一种具象表现，触摸文字，仿佛可以离那些飘渺的情感更近一些。所以我享受创作，我也期待经过每一次的挑战之后，能够领悟到文字更多的奥妙。

郑昱彤

寻猫记

林格篇

凌晨两点零三分，我起床倒了一杯水喝，然后就陷入失眠。

我的白加黑不见了。

白加黑是我抱养的猫，三个月之前我在小区中心广场上看到她的，毛色奇特，从两只耳朵中间一直延伸到尾巴之前是一丛黑毛，其他部位全部是雪白的颜色，所以我叫她白加黑。决定把白加黑抱回家纯粹是源于冲动，当时我正走回家，刚打开单元门，就看到一团毛茸茸的东西飞过脚边直接冲进楼里。我反应过来的时候，看见白加黑安静地坐在通往二楼的楼梯前，两只棕色的眼睛充满渴望地看着我，阳光在猫瞳里折射出奇幻的光影，我的心一下子就化了。于是从那时起，白加黑就在我家住了下来。

妈妈也出人意料地没有反对我养猫，也许是因为两个人的家显得过于冷清。她看到白加黑之后只是淡淡地说了一句"别被这只猫影响了学习"，然后就帮我在房间里用一个竹篮子和几块毛巾给白加黑搭了个窝，白加黑快乐地叫出了我见到她之后的第一声，嗖的一下蹦进了窝里，安静地舔舐着自己的白毛。

但是白加黑远没有我初次见她时那么安分。两天之后，白加黑渐渐显露出本性——喜欢离家出走。通常是我给她换猫砂的时候发现她跳上书桌，一只猫爪搭在窗沿，吓得我从此以后再也不敢随便开窗户了；要不就是出门倒垃圾发现白加黑不知道什么时候已经冲到楼下，安静而又略带怅惘地站在草坪上，背对着我，黑白相间的毛发被阳光包裹着散发出神圣的气息，她沉思着像个哲人。奇怪的是每次我把她从外面抱回来，她从不反抗，或许她从没想过走得太远吧。

但是这一次，我知道，我的白加黑，她再也不会回来了。

一切事情的发生都是有征兆的，白加黑的不辞而别也是一样。大概是从两个星期前开始，白加黑的出逃范围已经不再限于楼下的草坪了，有一次她甚至跑出了小区，站在马路中间！小区保安给我描述这件事情的时候眼睛睁得很大，动作夸张地学着汽车开过来的样子，我连忙道歉，谢谢他好心帮我把猫抱回值班室，然后抱着白加黑赶紧回家。然而一向温顺内敛的白加黑突然狂怒般想挣脱我，发出一声凄厉的嘶鸣，接着在我的手臂上留下三道鲜红的血印，我当时一惊松了手，于是白加黑迅速窜出我的怀抱，奔进自己的窝里。我的猫开始不那么喜欢我了，她大概有了自己的秘密。

林妈妈篇

林格这孩子最近越来越奇怪了。

她原本就不爱说话，自从抱养了那只叫什么白加黑的猫之后更是寡言，有时候喊她吃饭甚至都是那只猫给开的门。还有几次我给她送切好的水果，看到她抱着那只猫站在窗户前，窗子是完全打开的，那只猫就被她双手举在半空中！吓得我胸口一阵紧缩，赶紧过去把她的胳膊往回拽，格格缓缓回头看了我一眼，眼中是从未有过的迷茫和不解，那苍白的面孔甚至让我感到一丝陌生。

唉，这孩子以前是很活泼的，每个亲戚见到她都问，格格怎么每次都笑得这么开心啊。可是自从她爸爸……那之后格格像变了一个人似的，不笑也不哭不闹，安静得有点窒息的意味。我平常工作也忙，没有大把空闲的时间陪她聊天、谈心，我亏欠这孩子的实在太多了，所以想要在物质上尽量满足她，她的所有条件我几乎都答应，可是没想到付出的代价是让我的女儿变成了一个陌生人。所有关于她的情况我只能和学校的老师进行沟通了解，如今我对格格的了解甚至比一个外人还要少。

格格在三个月之前抱养了这只猫，我原本希望家里多一个成员可以让格格变得更开朗一点，也许能恢复到以前的样子。但是事与愿违，自从有了白加黑，她把全部精力都放在了这只猫身上，行踪也更加奇怪，常常看见她站在楼下的草坪上注视那只猫,一站就是几个小时,像是因某件事情而陷入沉思。前段时间那只猫又跑了,林格跟着追出去,结果回来的时候浑身脏兮兮的,手上还有伤口,我想问问她是怎么回事,可是格格一看见我就赶紧走回房间,"砰"地关上门,我就尴尬地站在门外不知道该说些什么。作为一个母亲,看到自己的孩子变得如此陌生,心里真像刀割一样疼。

让我真正开始恐慌的是今天凌晨。我一向睡得很浅,听见有人开客厅的灯一下就醒了,我知道是林格,她有半夜起来的习惯。但是这次,客厅的灯一直没有关,我心里奇怪,就起床去看,发现林格抱着空空的竹篮子(就是白加黑的窝,我帮她做的)坐在沙发上一动不动,口中喃喃地说着:"我的猫不见了"。我差点叫出声来,林格这是怎么了?我的女儿,怎么像是失忆了一样?或许我真的应该带她去看一看心理医生了,林格身上有太多秘密,太多我看不透的秘密。

白加黑篇

我不喜欢这个地方,我不喜欢这个家。或者说,从那天之后,我就失去了唯一信任的人。

我承认自己是一只挑食的猫,从来不吃超市里专门的猫粮,也不碰死鱼,我只喜欢油炸的、金黄的、酥酥的小黄花鱼和一小碗原味牛奶。原主人大概是嫌我花钱太多,把我送给地铁站里的一个流浪汉,等于间接抛弃了我——流浪汉自己还食不果腹呢,哪有时间搭理我的死活。

但我实在是只幸运的猫，地铁站里生活的第二天我就遇到了一个好心人，提着一袋子的干炸黄花鱼！已经饿晕了的我顿时两眼放光，猛地扑上去撕开手提袋，也不顾男人的大呼小叫就吃上了。人大都自私，一般来说肯定会没等我吃上两口就把我踹到一边去，但是他不一样。刚开始的确惊讶，到后来一直守在我旁边，安静地看我享用完美食，还温柔地摸摸我背上的毛，我舒服得眯起眼，龇牙咧嘴地伸了个大大的懒腰，同时下定决心：从今以后，他就是我的新主人。于是我一路跟他到达一个陌生的小区里，一路上他并没有把我赶走，只是到了要进家门的时候，他终于对着我挥挥手，把我挡在门外，于是我只好退出去，心灰意冷地窝在楼下的草坪上过了一夜。

我说过，我是一只十分幸运的猫，本来我自己都以为经历了第二次抛弃，没想到自从住进那个小区之后，那个男人每天都定时给我送来一袋子小黄花鱼，热气腾腾地泛着金黄的油光，外加一袋原味牛奶！我激动之余甚至开始怀疑他是原主人附身，竟能如此了解我的喜好。当然，他比我之前遇到的任何一个人类都更加善良。他除了每天给我提供食物，还会时不时地帮我洗澡——虽然本猫并不享受这一项服务。我倒可以借机细细打量这个男人：白净而少有表情的脸，高挺的鼻梁上架着一副无边框的眼镜，瘦削而高大的身形，喜欢穿黑色棉夹克内套白色衬衫，搭配简单的米色卡其裤，脚上搭配一双万年不换的深棕色皮鞋。穿着显得老气，又有点像人类平常称呼的"知识分子"，总之，他很善良。

如果今后的生活就这样进行下去，那么世界简直太美好了，可惜命运对于开玩笑有着异乎寻常的偏爱。

对于那一天发生的事情，我记得格外清楚。那是三个月零一天前，我乖乖地在草坪上等着他给我送黄花鱼和牛奶。下午六点十分，他准时出现在楼下，但是手里是空的，我感到有些奇怪。他身后跟着一个女孩儿，大概是他的女儿，因为我听到她清晰而略带哭腔的喊着："爸爸你别走"，然而男人却一改往常我见过的善良沉静的模样，面目突然狰狞，回头震怒般冲着女孩大吼了一句，然后转身就走。我急忙跃出草坪，跑着追上那个男人，想要询问我晚餐的去向。男人似乎感觉到了我在跟着他，于是便停下脚步，回头蹲下，我看到他的脸不自然地从狰狞慢慢变成我熟悉的那种善良的样子。他对我说："以后我不能再照顾你了，我要离开这个地方了，你给自己找个好人家吧。"我顿时呆住了，自己又一次遭到了抛弃。但我知道他和其他人不一样，他是善良的，因为临走前，他还从衣袋里找出一块面包给我吃。我感觉自己吃不下任何东西，不仅因为我不喜欢吃面包，而是唯一信任的人如今也走了。

　　我把面包丢在中心广场上，转身往回走，于是看见了那个追着爸爸跑出来的女孩，林格，也是我此后三个月里的新主人。她收留了我。于是我终于住进了那个男人的家，我代替了那个男人，成了这个家里的第三个成员。

　　但是我不喜欢在这个家里生活，包括林格给我起的新名字——白加黑，包括舒适的猫砂，包括从超市买来的昂贵却不合胃口的猫粮……因为从那天起，我失去了这个世界上唯一信任的人。这是我的秘密，是我说不出来、也不会说出来的一个秘密。

林格篇

我仍然坚持给白加黑换猫砂，哪怕她已经不会再回来了。给白加黑用来盛水喝的小碗，碗内的水一天天地在蒸发，减少，就像我一直盼望她回来的心情一样一点点低沉、低沉，直到有一天，那只小碗被我打翻了，剩下的水弄湿了地板。

我换上出门的衣服，跟妈妈说，走吧，我们去看心理医生。妈妈瞪大眼睛，难以置信地看着我，仿佛我是个外星人一样。我的确是很久没有开口说过话了，尤其是和妈妈。我看到她激动得手有些发抖，开车的时候余光一直有意无意地扫过我，想跟我说话却欲言又止。那就别说了吧，我在心里对妈妈说，既然不知道该说些什么好。

你别介意，妈妈终于忍不住开了口，我们去看心理医生就是想帮帮你，每个人都会有过不去的坎的。

嗯，我轻轻点头，浅浅地发出一个单声音节，没有多说半个字。

妈妈，你说，我爸爸到底是个什么样的人呢，好久没有说过这么长的话，我的嗓子有些发涩，声音听起来颇有几分古怪，你说，我的亲生父亲到底是个什么样的人呢。我转头看向妈妈，语气轻缓听不出感情。

妈妈果然神色不自然地顿了一下，握着方向盘的手攥得紧紧的，我不知道她在忍着一种什么样的情感，总之这之后一路上，她再也没说过一句话，直到车停在诊所前，临下车时对我说："格格，有些事情你没必要知道得那么清楚，你只要知道身边的人都是爱你的就好。"

可是啊，如果连自己的亲生父亲都不知道是谁的话，我还真是像那个男人临走前冲我吼的那句一样，实在是太可悲了。我的父亲的存在与否，对我来说，竟是个无法触碰的秘密。

林妈妈篇

林格终于跟我提起了关于她父亲的事情，但是我却没办法说出口。我没办法告诉她，我不知道你的父亲是谁，因为我是个未婚妈妈。

一直藏在心里的秘密，我没办法说出来，我做不到在女儿面前坦诚，表现出那么不堪的自己。

格格，对不起，你的母亲太不完美。本以为可以一直让你幸福下去，可是你要理解，你的爸爸他有苦衷，他没办法做到像我一样，对你倾注所有所有的爱，这一切都怪我，最终还是让你被真相伤害。妈妈对不起你。

我趴在方向盘上哭了，哭得像个比林格还低幼的孩子，林格坐在旁边，没有发出一丝声响，她安静地看我哭，成熟得像个大人。我不知道她的内心到底承受过什么，但是此时的她，一定比撕心裂肺的大哭更难受。

白加黑篇

我想要逃离这个地方，这个禁锢着我的家。林格家住在二楼，我本想从窗子上跳下去，但是不小心被林格发现了，于是这项计划失败了。此后的日子，我不停地向外跑——我并不想走得很远，我只想安静地待在那片楼下的草坪上，期待一睁眼，梦醒过来，还可以吃到那个男人每天给我送的黄花鱼，喝原味牛奶。

不得不说林格对我其实很好，给我专门准备舒适的猫窝，买最高档的猫砂和猫粮，甚至每天给我洗一次澡。但是她给我的我都不想要，因为我是一只偏食的猫。我不喜欢猫粮，我也不喜欢这么干净的窝。我只想要每天都见到那个善良的男人，这样就够了。从某种意义上来说，那个男人像是我的爸爸。

所以我不喜欢林格。甚至当男人冲她大吼时，我内心在窃喜。

也许是我的忘恩负义最终耗尽了林格的耐心。昨天傍晚，时间走在六点十分，她抱起我走向楼下，把我放在中心广场上，也是她第一次见到我的地方，对我说，白加黑你还是走吧，我知道你不喜欢我，我收留你只是因为在想念我的父亲，这是我的秘密哦，只告诉你一个人。但是事情是不会变的呀，走了的人不会回来了，你走吧，或许离别会使我们的生活变得更好。

只是我第一次听见林格说了这么这么长的一段话，听到最后连我都有些想流泪。这不是你一直都想要的结果吗？怎么反倒这时候犹豫了，我在心里鄙视了一下自己。是啊，终于可以离开了，我冲林格说了一声谢谢，转身跑向那片草坪，被长得过高的草丛隐没了身躯。

林格，我会带着你的秘密，还有我的秘密，离开你，去更好地生活。

林格篇

昨天下午，我终于下定决心，放走白加黑。做出这个决定很艰难，但我不得不这样。妈妈当时正穿着围裙，看见我大义凛然地抱着白加黑往外走。

我说，我不养她了。

妈妈擦了擦手，尴尬而迟钝地应了一声，哦。

从一开始我就明白，收养白加黑本就是个错误。我承认，我把对那个父亲所有的怀念寄托在了这只无辜的猫身上，哪怕那个男人在最后曾经失控地对我大喊"你不是我女儿，你是个可悲的没有父亲的人"的时候，我依然丝毫不恨他。毕竟这么多年，我以为他会像我爱他一样爱我，但是人的确都是自私的。

我寡言，只是因为我怕一开口，伤了妈妈的心。这个家里每个人都是受害者，每个人都很辛苦，我不是个会说话的孩子，我曾经听到过别人议论妈妈，半真半假、半懂半懂地听着。于是我曾经讨厌过她。可是事情真正发生之后，我反而开始可怜她、同情她，开始讨厌自己，好像一切事情的祸根都是因为我的出生才造成的。我爱妈妈，所以我再也不敢轻易说话，我怕失控的自己会使事情变得更差。

后来那个爸爸曾经给我打过一个电话，他很简单地告诉我，林格我对不起你，我不够成熟不够善良，希望你和妈妈以后幸福。

妈妈也哭着对我说，格格，对不起，我太不完美。

可是啊，为什么每个人都要说对不起呢，明明大家都是受害者。每个人都那么卑微，想总揽错责。

于是我在心里，偷偷地把所有的"对不起"都换成"我爱你"，至少这样听上去我会不那么悲伤。我最爱的人告诉我，林格，我爱你，这是再幸福不过的事了，对吗？

这就是我的一个秘密，再简单不过的秘密。

一个人只有用心去看，才能看到真实。事情的真相用眼睛是看不见的。

再见，我的猫。再见，爸爸。

（作者学校：北京市第二十中学）

> **专家点评**
>
> 阅读《寻猫记》的整个过程，也是对人性自我审视的过程。白加黑虽然是一只猫，从这只猫几次换主人的过程，更深层次地看出当下人的生存境遇和心态。
>
> 郑昱彤的这篇文章，思路清晰，结构设置独特，从林格篇、林妈妈篇、白加黑篇三个角度各自都有一个不想说的秘密。从这篇文章可以洞察当下社会上出现的一些现象，如未婚先育、单亲子女等社会问题。
>
> 林格收留白加黑，是为了思念虚幻中的爸爸，可是当格林问妈妈谁是她爸爸时，得到的答案却是"这是个秘密"。
>
> 保存秘密，有时也是美好的，正如文中所说，把一切"对不起"转换成"我爱你"，这世界会温暖很多。

心门

PKU PEIWEN
CREATIVE WRITING

> 我是北京汇文中学高二年级的高玮晨。我喜爱读书、写小说，尤其喜爱研究俄罗斯历史和中俄关系。曾在社区参加社会实践活动。

高玮晨

开门之后

在那说远也远、说近也近的世界东方，在那圈住了九百六十万平方公里地界的无形的壁垒之内，我站在形同虚设的敞开的大门前，张开双臂迎接你。我向你微笑，向你招手，以并括宇内的目光审视你们。听着，朋友们，在这儿，在这个世纪交接千禧更替的峥嵘岁月里，我要向你们讲述门的故事，就是身后这扇门，它闩了百年千年，如今它敞开着——为每一个人。

【关闭的门】

很久很久之前，在你们想象不出究竟是多久的时候，我就在这儿，与我的壁垒一起，矗立在这个大陆最东的地方。也是从那时起，这扇门就关着，经年累月，由我和我的人民日复一日地添砖加瓦装潢着。

指南针是门上永不发声的哑铃，活字印刷是门侧隽秀的楹文，千年淬火浇铸的冷兵器是它一道道"坚不可摧"的门闩，而墨香温存丹青泼洒便是它的图腾。

它是我千年以来最为得意且最为精妙的艺术品,我端坐于高高的龙椅之上欣赏它,它恰似一方炫目的魔镜,愈是厚重严实,透过它我愈能臆想到外面的世界。它愈是金碧辉煌、珠光宝气,外面的世界便越该是卑微污秽、腌臜不堪。我感到理所当然,继而趾高气扬。不用标注,不用批语,它自己便是"闲人免进"的指示牌。

我就是这样,与这扇门相依为命,相互恭维又自吹自擂地过了百年又百年,千年又千年,直到公元19世纪。

【 闯进来就好了　不必叩门 】

就是在那样的一些日子,平常得出奇,在每朝每代都反反复复上演着如出一辙的戏码。届时我依旧坐在龙椅上,漫听堂下鹦鹉饶舌,细看窗外红墙碧瓦楼阁。我万万没有想到,就是在这个时候,门响了。

门响了,那响声震天撼地、震耳欲聋。既无下跪通禀,也不自报家门。就是那样,不合礼数、目无章法而且放肆地来了,锣鼓喧天而势不可挡。

固若金汤的门闩被霍然震开,刺眼的阳光透过这一狭小的缝隙摩肩接踵般涌进来,那束来自外界的强光照在外来者的武器上,黑漆的铁管迸射着无影的火束,所过之处,刀枪剑戟顿消其形,伏尸百万,流血漂橹。

我惊惶地藏在门后的角落里,凭着螳臂当车的一己之力抵抗着。晦暗潮湿的外界在一个我未曾得知的时间节点骤然光芒万丈,侮辱俎上之肉一般曝光于它的炙烤下,还可笑地把案板当做栖身的最后温床。

我无力地在门缝中颤抖着,隐约听见外面的交谈声:"中国的门啊——闯进去就是了，不必带着商品和笑脸叩门。"

【 手放在门环上　却不敢推 】

从那一日开始，这扇曾令我信心满满引以为傲的大门，再也没有关闭过，它如同跛了脚的猛虎一般悻悻蹲在那儿，仍是那副山中之王的身躯，却再不能亮出锋利的尖牙。

那些金发碧眼的强盗，毫不介意地从那门里进进出出，嫌碍事还要狠狠地踢上一脚，它吱呀吱呀地呻吟着、喀嘣喀嘣地断裂着，直到1912年，大门轰然倒塌，再也不能用了为止。

我重新又为它换上新的，实木材料，整扇门涂上黑色的漆，门闩没有了，改成了两只西式纹样的门环。渐渐地我开始通过门上的猫眼窥探外面的世界，我必须这样做，不是躲，而是看。以此方法我逐渐辨识出了很多外面有而我没有的东西，那些东西最初使我惧怕而抗拒，又慢慢变为好奇和向往。

我怀着热切而激动的心情，下定千万般重的决心把手握在门环上，却从来没真的敢推开过。

【 你家这门不好看　涂成红色的吧 】

1921年，我第一次听到叩门声，平等而富有涵养的叩门声。"谁？"我带着深深的怀疑和不信任，躲在门后面，一只手握着门环，另一只手摸着一把刚刚晓得怎么使用的枪。

"你这扇门太旧了,也不好看,要命,我帮你涂成红色的吧。"门外的人很高,是个穿得很厚实的大鼻子佬,拎着一桶油漆,红色的。

"你把油漆放在那儿,然后就走吧,谢谢,我自己一会儿去拿。"我低声回应着,等待那人离开。"不,中国,你家的门啊,要想不被人砸开,就得学会自己给人开门。"

门开了,我顶着由上个世纪带来的盘踞在身上如影随形的恐惧,从缝隙的一角审视他,它放下了油漆桶,拿起刷子在门上画了些什么,一言不发就走了。我猛然一把将门拽开,外面的风闲庭信步般溜进我的院子里,却三下两下就吹薄了蒙在这些老气横秋的陈设上的灰尘。

我走到门前面一看,那是一颗红色的星星。

【门开了新东西才能进来】

1937年,一个岛上来的矮个子硬是要闯进来,八年后,我自己将他赶了出去,用武力,仅凭自己。

伤痕累累地,我靠在门口的墙沿上,高兴得想要仰天长笑又悲恸得似要失声痛哭,我想起二十年前有谁大概说过——你家的门啊,要不想让人家砸开,就得学会自己给人开门。

我蘸着热乎乎的鲜血浸开了那桶压在床底的红油漆,把整扇大门从头到底漆了一遍,我主动邀请北方的大鼻子进来,言辞恳切地询问着我不能参透的东西,我与他一起推倒了家中的洋楼牌坊,还有遍地开花的银行当铺,我们开垦农田,建工厂,漫想千丈高楼平地起,万里江山一片红。

"这就对了,同志,门开了,新东西才能进来。"他那样亲热地拍拍我的肩,临走了送给我一面旗……

【开门之后】

听着,我的朋友们,正如你们所听到的或者经历过的,我的故事讲完了。现如今,这扇红色的大门开着,随时如此,包容天地万物,迎接四海宾客。有人进来,有人留下,也有人出去。而日后外面有什么?里面又是什么?什么将到门里来,什么能留下,又有什么能走出去。日后这一扇扇的门,还有门前一条条的路,都需要你们同我一起打开,一起走了。

(作者学校:北京汇文中学)

专家点评

高玮晨为我们讲述了一扇门的故事,这也是一个国家的故事。对于一个国家而言这扇门应该关闭还是打开?曾经那样犹豫……最后的结论是:门开了,新的东西才能进来,才会发现更多的路。

本文以具有象征意义的"门"为枢纽,重述了中国的文明历程:古代的骄傲、近代的悲壮、现代化的奋进以及未来的希望,语言颇有气势,有较深的历史感。

倾听未来的声音

  我是上海市格致中学高二年级的江超男。你只读过我的文字，却没看到我的汗渍；你有你的规则，我有我的创意；你肯定我的现在，我决定我的未来。爱读书，爱童话，爱北大，也爱汪曾祺，更爱写写小清新短文，站上北大的颁奖台是我的一个小梦想，征服北大才是最终的大目标。我不是温柔的淑女，不是叛逆的酷女，我把童心和热情永远带在身上，把爱和幻想寄托在童话里，我是来自魔都上海的江超男。

  2011年获上海市"文博杯"征文大赛一等奖，参加过各种社会活动。文章《老照片》《那年夏天，宁静的海》发表于《中文自修》；《城市黄昏》发表于《新读写》。

江超男

悔与愿

  相传，在小美人鱼化为泡沫的那个清晨，一群小天使默默地带着她飞向天堂，在一扇大门前停了下来。那是一扇悔与愿的大门，左边是悔，右边是愿。那更是一扇决定命运的大门，左边是与王子快乐幸福地生活，前提是巫婆狠心地毒害了王子的新婚妻子，右边是一滴海水、一束光线、一缕白烟，眨眼间消失不见。

  小美人鱼没有说话，她只毅然决然地往一个方向走，没有回头。

  谁都不知道小美人鱼到底选择了什么，也不知道她最终是生还还是消失，但有件事悄悄发生着。她的好姐姐——两尾可爱的美人鱼喝下了巫婆的药水，变异成了海洋中新的族类——鲨。

鲨是悲伤愤怒的化身，那充满愤怒的内心改变了原本属于人鱼的天性，她们褪去了闪耀迷人的鱼尾，失去了与人类一样的上身；她们长出了尖利的牙齿，像一把把时刻就能夺人性命的刀；她们再也没有了灵魂，把两条腿的人类作为猎捕的对象，世世代代与人类为敌。

然而据说，人与鲨之间的仇恨是可以化解的，但是谁也不知道怎么化解。

在水晶宫里，有一个装满了当年泡沫的漂流瓶，那是鲨族的圣物。

"妈妈，你说小美人鱼选的是什么？"安安合上厚厚的海史书问。

"悔吧，毕竟人类负了她……"

安安是一条蓝色的鲨鱼，蓝得很干净。她非常快乐地生活着，她还小，还不必背负复仇的使命。

在这大海的深处，有美丽神秘的珊瑚礁森林，红色像水中火焰，白色如堆堆春雪，黄色好似向日葵，绿色的便是那海底的仙人掌……五颜六色，好看极了。在这片乐土里，安安和小伙伴们常在海底嬉戏，快活地玩个没完没了。小鱼儿们有的微微摆动尾巴，有的把自己埋进沙里，有的迅速闪躲，因而总惹得海草睡不了一个安稳觉。安安是那里的常客，交了很多好朋友。

"安安，轮到你藏了！"伙伴对安安说。

"好！"安安边说边找到了一大簇密密的珊瑚礁，那里长着与自己皮肤一样蓝色的海草，她找了个珊瑚和海草最密的地方把自己藏了起来。

"安安,你在哪儿啊?"伙伴们找了好长时间,还是没有找到她,"安安,你真厉害,我们认输了。"

哈哈,看来我的藏身功力又见长了!安安心里想着,既然你们认输了,我就出来吧。她摇了摇尾鳍,不料,尾巴卡在了珊瑚礁里,她用力一挣,钻心的疼痛。珊瑚礁割破了她的皮肤,蓝色的血液直淌了下来,把海水弄得一片浑浊。她挣扎着,叫喊着,可是伙伴们都走了,没有鱼回应她。血越流越多,安安感到一阵眩晕……

不知过了多久,安安听到了说话的声音:"一只小蓝鲨,她受伤了,而且不能动弹。"

"太好了,蓝鲨的血很珍贵,把她带回去。"安安睁开双眼,看到了两个橙色的影子,是人类!她惊恐地瞪大了双眼,想起了鲨和人之间的仇恨。

"她还小,又有伤,多可怜,她一定很想妈妈。"一双手伸了过来,摆弄着这群珊瑚礁。突然,安安觉得尾巴一阵轻松,自由了!安安回过头去,看见橙色的氧气面罩里,一双褐色的温柔的眼睛,就像天使的眼神吧,安安边想着,边向家的方向飞快游去。

安安的生活又恢复了原本的宁静与快乐,她一天天地长大了。终于到了开始猎捕的日子,那是每条鲨鱼证明自己能力的时候,鲨族也要从猎物里选出给小美人鱼公主的祭品。

这天,安安和强强与一些出来猎捕的同伴来到了浅水区,那片属于人类的海域。在那里,安安再次看到了久违的人类。蓝色的天空下,一个长头发的女孩在海里嬉戏,两条修长的腿在水中灵活地拍打着,身子随波逐浪忽上忽下……

"多美的一双腿呀，这样的腿，走在陆地上是什么感觉呢？"安安看了看自己的尾巴打心底里赞叹道。安安不由自主地靠近她，跃出水面，用尾鳍撩起水泼到小女孩脸上。女孩笑了，开始追逐安安，褐色的双眸闪烁着快乐的光芒，像天使一般，安安心里猛然一动……

突然，安安嗅到了异样的气息，她看到自己的同伴强强兴奋的眼神。

"强强，放过她吧……"安安忐忑不安地游到强强面前。

"为什么？她是我们的猎物，是最好的祭品，你忘了我们此行的目的吗？人类是我们的仇人。"强强盯着小女孩，不解地说。

"可是……"安安的目光锁在了小女孩轻快的身影上。

就在这时，埋伏在周围的一群鲨扑向了小女孩，其中一只母鲨咬住了女孩的双腿，将她向海洋深处拖去。安安的心里一阵疼痛抽搐。

祭祀仪式就要开始了，出来猎捕的鲨们个个欢呼雀跃，第一次捕猎就有如此收获，怎能不高兴。"安安，你真行，没有你，我们今天……"

安安心里一阵难过，她敷衍着，溜进了水晶宫——小女孩的软禁之地。看着躺在床上气息微弱的女孩，安安心疼地用鳍轻轻抚着她的脸庞。

外面的角声已经响起。怎么办？怎样才能救她呢？

无助的安安发现了贝壳桌上的漂流瓶，瓶底刻着一句话："以蓝鲨之血，滴之祭品之上，凭无怨无悔之心，足矣。"

我的血能救她？安安又回想起人类说过"蓝鲨的血很珍贵……"也许，也许可以！

安安开始一口一口咬起了自己的皮肤，疼痛从皮肤一直延伸进她的心脏,蓝色的血溅在女孩身体的伤口上,也把周围的海水染得深蓝。

看着女孩苏醒过来,并奋力向天空游去,躺在海底奄奄一息的安安却笑了。那一刻,她终于明白了自己的祖先——小美人鱼牺牲的意义。"她要教会我们去爱而不是去恨,鲨鱼对人类的仇恨是个错误。"安安喃喃地念叨着,安心地闭上了双眼。

"安安,你说小美人鱼最后选的是什么?"

"她选的一定是'愿',因为她是为爱而生的。"

"安安,假如让你在那扇门前,你会选什么?"

"愿!"

(作者学校:上海市格致中学)

专家点评

这是一篇怀着少年的纯真美好的心灵对安徒生经典童话《海的女儿》的重构和续写。表达了爱可以化解仇恨的愿望,并以自我牺牲的方式确立了文章的感人风格。想象力丰富,文笔清新优美。其象征意象令人感到对灾难重重的世界的悲悯。

我是湖北省黄冈市蕲春县第一高级中学高三年级的雷金蒙。本人热爱写作，曾在多种刊物上发表作品，如在《课堂内外 创新作文》《中学生写作》《疯狂阅读》等刊物上发表作品数十篇；并在多种比赛中获得名次，其中在"第十五届少年作家杯"中获得三等奖，"文星杯"中获得一等奖，"中国校园文学大赛"中获得二等奖。除写作之外，平时喜欢看书，打羽毛球，也喜欢静下心来思考社会问题……

雷金蒙
路过草原之青春门

在西北的内蒙古大草原上，寒风仍在凛冽地刮着。

他一屁股坐下去，就瘫在小山丘上。杂草凌乱地铺在地上，将他与土地深深地割裂。或许他再也感受不到这地下涌动着的狂热气息了，他不清楚这草原上究竟还有谁可以成为他最信赖的人，孤独、冷漠、黑暗，世界仿佛成了一个骗局，像一个无底的黑洞。童年的记忆在生命的清水和完美的令人窒息的氧气中慢慢生锈，在黑洞的边缘凝结，这或为天下独一无二的至宝，或为不值一文的烂铁。

青春呢，那接踵而至的青春呢？那不过是死魂灵游荡的空气罢了，永远都是黑洞的奴隶。

他愣了一会儿，用仅剩的一点儿气力撑起他瘦弱的身躯，颤颤巍巍地站了起来。他盯着白亮的天空，两眼有些发花，又昏昏沉沉地倒了下去。他想最好就这样倒下去，永远都不要起来。

可是，他的肚子一直在咕咕作响，饿得难受。灵魂的温度冰冷却依旧在跳动，牵动着心跳，流遍全身，他没有办法就这样死去，也不能就这样白白地死了。

于是，他将手微微抬起，指向太阳的方向。他决定了，要朝着那个方向走去，与其在这里等死，还不如任自己走下去，希望永远比绝望来得更振奋人心，不至于还没有出发就已经一命呜呼了。所以，不管前方是否有路，他都会走下去，哪怕是三年、五年或是十年。

阿狼五岁的时候就被父亲带了过来，和他一起打猎。他们一起在小山丘的后面建了个小木屋，作为他们的第二个家。每当晚上睡觉的时候，阿狼的父亲就会跑过来告诉他关于自己妻子的故事，也就是阿狼的母亲。母亲住在东北的深山里头，和奶奶一起在村镇里靠卖菜为生。当时正是文革时期，父亲糊里糊涂被贴上反动派的标签，村里的人都围着屋子，路也被挤得快要裂开，他们说是要来打倒走资派的。父亲本是想带着一家人一起走的，可是奶奶年纪大，跑不动，母亲说要留下来照顾她。父亲摇头，说自己直接走出去算了，可母亲坚决不肯，以死威胁。父亲没有办法，就和他连夜逃到了这里，这凄凉空旷的西北大草原上。

父亲只希望，他能和狼一样茁壮成长，以一种目空一切的姿态战胜困难，跨过自己的青春之门。

可是，他恨狼，恨极了。他恨那些凶残的狼，就如同恨自己一样。

在阿狼十岁的时候，也就是在前天，父亲就这样被一条大狼给吞下去了。他是亲眼看着自己亲爱的父亲被活生生地吞下去的,连骨头都丝毫不剩。阿狼呆了,吓尿了裤子,他的耳边充斥着呼啸而过的风声和滚滚的浪声,隐约地夹杂着父亲时断时续的呼喊:"阿狼,快跑,去找你妈,快跑……"

于是他撒腿就跑,尿沿着裤脚滴了一路。阿狼跑到小屋子里,将门反锁,然后又透过底下的缝隙向外窥视,等了好久都没有看到狼群追上来,他就向里边走去,连裤子都没有换,就一下子瘫倒在床上,一头栽了进去。过了好一会儿,他变得紧张起来,大口地呼气、吸气,心跳得异常猛烈,像是要冲出来了。阿狼突然大哭起来,不停地嘶叫着"爸爸",撕心裂肺。弱小的身体被一阵强烈的哭声掩埋,剧烈地震动。

他就这样哭了一夜,从白天到黑夜,从黑夜又到白天,直到没有任何眼泪可以留下来为止。

次日清晨,天微微亮,草原上的波浪依旧在不停地涌动,向着尽头奔去,一浪盖过一浪,一浪又接着一浪。阿狼像往常一样,早早地醒了。他打开门,看了看天,又朝着草原望去。他走出门,愣了愣,大喊:"爸,你为什么还不回来?"

他宁愿相信这是一场梦,梦醒了,父亲也就该回来了。可是,草原大得足以让人发怵,没有一声可以回应这个殷切期盼的孩子。

此时的风安静得可怕,死寂般地停滞在空气中,没有说话。

他回过头去,将家里所有可以利用的东西都放进自己的包袱里,然后拿起笔,在屋子的墙上写了几个大字:

"我要回家!"

他踏出了屋子的门,那是他第一次一个人走出这扇门,它将独自享受旅程的孤独，他将独自拥抱世界，路过生命的草原。

当他踏出那扇门开始，他便不再是他了。他是英雄，是骄傲，是大草原的子民。他匍匐在地上，感受到了草原汹涌澎湃的血液在深厚的土层之下剧烈翻滚。于是，一阵强烈的狂野独有的生命气息向他扑来，如同所有野兽都来挑战他的极限一般，心不停地在颤抖，带动所有的神经都紧绷起来。他明白，每一步，都可能会带来致命的危险，但是每一步却又会带来新生和希望。

路过草原，他踏上了归家的征程。苍天和草原为鉴，这将是一次完美的蜕变。

还记得他们是坐门前的那条铁轨来的，但那条铁轨早在三年前就已经荒废了，被北方的黄沙埋到土壤之下，任青草漫过铁轨，疯狂地生长，就像千年前禁锢所有伟大英雄的枷锁。即使铁铸的铜墙早已不在，可那些不屈的魂灵却依旧永恒于世间，永垂不朽。他看了看天，又朝着铁轨的尽头望去。那条铁轨一直向东方延伸过去，一直通向遥远的暖阳。他觉得他是受到老天无私眷顾的卑微者，草原在为他的子民指引着回家的方向。

他跪了下来，朝着天地磕了三个响头，匍匐在它的脚下，并虔诚地膜拜。

阿狼沿着铁轨一直向前走，无数青草像浪潮般扑过来，包围并吞噬着他。就如同世界上所有悲悯而又伟大的灾难突然向他袭来一样，丧父、孤独、饥饿、黑暗、寒冷……这一切常人所不能承受的东西却突然一下子落在了一个孩子身上。不过他没有辜负那些死去的英雄们的期望，他很坚强地朝着苦难走去，骄傲并自豪着。他告诉自己，他也是英雄，像爸爸一样伟大的英雄!

朝着苦难走去,也是朝着希望走去。于是上帝赐予世界满轮的月光,在人类孤独无助的时刻穿越重重阻碍与他们相遇,让他们感受到空间无限遐想的温暖和梦想敲击的心动。青春萌动着,像天空中飘浮着的所有细小尘埃一样,慢慢地发芽。

于是,人类有了活下去的勇气。像阿狼,像我们,都是被上帝祈祷保佑并真诚眷顾的孩子。

可是最艰难的日子还没有到来,他就已经吃完了所有的干粮。阿狼实在是饿得慌,他学着父亲,将青草连根拔起,把土从上面剥干净,朝着青草的白根大口地咬下去。他细细地咀嚼,让青草的香味荡漾在全身每一个渴望生命的细胞中。阿狼在想,以后可能一辈子都吃不着这么好吃的东西了,于是,他拔起更多的草来填满他的包袱。当他填满了他的小布包时,他欣慰地笑了,坐下去,悠闲地倒在地上。那笑容,像冬日里灿烂的阳光般,甜蜜温暖。

可是无论他走到哪里,青草却是到处都有的。

他把那包青草紧紧地搂住,拿出一件衣服严严实实地捂住身子。今晚阿狼就决定在这儿睡觉了,不然再走下去会被冻死的。尽管如此,冬天的寒风仍在凛冽地刮着,像刀一样刺进厚实的衣服,尽情地刻画着阿狼身子的棱角。

连续几天下来,阿狼已经瘦得连骨头都出来了,皮肤干裂得脱落,如同套上了一件松软的外衣,没有留下任何神经的附着体,不知疼痛地掉落。而头发却笔直地竖起,如同刺猬的针,扎得生疼。

就这样日日夜夜地跋涉,他走了很远的路,连他自己也不知道是多远。向后望,是一望无际的大草原,还有绵长无边的轨道。

风就一直这样奔跑,疾速地涌向天边,然后又不辞辛苦地折返。满天星辰极其安静地躺着,各职其位,如天使般地守候,却又像一个吻般扑向阿狼的脸颊。

自己的呼吸声,在耳边轰隆隆地响着。

为了赶路,他决定今晚不睡觉。他嚼着草根,跨大步子向前走。忽然他的耳边传来隐隐的叫声,阿狼猛地警觉起来,丢下手中的草,本能地卧倒在地。脑海中又浮现出父亲的样子和大狼狰狞的面容。不知为什么,过去想起狼的时候,他身上都禁不住起鸡皮疙瘩,可现在他却不再害怕了,他想报仇,想极了,他想找到那条大狼和它决斗。于是阿狼慢慢地站了起来,像极了一头威猛的大狼。

突然,一头灰色的大狼从他背后袭来,跳到他身上按压住他,紧接着传来一声长啸,响彻天际。狼嚎的声音异常刺耳,像是一把致命的剑突然刺向他,他知道这一叫会有更多的狼涌过来的,到时候他可真就完了。于是,他趁老狼不注意,掏出随身携带的短刀,狠狠地插进老狼的咽喉里,翻过身,迅速跳到大狼的背上,又用刀捅了四五下,他才停下来。战场上的硝烟已经散去,风依旧吹动着热血的大衣,缓缓流淌。大狼已经倒在了地上,毛发被血浸得浑体通透,慢慢地流进土壤,散发出阵阵还未消逝的血腥味。

那声狼嚎会引来更多狼的。和这群饿狼战斗,连觉都不能睡,因为父亲就是这样死的。

他沿着铁轨继续向前走。在接下来的几天,他都没有安心地睡过一个好觉,每时每刻都必须保持冷静和清醒,只有这样才能保全自己。

重复着一样的路，走过和列车急速行驶一样的距离，他没有流下一滴眼泪。和几年前的阿狼相比，就像是换了个人似的。起初他还不太相信自己的变化，直到一个人将大狼击退，他才彻彻底底地明白了。

之后长达一个月的时间里，他遇到了三四只比上次更大的狼。狼群将他围得水泄不通，阿狼就直勾勾地盯着它们，不慌不忙地拿起短刀，以迅雷不及掩耳之势扑向它们。他与狼之间的矛盾，将在草原上一直持续下去。

北方的寒风渐渐小了，他离起点越来越远，可谁也不知道他离终点到底还有多近。背后的狂风离他而去，土壤变得越来越肥沃。阿狼的脑袋昏昏沉沉的，感觉就要爆炸了一般。他感到自己快要不行了，他已经吃了五年的草根，如果还没有找到人，他可能真的要死在荒芜的草原上了。

眼看就要走出草原，难道真的要死在这儿吗？

他走了整整五年。

他的眼睛里隐隐约约地闪着木屋的影像，就在前面的山坡。他不相信，闭上了眼，用力揉了揉，让自己尽量保持清醒。阿狼睁开眼，屋子还在那儿立着。他欣喜若狂，几乎是爬到那儿的。他爬到山坡上，看到了一座更大的山，里面散落着一些屋子。阿狼走进村庄，摇摇晃晃地站起来，看到一个女人端着盆子迎面走来。阿狼冲向前去，抓住老人的手，问：

"白头村在哪儿？"

他晃悠悠地倒了下去。

醒来时，面前依旧是那个女人。她端着热气腾腾的白粥饭，轻轻地吹。阿狼像一头饿狼,抱着粥大口地向下吞。他已经太久没有喝过这么香的米粥了。

他用舌头将嘴唇四周的汤都舔干净,对女人表示善意的笑。

他问:"白头村在哪?"

那女人说:"就在这儿。"

"哦,真的吗?那你知道张……一位姓张的母亲吗?"阿狼欣喜若狂。

"白头村有很多姓张的,我也姓张。我救过很多像你这样的孩子。"

"嗯……她的孩子五岁就出去了,和他爸爸一起,是因为文革。"

"是父亲带着孩子一起出去的,就在内蒙古。"女人小声念叨着,她突然抖了一下,望着眼前的孩子……不,他已经不再是孩子了。

"你叫什么?"女人伸过手去,紧紧地抓住阿狼的手。

"我……我叫阿——狼。"

女人几乎是扑过去的,她一把搂住面前的这个孩子。阿狼突然感觉到自己的心在剧烈地颤抖,他突然想起自己五岁时母亲给自己的拥抱,就像面前这个女人的拥抱一样。

这感觉,暖心。

"我是你母亲!"

"我知道,母亲!"他的眼睛像是要崩塌了一样,泪水一下子全都涌了出来。是的,他已经好久都没有这样哭过了。

而此时,他就站在家门口,哭得像个孩子。

母亲安抚着他,她听到了孩子的心。因为孩子就住在心里,所有母亲的心中:孩子走过的路就如同我的路一样,他远涉重洋历经千辛万苦所到达的那个叫做白头村的地方,就是最终的归宿吧。从这里离开,却又无意间闯进了这里。

我悄悄打开那扇门，发现了世界，它教会我如何成为一个真正的男子汉，用一种人类灵魂的高度来俯仰生命。

于是，带着所有的念想和对母亲的想象，一个温暖的夜晚悄然而至，他梦到了草原，梦到了父亲，梦到了一个家，一段故事。他就在母亲的怀里，安静地睡去……

梦里是另一段成长。

天初晓，阳光穿破氤氲的迷雾，依旧从铁轨的方向蔓延过来，静静地打在脸上。前方道路还有很长很长，就像昨日记忆浮动的草原一样，经历磨难却难以忘怀。而这五年的财富，也足以让他刻骨铭心，可能在十年之后，他会感到自己的身上莫名地流淌着草原狼的血，和珍贵的亲情一起融化在月光之中，洒遍整个草原。

草原的青春，寂静，孤独，而又漫长。

（作者学校：湖北省黄冈市蕲春县第一高级中学）

专家点评

作者在短暂的比赛时间里，以一种寓言的方式写出了生命、成长、艰难，跨越青春之门，事实上也是生命之门，非常难得。尤其难能可贵的是，本文不仅结构完整、故事圆满、语言清晰舒缓，一些描写堪称准确优美，显示了作者不凡的文学才华，前途未可限量。

> 我是长春吉林大学附属中学实验学校高二年级的李泽翎。我喜欢故事,故事是文字、是音符、是图像、是味道。故事甚至是候车厅的创意广告,是地方戏剧,是自然山水氤氲成的画卷。我喜欢故事,喜欢生活的每个细节。我喜欢看各种风格迥异的书籍,因为写作需要思想和讲述能力。我喜欢电影,它们演尽世间百态,可以带领一个人飞很远,也可以予人以幻想和反省的机会。我喜欢美食,它们代表着一个人对生活的热爱与畅想。我喜欢音乐,弹钢琴的时候音符可以唤醒自己。

李泽翎

仙境之门

一

妹妹说,她能看到我背后的翅膀。

每次她这样认真地和我说的时候,我都笑她,傻孩子。我喜欢笑着掐她圆乎乎的脸蛋儿,看她很认真地生我的气。

妹妹说,她能看到铁索道后面一扇开满鲜花的仙境之门。她说:"哥哥你信不信,你走过去就会飞起来了呢。"

小孩子还真是天真。铁索道后面不过是我每日上学都必经的泥泞山路。于是,我每次都回应她:"囡囡,哥哥要是能飞,我又何苦每天都刷我的白球鞋啊。"

她更加坚定地回应:"哥哥你要是不能飞起来,那夏天姐姐一定可以。"

二

夏天是住在我家隔壁的一个像夏天一样温暖的女孩。我们俩从小玩到大,后来妹妹出生,夏天便成了妹妹的专属玩伴。

我父母是平凡纯朴的山民,日出而作,日落而息。他们不望我和囡囡成才,只盼我们兄妹健康长大,八月初时,父母劝我不要去念初中,让我扶持家里,我便也应了,毕竟读书识字在这大山里并无用武之地。

夏天却和我不一样,她喜欢读书,也喜欢那些天马行空的故事。我知道她很会画画,用很多种染料画出刚出锅的冒热气的菜,画她被风吹起来的裙子,画这绿色的大山,还有那铁索道下面拥抱河岸的白色水花。她父母是城里的知识分子,却偏爱这大山的宁静,来这里支教,转眼已近十年。

我从来不觉得这山里静谧,这里有大黄狗的吠声,有妇女们聊天和唱歌的声音,还有铁索道下河水拍石的声音。

在这座山里的每一个人,过河时都要把自己拴在一个索扣上,听着索扣与滑道摩擦的声音,就这样从家去学校、服务站、药店或是对岸的人家。日复一日,河水涨涨落落,裹挟着这里每一个人的记忆不停地向前奔流。

三

一个柔软阳光铺就的下午,夏天来找我,她说她要去买布。

"买布做什么呢?被子吗?"我问。

"这是个……秘密。"她笑。

她笑起来很漂亮,有酒窝,两个,很深。

那时蝉鸣的声音很响,好像都在私语夸夏天长得真甜,好像夏天的笑不只给我,也是给这整座大山。

我荡过铁索道,站在对岸等她。

她抓起另一个索扣,也娴熟地荡过来。

走着走着,我突然想起妹妹常说的话,转身和夏天说:"你猜囡囡说这里有什么?"她又笑起来:"仙境之门对吧?哈哈,也许怪我给她讲了太多童话。"我也笑:"她还说你走过这里就可以飞起来了呢。"我们俩都被妹妹的奇思妙想逗得捧腹,夏天笑着提起裙角旋转,就像真的飞起来了一样。

她说:"其实我买布是打算给囡囡做一件裙子,当做生日礼物。起初还不知道做完裙子后,在上面画点什么。现在我知道啦,要不我就画——就画一扇仙境之门吧!"

我拍手称赞,和夏天说:"好啊,那你也教教我怎么画,我要给囡囡画一双小翅膀!"

买完布回家后,夏天找出了所有最明亮的颜色,我们开始在裙子上勾画。

炊烟升起来的时候,那匹素色的布已经变成了可以送给小仙女穿的裙子。

正面是一扇花朵簇拥成的门。而背面,是一双不太对称的小小的翅膀。和着夕阳,花朵开得绚烂,那翅膀也似欢喜地要带人飞翔。

四

妹妹生日那天好像真的变成了个小仙女。

那天我和夏天约好在"仙境之门"给妹妹庆生。妹妹穿着那个画满鲜花的有一双翅膀和一扇门的大裙子,抱着我送给她的玩具熊。第一个荡过铁索道,她满眼笑意,好像永远不会有哀愁。

妹妹拔了很多草,又折了一些树枝,穿着花裙子更加陶醉在幻想的仙境里了。她说那草是精灵做的手链,那树枝是我们的魔杖,那天无论她说什么,夏天都很认真地相信着,然后她们一起握着树枝在空气中挥动。

也许她们前世真的是小仙女、小精灵吧。

五

暑假也在那些树枝挥动的时光中一瞬而逝,转眼就到了夏天开学的日子。

那一整个暑假我们三个人总是去那片"仙境"玩,虽然我从未见过精灵、仙女,抑或是魔法,但我喜欢用泥巴捏出小人,再用草和叶妆点他们;喜欢用废砖和树枝拼凑成小房子;喜欢看妹妹因为裙子粘满沙粒而委屈地接受妈妈的骂。

如果我提前知道了那天早上的事，我想我会祈祷暑假永不结束。

那天早上我自告奋勇去送夏天返校。

夏天背好书包，一如既往地锁好索扣，但是就在她已经荡过一半路程的时候，我看到她顿住了，晃了一下之后，坠入河里。

顿住了，晃了一下之后，坠入河里。

坠入河里。

毫无防备地坠落。

我俯身，白花花的河水翻滚着、咆哮着，示威似的前进，而我并没有看见一个背着书包，笑起来有两个酒窝的女孩。

我直直地定在那里。

河水带走了夏天么？

河水需要她为自己作画么？

整整十天的搜救和打捞。开始，结束，却什么都没有找到。

再过了十天，夏天的父母离开了这座大山，沉重而蹒跚。

又过了十天，我恍惚的神情开始好转，只是我不愿相信夏天是……"死了"。也许她回到了城市吧，又或许她被下游的人家救起，继续画那些彩色的画。

那段时间我有些迟缓木讷，我知道终有一天我必须正视事实，我只是怀着最后一点几近破灭的希冀等着有那样一个蝉鸣的午后，那样一个午后夏天沿着河岸走回来，她可以再对我微笑一次，哪怕她还要离开。我只是不愿她离开得太匆忙，匆忙到来不及告别，就像童话来不及写上完满的结尾。

直到再后来，突然有一天，妹妹过来拉我的手，她说："哥哥，我找到夏天姐姐了。"

六

妹妹拉着我到铁索道，一个多月来我都没荡过铁索。我不是怕，我只是在等有一天夏天荡着铁索回来。

"相信我，哥哥。"妹妹坚定如常。

我系好索扣，很结实，嗯，于是我荡过去。

妹妹紧随其后，她又穿着那条夏天画的裙子，这才发觉我画的翅膀很丑。

我们安稳地渡过河。如此安稳，以致我无法感觉到夏天坠落时究竟是心已绝望还是在无限挣扎。

妹妹拉起我的手："喏，夏天姐姐在等你哩。"说着，手指向路边的大树。

我向她手方向看去。

那一刻，我决不相信我疯了。

我看见很多很多的花，簇拥成一扇门，花的颜色真全，我数不清，也分不清哪个是玫红哪个是金红，分不清哪个是深青哪个是墨色。我眼花缭乱，我看见蝴蝶，我甚至看到透明的蝴蝶，我看到那扇门闪闪地发光，却不刺眼，舒服地像是温暖的阳光。

穿过那扇门，我看见夏天，夏天也是透明的啊。她甚至还有双透明的翅膀，她坐在树干上，穿着花裙子，她对我笑，两个酒窝，好甜。

我在做梦吗。那就不要醒来吧。

因为我终于……

我终于也看见了仙境之门和那仙女、那精灵。

妹妹在我身旁跳起舞来,她也学夏天那样提起裙角,她跳动、她旋转。可这一次,我真的看到她身后生出翅膀。

七

那以后的每天,我依旧刷洗粘满泥的白球鞋,但我还是会在没事时去"仙境之门",有时我看到飞翔着的夏天,我会告诉她这里一切都好。

第二年春天,铁索道换成了大桥,每个人再也不必担心安全问题了。

秋天时,山里铺上了柏油路,我也再不用刷那双白球鞋了。为了修路,很多树被伐掉。

万幸的是,对岸那棵夏天常常坐在上面的大树还在肆意地生长,它安静地站在柏油路旁,看着车来车往,等候着小孩子们在它的臂弯里做那些永不愿醒来的梦。

后来的后来,妹妹说,她还是能常常见到夏天。妹妹有时还会抱着她那只已经旧了的玩具熊来到大树下坐会儿,听蝉的声音。但我越来越难看见夏天了,我开始怀疑她是不是真的已经离开了。

我渐渐长大,也越来越相信离别。

前几天我和妹妹一起坐在树边歇着,一辆汽车驶过,留下尾气在我们面前。妹妹折下一根小树枝在空气中一挥,说:"哥哥,夏天姐姐,你们看,我把尾气变成了仙云哈。"

我笑，掐着妹妹的小脸蛋儿，还是个傻孩子啊。

八

后来的后来
你我终于看不见那个充满色彩的世界
成长藏在时间里偷走了我们的白日梦
经它雕刻你我也越来越选择相信离别
我多希望你能有一篇写不完的童话啊
那里定要有花朵、仙女、蝴蝶和精灵

（作者学校：长春吉大附中实验学校）

专家点评

　　该文以优美的语言表述和童话一般的幻境描写，写出了一个美丽而动人的故事。夏天是一个像夏天一样温暖的女孩，因为有她，我和妹妹有了最美丽动人的童年，因此，她意外地死去也带来了最大的伤痛，但因她生前为妹妹为我创造的美丽的童话世界，使她一直活在"仙境之门"，活在我们心里。文章把现实生活中的悲剧和幻想中的梦境融为一体，在幻想之门和现实之门之间，表达出了少年时代的失落与期待。

> 我是河南省实验中学分校(实验文博学校)高二年级的董苑佑。擅长写作藏头诗、回文诗、词作、小说等。作品多次在校报上发表。还擅长器乐演奏……

董苑佑

宿命门后

当我离开之时,那扇门,终于打开。

门后是无时不在的梦魇,是扭曲变形但仍在拼命挣扎的灵魂,是在无边的黑暗里偶然闪现的点滴潋滟春光。

与此同时,像是找到了一把早已存在的钥匙,心门也悄然开启。

心门后是汹涌的潮水,在我的瞳孔中肆意升腾。

我不知是从何时起与那扇门紧密相连的。

毕竟,我只是一只天鹅。

很久以前,我和同伴们在池塘中嬉水、欢闹,正玩得不亦乐乎。

"我们是属于天空与自由的!"

"我们生来高贵!"

"我们才是真正的百鸟之灵!"

……

不知为何,我的心中泛起一种欲望:我要过养尊处优的生活,就像那王公贵族，锦衣玉食，尽享荣华，再也不用忍受风餐露宿的痛苦。

"什么百鸟之灵啊，要我说，做一只普通的鸟便罢，每天啁啾鸣唱，自由自在，多好！"

说话的是我最小的妹妹。

我笑了笑，缄默不言。

黑夜再次缓缓绽开，逝者如斯，不舍昼夜，却不知积淀了多少岁月与人性的风尘。

我站在高高的谷堆上瞭望，远处城堡上的一扇门无声地打开，公主走了出来，对着月儿璨然一笑。

月华平静而温柔，我的心中却燃起了令我狂躁难耐的欲火，它炙烤着我的每一寸灵魂。

"嘎呀！"我突然发出一句难听的吼叫，展翅飞向远处。

黑夜已绽到了极致。它执拗地以为，这样就可以湮灭一切的罪恶与荒谬。

我对之报以轻蔑的一笑。

城堡的池塘中，我耷拉着一半翅膀，一拐一拐地吃力游动着，楚楚可怜，顾盼生姿。

"呀，这里有一只受伤的天鹅！快看，它多可怜呀！"公主跑了过来，我温驯地用脖子蹭着她的手掌。

几分钟之后，我成为城堡中的第二受宠之物。

排在第一名的是公主，不过，我想这只是暂时的。

而奇怪的是，自从我进入城堡之后，那扇曾经被公主无数次推开的

倾听未来的声音

门再也无法打开。

必有什么，隐藏其后。

我施展着一切才能，唱歌，舞蹈。

宛若天国中传来的吟唱惊艳了整个城堡。

轻盈自如而独特的舞动迷醉了整个王国。

我被奉为神鸟，我的头像刻在了王冠上，印在了人们的服装上，成为国家的象征。

或许，我的初衷已经达到了，该满足了。

不，内心有一个清晰的声音告诉我，你还能得到更多。

那扇门的颜色愈发黑暗了，我看到公主时常用忧郁的目光安慰它，此时门就会稍微显得明亮一些。

呵呵，我对自己说，这个疯狂的世界。

"国王啊，宿命之门无法打开已是不祥之兆，近几日它的颜色愈发黑暗，臣惶恐不安，国运恐遭不测啊。"

我在国王旁边的金座上轻轻挥了挥翅膀。

"哦？依你看，这是由什么所致？"

"臣不敢说。"

"大胆讲出即是。"

"您旁边的神鸟。"

"……"

"国王，一个国家，难道抵不上一只鸟？"

许久的沉默。

"今天就到这里吧,我要回去休息了。"国王说完,走出了大殿,我紧随其后。

又来到了当初的那个池塘,国王久久地凝视着我,一言不发。我装作嬉水欢乐,却再也掩饰不住内心的忐忑。

原来那扇门叫宿命之门啊,那是不是因为我是一只天鹅,就注定要成为他们的玩物,一时风光无限,一时被赐死抛弃?

不,我决不允许。宿命之门?幌子罢了。

我随国王飞回了他的寝宫。

盯着熟睡的他,一个大胆的念头出现在脑海里。

可这个想法吓了我一跳。

——杀了他,自己当王。

而现状的紧迫却不允许我犹豫。

这,似乎是唯一的出路——我不会选择逃出城堡回到原有的生命轨迹中的,那将是莫大的讽刺。尽管有那么一瞬间,我很怀念。

我衔起短剑,用尽所有的力量向他的胸膛俯冲,黑暗中,一切都结束了。

那一刻,却没有料想中的释然,我认定自己已经成了彻彻底底的疯子。

我带上王冠飞上金色的宝座,大臣们议论纷纷。

我装作无意,瞥向那扇宿命之门,却差点惊叫出声——它变成了纯粹的黑暗,显得深不可测,在我眼前幻化成了巨大的旋涡。

恐惧将我攥在了手心,我像是暴风雨中的一叶小舟,不知下一秒将被抛向何方。

国王惨死的消息已在全国散布开来,人们看我的目光中,恐惧逐渐多过了喜爱,到后来,无人敢直视我。

我继续享受着一个国王应有的荣华富贵,却清晰地感到冥冥之中,有一个无形的枷锁,正把我越铐越紧。

宿命之门,你究竟在试图告诉我什么呢?

"如果这一切没有发生,该多好啊。"

"是啊,多好啊。"

我内心终于不再有两种不同的声音。

我飞到城堡外,国家满目疮痍。

白骨累累,生灵涂炭。

——或许,每个人都逃不过宿命的洞察吧。

踱到那扇门前,轻推一下,它居然无声地开了。

门后是无时不在的梦魇,是扭曲变形但仍在拼命挣扎的灵魂,是在无边黑暗里偶然闪现的点滴潋滟春光。

这就是宿命吧,黑暗与光明交织着,撞击着,蕴藉着,叹息着,直到最后,它们一同撞向了木然的我。宿命的背后,是无法参透的人性,是无从挣脱的欲望。

我闭上双眼,万劫不复。

很久很久以后。

"妈妈,妈妈,为什么要把那扇门封起来呢?"

"傻孩子,那扇门代表宿命。上次打开的时候,国破人亡。我们做人,总要坚守一些最初的东西,不可与它的力量鲁莽抗衡啊。"

"那这扇门真坏!"

"不,它可以是罪恶,也可以是美丽;可以是焚毁一切的欲火,也可以是至纯至善的大爱。"

"会有大爱吗?"

"我们一起努力,如何?"

"好!拉勾,上吊,一百年,不许变!"

孩子与母亲的笑声传了很远很远。

那扇门已经换了一副模样。

门后,花开正好。

而那位母亲,就是曾经的公主。

(作者学校:河南省实验中学分校[实验文博学校])

专家点评

这是一篇关于欲望与梦魇,毁灭与新生,罪恶与良善的寓言故事。童话式的构思,拟人化的叙述,不凡的想象力与创意力,对宿命之门的抗争与超越令人感动,出人意料的结尾更给读者留下净化心灵的力量与和谐纯净的绵绵情思。

> 我是清华大学附属中学高二年级的柳雨薇。喜欢阅读、对外语学习感兴趣,积极参加体育锻炼:游泳、滑冰、羽毛球等。随班级赴日游学,参观以色列大使馆等。现代诗刊于《绿风诗刊》,习作收入校文集,参赛作品收入春蕾杯获奖作品选等。

柳雨薇

门

但凡预料到今天晚上会停电,她宁可在公司的饮水机旁趴一夜,也不会回到这个治安与基础设施残缺得难分胜负的小区的。然而,当她裹进风衣,埋着头像穿越火线般穿过一片香烟烟雾时,她对那个黯淡的小空间的渴望已经上升到了极点。

她快步走向楼梯间时正碰上楼管。这个有些发福、神色黯然的中年人主动向她问好,而她正忙于驱动自己被寒风驯服的四肢和叫嚣着疲惫的头脑,没有余暇去回一个招呼。何况,她倦怠地想,这人一天到晚在楼里走上走下,起不到什么作用,还总是一副被生活打败的苦脸,和他交流又有什么意义呢?她强迫自己专注在狭窄的楼梯上,隐约听见身后有人叫她:"女士……今天……"声音渐低到她分散的一点注意力根本捕捉不到了,她也就顺势忽略了它。

门锁已经旧了,有点儿卡,不好开,优势是估计也不好撬。她活动着钥匙,每秒都像是自己能在这双坡跟鞋下坚持的最后一秒。钥匙好不容易嵌到位，向右狠狠一拧，门不情愿地发出一声尖锐的抗议，还是开了。她几乎是进门前先把鞋踢了进去，回身关门时才终于注意到墙皮上的涂鸦和剥落部分都不见了——还是那句话，有什么意义呢？她灰心地想，在这委屈的光线下，什么都一样。她狠狠地关上了门。

冬季的傍晚，夜色正烦躁地驱赶着弥留的黄昏，她窗台上半枯的吊兰正吞食着今日最后的天光。她倒在沙发上，手搭在灯的开关上，没力气往下按。

她自认生活状态在这个三教九流俱全的小楼里相当不错，一切都在步入正轨，偶尔也会和同事相约去放松一下，或给外地的友人打一通电话。除了年轻人可以承受的疲倦，没有什么不顺心的。然而回到这憋屈的小楼，屋外顺利的世界就与她隔阂开了，甚至压得她有些喘不过气，昏沉的愤慨和孤独由内向上顶着喉咙。她和这地方毫无联系，互不信任，相互束缚也相互怒视，无法纾解。久而久之，她也只能像现在这样窝在沙发里瞪着门板，做一些无声的抗争——单方面——因为门板这时响起来了。有人在敲门。

"您在吗？"访客大声问，又加重力道敲了几下。

她无力、也无心回答，只等对方报上名字和来由，或知趣地放弃。

"在吗？我是楼管……"他的声音有小下去的趋势，这下她听得出来了，"您在吗？没有亮灯……"

"我在！"她躺在沙发上没动，有些尖锐地答道："什么……请问，"她别扭地加上，"请问有什么事吗？"

"哦，"对方显然松了口气，她很庆幸他没有叫她开门说，"您前两天说您……"他声音又降了一点，不太舒服地再次拉高，"锁不太好用。

我想着来帮您看看……"

这挑的是什么好时间啊,她烦躁地想。天都要黑了,透过猫眼渗进一些楼道里的灯光,"换个时间成吗?"她耐着性子问道。

门外安静了一下,也可能是中年人的声音降得太低,所幸他还是提高了声音说:"好的。"

又安静了几秒,传来对方下楼时拖沓的脚步声和零星的钥匙声,和他的说话声一样渐低着,然后消失。

天完全黑了。

她又坐了一会儿,按开灯去厨房准备晚餐。打开冰箱从门上拿出个鸡蛋,又拨开一些杂乱的塑料袋想找把蔬菜。灯灭的瞬间她正推开一瓶饮料,刹那间客厅的灯毫无预警地暗了下去,冰箱的光源也同时熄灭。

她被吓得动也不敢动,在散去的冷气中听着寒风在窗外呼啸。黑夜不请自来,抬脚进入她的屋子,嚣张地占据了每个房间,把屋主人留在冰箱前抑制着发抖。

"怎……怎么了?"她小声问。

听到自己的声音没有被黑夜吸收,而是颤抖着原样反射回来使她稍微安心了一点儿。轻手轻脚地关上冰箱门,她摸索着走回客厅,刚接受过光亮的眼睛还不太习惯黑暗,她扶着墙边走到沙发处,反复按了几次开关,没有反应。

她很反感黑夜,此刻只能竭力抑制着刹那间活跃起来的、一切诸如小偷、强盗、杀人犯和鬼魂的恐吓,蹲下身去寻找插座,插头的连接都是好的。

跳闸了吗?她硬着头皮又回到门边,想鼓起勇气出门看看,一系列的凶杀案又砸在她心里,这里的治安可是真的不怎么样……消遣时看的电视节目此刻都报复了回来,她像面对天敌一般瞪着这扇门。

猫眼也阴险地暗着,楼道里的灯泡也灭了。

她把手搁在门把上,正犹豫不决,却真是怕什么来什么——她发誓自己什么都没动,门锁却发出了低沉的碰撞声。

是风吧……她退开一步,手也触电一般撤走,可又是一声,似乎门外有人在转动那年老失修的门锁。

又是金属磕碰的声音。

小偷,她紧张地吞咽着蔓延的恐惧,金属的声音没有遂愿停止,又加上了很小的敲门声,像是门外的人在犹豫什么。

天哪……她按捺着快跳出喉咙的心脏,用奇怪的高音说:"请问有事吗?"

几乎话音未落她就后悔了,可那些细碎的杂音也一并停了。正当她祈祷这就是结局时,一个同样奇怪的、低哑的声音说:"停电了,我来看看您有没有事,"像生怕她怀疑一样,对方又补了一句:"我是……楼管。"

楼管哪有这么低沉的声音?他有吗?她绝望地回忆那个颓废的中年人的一切细节,对了……他说话的声音时高时低。

"您还好吗?"门外的人平稳地问。

那也可能是缺乏自信……可这个不速之客真的不像一个找回了自信的管理员那么简单,况且要消灭一个想象可没有让它产生那么容易。金属的碰撞声又响起来了,那是他撬锁的工具吗?"我很……很好,"她磕磕绊绊地说,心里疯狂地转着各种念头,手心攥出了冷汗,"……辛

倾听未来的声音

苦您了……"

"楼管"发出了似乎很意外的笑声。"没关系,"他说,金属声还是没有停下,但认真听来似乎也不在锁上,"今天下午您好像很累……"

他怎么看见的?这个小偷?她精神紧绷到极点,犹豫着说:"我……上班……很忙。"

您可以走了,她想说,可又担心他再折回来——或者——她看了一眼单层窗,这可只是二层啊……万一……

她灵机一动,都没来得及把念头再过一遍,深吸一口气:"您别担心,"她尽量平稳地说,"我的父……我男朋友一会儿会来看我,不,嗯,他应该马上就到了。"

"是吗?"对方很意外。金属又响了两声。

"是,对,是这样。"她坚决地说。

"那就好,"小偷竟然回答得很痛快,"那您自己小心一点。"

她意外于这个不着边际的回答,难道这贼只是来扮演楼管玩的?"真的辛苦您了……"说话间她又冒出一个主意,"今天我的锁真的挺卡的,我开门都费了好久……"

小偷的语气有些奇怪:"是吗?"

"对。"就是这样,快走吧。

"没事,没事儿,您快回去睡吧,挺晚的……了……"她手指发凉,恨不得用上一切礼貌劝服这个奇怪的贼。

"那么有事一定说,我先回……"

"好好好,谢谢您。真的。"

门外的人似乎是站了起来,他的金属工具阴魂不散地又响了几声。

走了几步,就在她要放心时他突然说:"您要不要蜡烛?"

她噎了一下,"什——什么?"她差点要尖叫出来了。

"蜡烛。"

"不——"她简直欲哭无泪。

"我放门边吧。"小偷善解人意地说。

"好……好的,您……您快回去睡吧,祝您晚安——"

小偷似乎是笑了一声,所幸那金属声是真的远了,沉下去,渐低,消失。

她靠在门上,劫后余生地喘着气。

第二天要出门时,她还小心地透过猫眼看了看昏暗的楼道,出门时踢到个东西,定睛一看,是截红蜡烛。

又要想起昨天的事。她连忙摔上门拽走钥匙,埋头逃也似的向外跑,似乎撞到了什么人,也顾不得了。

被撞了一下的楼管茫然地回头看着她,手里的钥匙串转了两圈,响了两声。

(作者学校:清华大学附属中学)

专家点评

本文紧扣题意,构思完整,富有生活质感。它以合乎情理的情节演进、真实精微的细节描写,把门里门外人物的心理节奏变化刻画得准确、传神。文中的几次转折,叙事控制力得当,尤其结尾处的无言交流,写出了人间的善意和温暖,也昭示出当下人们对于信任和互助的真诚渴望。

倾听未来的声音

> 我是中国人民大学附属中学高三年级南若晨。
> 不爱搭讪，不爱交新朋友；
> 不爱创新，不爱突破自我；
> 不爱长笛，不爱自娱自乐；
> 不爱数学，不爱思维碰撞；
> 不爱辩论，不爱唇枪舌战；
> 不爱志愿服务，不爱去故居做讲解；
> 不爱经济，不爱做学校JA经济社的人力部长；
> 便不是南若晨，
> 不是我。

南若晨

馒头门事件

平安江州：近日，我省胡州市西苏区派出所民警来到一所危房之中，见到了小女孩盼盼，她全身都是被母亲抽打的伤口，而她母亲已离家出走，没有工作的父亲和她住在危房之中。我们去时，她正啃着半个发霉的馒头。

点开下方的链接，是一则新闻报道，报道的上方，是一张图片，一个蓬头垢面的小女孩正蜷缩在房间的角落里，啃着半个发霉的馒头，房间里满是灰色的尘土，昏暗的灯光下隐约可见女孩背后凌乱的被子和衣服。

回到刚才的微博页面，日期是 2014 年 8 月 3 日。

我叫盼盼，上述新闻里的小女孩儿就是我，看看日期发现从那一天到现在，已经六年了。

六年，我的生活发生了很多的变化，又或者没有。

我还记得六年前那一天，那天没什么特别的，我也只是和往常一样，与爸爸待在家里，吃我们的午饭。后来我才知道，对于大多数人来说，那不能叫饭。

午饭是馒头，我们只有馒头，我们的馒头有两种：长了绿毛的和还没长绿毛的，那天吃的是有绿毛的那一种。

突然几个叔叔阿姨推开了我的家门，他们穿着蔚蓝色的衣服，很干净很好看。来干什么呢？我不知道，我记得我很怕就躲到了爸爸身后，手里拿着馒头。他们就那样呆愣了一会，拿出了一个机器拍了几张照片。然后，传来了抽泣的声音，我抬起头，看到后面一位阿姨的脸上，有透明的泪滴滑落。我呆了一会儿怯怯地说："阿姨别哭，你是饿了还是身上疼？你要是饿的话我就把馒头分给你，或者忍忍吧，爸爸说伤口疼和肚子饿忍忍就行了。"不过好像没用，她的眼泪更多了。

另一个阿姨走过来，拉起我的手叫我别吃那馒头了。他们送我到了一个明亮的大屋子里洗了澡，给伤口抹了药，还送了我一件新的蓝花裙子，吃了我已经几年没吃过的饭菜。

那一天我才知道有绿毛的馒头是不能吃的。

姚晨：对自己的孩子做这样的事的人不配被称为母亲！//@江州警方：目前盼盼已得到西苏区干警的妥善照料，伤口也得到医

务人员的处理。#馒头门事件#

2014年08月03日 21：31　　　　转发（1万）| 评论（7986）

上一条微博发出仅数小时，便被转发数万次，各种网络大V也纷纷评论转发，"馒头门事件"迅速成为微博热门话题。

而这话题的旁边，"妈妈去哪儿"同样点击率超高，江州电视台火热开播的这一节目，产生了新一代萌神——一个与我同岁的女孩，萌萌。视频里，那个肉嘟嘟的小女孩拿着个黄色的"馒头"，哭着向妈妈说："这个不是巧克力馅的啦！人家不要吃！"

对不起，我不知道那叫面包。

江州慈善会：我们成立了专门帮助小女孩盼盼的"盼盼计划"链接，通过这种方式您可以直接为盼盼捐款，让我们献出爱心，拯救盼盼 @新浪微公益

2014年10月25日 18：57　　　　转发（6963）| 评论（3496）

后来有人告诉我当时网友们还人肉搜索我的母亲，她正在胡东郊区的饭店做服务员。有人想要帮我们把她找回来，但更多的网友在向警方询问我父亲的联系方式，希望寻求一些帮助我们的方式。

我曾经一度以为可以再也不吃有绿毛的馒头了，可以和别的女孩一样穿没有补丁的衣服了。

后来家里不断地来人不断地拍照，后来慢慢地人来得少了，后来慢慢地生活回归了平静，但好像和原来不太一样了。

直到有一天,有几个叔叔来我家,他们和爸爸聊了些什么,爸爸很开心的样子,不住地点头。也是从那天起,爸爸又不让我吃饱饭了,他说饿才对身体好,我不信,但没饭可吃,便一天天瘦下去了。

那几个叔叔常来,总是拍我,还特别喜欢拍我身上的各种伤疤。我不知道为什么,伤疤不是很丑吗?可他们和爸爸好像都很开心,那么我也就很开心。其实我并不开心,因为肚子饿。

贾甲假:江州慈善会利用网友同情,成立所谓的为女孩盼盼所立的盼盼计划,并将钱款扣留,被其会长贪污。#贾甲假爆料##馒头门事件#

2018年08月19日 23:06　　　　转发(5901) | 评论(3128)

爸爸终于会用手机上微博了,时常也给我看看。他看完这条微博极其愤怒,告诉我以后那几个叔叔再也不会来了。

他又叫我吃发霉的馒头。

"爸,可是旁边明明有新蒸的馒头啊,为什么要吃发霉的?"

"你别管,叫你吃你就吃,吃慢点。"

"你吃慢点,露出点霉菌来!"

他接着又把我的头发弄得乱蓬蓬的,认真地找了新家——爸爸买的平房中最破的地方。让我坐在地上吃发霉的馒头,他在一旁拍照,发到网上。

我当时觉得爸爸很陌生很可怕。

胡州草民:我近日得到爆料,因为胡州慈善会的贪污,小女孩儿和

> 他的父亲还居住在破旧的平房之中，盼盼还在吃着发霉的馒头，网友们，问问我们的爱心是真帮到了孩子还是都被官员们吞吃了吧！

2020年03月07日 21：17　　　　转发（1801）| 评论（908）

草根名博主"胡州草民"的这条微博引发了各种网友的转发。而此时，父亲告诉我：我们要搬回以前的房子里去，你不能再穿这身干净的衣服，穿上小时候的旧衣服！

我忽然明白其实我的生活并没有发生变化，只是从一个幼小的布偶长成了十二岁的布偶，仅此而已，依旧还是会被当做一个玩偶扔到闪光灯前，穿破衣服、秀伤疤、博同情。

但十二岁的布偶和六岁的布偶是有区别的，区别在于她长大了，她懂得了尊严和反抗。

我决定离家出走，临行前留了封信给爸爸。

爸：

我走了，女儿要离开这个家，因为不堪忍受。

妈当年走，是因为恨咱家穷，恨你没工作没能力扛起一个男人的责任。恨她自己给你生了个不能干活的女儿。她打我，其实也是恨她自己不能挣钱吧。

而我因为被他人可怜，所以让你有了钱，可是你还是不肯工作，不懂自强，现在渐渐没什么人捐钱了，你就要炒作，靠博同情来要更多的钱。你是有钱了，而我却还要一遍一遍地啃发霉的馒头，我

南若晨
馒头门事件

不愿再这样活着了,我要离开这个残破的家和伪劣的你!

女儿:盼盼

2020 年 11 月 18 日

完全没有对未来的打算,我什么也没带,穿着单薄的旧衣服,离开家。

几天之后,著名的江州报的头条便成了:馒头门女孩抛父出走。

标题下的大幅图片,仍旧是我那张啃着发霉的馒头的照片。

(本报记者 21 日电)馒头门事件的女孩盼盼卷走网友们所有的爱心善款离家出走,留下年迈的父亲独自留守家中,先后被妻子、女儿抛弃。他有怎样的心路历程,详见 A7 版对盼盼的父亲徐未的专题报道。

"卷走善款抛父出走,哈哈哈哈哈……"此时拿着报纸的我的笑声久久地回荡在天桥下,回音一次次地传来,好像连天桥也在嘲笑我的幼稚,那一天特别的冷。

几天后,2020 年的大雪,人们发现一个瘦弱的女孩,冻死在了天桥下,手中有半块发霉的馒头。

第二天,地铁上,人们读着报纸头条:汪峰在鸟巢开办演唱会,大获成功。没人注意到报纸的夹缝中有一条不起眼的寻人启事:"女儿盼盼,12 岁……母盼速归。"

(作者学校:中国人民大学附属中学)

专家点评

作者展示了相当强的文体意识,结构颇为新颖,难能可贵的是具有不亚于成人的对社会的思考能力和批判意识,这也许才是写作的价值所在。

> 我是太原市志达中学初一年级聂歆雨。我从小就兴趣广泛，尤其爱好舞蹈、美术和阅读。随着年龄的增长，逐渐享受将所见所想化为文字的过程，写作带我进入一个神奇和梦幻的世界。

聂歆雨
谢谢你，让我跨入友谊之门

小学六年级的我，十分要强，事事都要与他人相争。也正是因为好胜与自命清高，让我的周围几乎没有一个朋友。同学们长期的排斥让我渐渐孤立起来，独来独往的我成了班级里特殊的存在，在记忆中，友谊之门从未向我敞开。直到那堂数学课中一次小小的意外……

疼。

不知怎的，小腹的胀痛随着数学课铃声的响起而来，并随着老师在黑板上吱吱呀呀的书写声一丝又一丝累加起来。我的鼻尖沁出一粒又一粒细细密密的汗珠，手也变得虚软无力，手中的笔仿佛成了救命的稻草。我紧咬着嘴唇，拼命抓住笔杆，可老师的声音已变成无法识别的起伏，我的手徒劳地在纸上画着圈圈。

不知同桌是否察觉我的异常，轻轻递过来一张字条。上面写着："你怎么啦？需要我帮忙吗？先歇歇，笔记我下课借你。"

我自己又不是不能抄，好胜心起。我不想理会同桌的好意，可身体的不适让我屈服。

"谢谢。"我用尽全力写下两个歪扭的字,递给同桌,她什么也没说,但眼神中满是关切,又继续专注地盯着黑板,笔下沙沙作响。

半堂课伴着老师时起时落的声音渐渐过去,就连疼痛也被时间一丝一丝抽去、消融,可绝望与羞愧却压迫而来,让我窒息。

我呆坐在椅子上,脸胀得发烫,却一点儿也不敢移动,下腹部一股股热流涌出来,心中哀求上天,千万不要让它浸透衣裤。看着那一黑板的笔记,绝望感压得我喘不过气。我欲哭无泪,眼神也如断翅的蝴蝶,胡乱扑腾,不知停留何处。

估计我坐立不安的样子引起了老师的注意,他站起身来,沿着过道走了过来。

老师越来越接近我的课桌,我简直快窒息了,心跳如骤雨敲打着窗,凌乱而掷地有声。

"不舒服吗?"老师询问的目光如探照灯的强光让我无处躲藏。

"老师……我……"羞耻感让我难以启齿。教师里的空气仿佛瞬间凝固结冰。三十多双眼睛不约而同,齐刷刷地落在我的身上。我嗫嚅着,身上灼热得发烫,却又不知所措。

"老师,她刚才肚子疼,所以没有抄完。她会补上的。"身旁一个声音清晰而明亮。

"哦……"老师扫了我一眼,欲言又止,转身离开。

我松了一口气,适才凝固的空气慢慢流动起来。我望望同桌,那齐刘海儿下的双目清澈明亮,涌动着融雪的暖意。

下课了,还来不及对同桌道谢,她就起身离开了。回来时,我未启齿,她便笑着给我一大张满满的笔记、一小片薄薄的卫生巾、一杯冒着热气的水和一句温暖的问候:"好些了吗?"

我,望着那诚挚的眼睛,热泪盈眶。

之后的岁月,我卸下冷漠清高的外壳和厚厚的心防,学着与人相处。这,都多亏了你,我的同桌,我亲密的朋友。是你,让我体味人心的暖,让我心中的冰天雪地化作漫天杏花烟雨。

谢谢你,亲爱的同桌,是你让我跨入友谊之门。

(作者学校:山西省太原市志达中学)

专家点评

这是一个友谊的故事:孤独、倔强的"我"如何让世界向自己打开,取决于"我"如何向世界打开。故事的转折发生在一个少女成人的时刻,面对人生第一次经历的事物,除了疼痛之外,还有不知所措。在这种境遇中,"我"体会到了别人帮助的重要,从而学会了向世界敞开自己。"感谢上天,在我由懵懂女孩变成花季少女的时候,赐予我一份如此珍贵的礼物——一位诚挚的朋友。"真心的话往往都显得老套,它是最古老最真实的表达。

> 我是河南省洛阳市第八高级中学高三年级的秦晗。我喜欢听古风音乐、读小说、写作、看动漫。曾在小区做过义工。曾在校报上发表多篇文章，在网络上发表多篇短篇小说。

秦晗
守门人

一

我是一个守门人，我守着一扇门。

这扇门，一面为黑，一面为白。黑的那一面，一眼望去，黄沙铺到了天上；白的那一面，草青树荣，一小片水塘波光粼粼，一派生机盎然之景。

每天都有人经过这道门，而且一天只能过去一个人。曾经有人问我为什么，我想了想，郑重地告诉他：我不知道。

我有一只小鸟，能学人说话，我叫它鹦鹦。没有人经过的时候，都是它陪着我。鹦鹦很啰嗦，但是鹦鹦是个好伙伴。

二

这一天，黑门那边来了两个人，一男一女，很年轻，也很憔悴。哦，

倾听未来的声音

对了,他们是两棵树。

他们告诉我,他们是一对恋人,已经走了很多天了。

我看得出来,他们想一起过去,但是,我不能满足他们的要求,因为我的职责不允许,尽管他们看起来是那样恩爱。

鹦鹉知道我很为难,它站在我的左肩上,一下一下啄着我的耳朵。我扭头看了它一眼,不明白它为什么不说话,不过我明白,他们两个人今天只能过去一个。

他们站在沙地里,短促的根扎在沙面上,树叶稀零,干枯开裂的枝条纠缠在一起,似乎在商量,又似乎在争吵。

太阳快要落下去了,从沙漠深处吹来的风有些阴冷,白门这边葱茏的树木上结着硕果,水波折射着诱人的微光。

一切都在催促着他们快些做出决定。

终于,他们决定好了:让女人先过去,男人等明天天一亮就过去,两人再一起离开。

对她来说是个很不错的决定,是不是,鹦鹉?然而我什么都没有说。

女人走过门,转过头看了一眼她的恋人,继而扑向水塘,沙漠里的水分少得可怜,她早已受不住了。

看着女人的身影没入林间,我还是忍不住提醒了一下被留下的倒霉蛋。

"你不能留在这里。"我说。

"为什么?"他不解。

"因为……"

鹦鹉打断了我的话,一如既往。

我默默地坐在门槛上,同情地看着男人。

男人依旧不解。

他在等待破晓的那一刻，我知道他等不到的，在那之前，先到来的，一定是夜晚。

是夜，午夜。沙子开始流动。男人的表情从迷茫到恍然大悟，鹦鹉拍落他惊慌失措间伸向我的脆弱枝条，我假装没有看见他求助的眼神。很快，沙子吞噬了他，在我最后望向他的一眼里，我觉得他在后悔。

可是，没有用了。

然后，我看到了天明的第一缕光。

三

一尾瘦弱的鱼牵着她的孩子走过来，小家伙儿看起来虚弱极了，只迷茫地看着眼前的一切。他们是红鲤，此刻鲜红的鳞片上覆着一层灰白的光，有一会儿时间，他们让我看不真切。

我整理好思绪，例行公事，告诉他们：他们之间得留下一个人。

母亲思索了片刻，打算让孩子先过去。

我把鹦鹉从肩上揪下来，一手抓紧它，一手捏住它尖尖的喙。

我透漏给她几句话，和这扇门有关的话，包括午夜的流沙。

听了这些，母亲没有犹豫，她把孩子往前推了推，示意他先过去。没留几口气的小孩子，鳍尾并用，艰难地爬过门槛。

我不忍心看小鱼爬到水塘，就放开鹦鹉，不管它的抗议，执意要帮小鱼。我没有听到它说一个字。

啊，是了，我怎么忘了，鹦鹉从不在有人来时说话。

我捧起小鱼，走了几步就再也走不动了，无奈之下只好举起手臂，将小鱼投进不远处的水塘里。"哗啦"一声，它沉了下去。

天色愈发暗了，母亲盯着水面的神情温和而柔软。小鱼不时冒出头来，吐几个泡泡，间或跃起，和母亲打招呼。

留给他们的时间不多了。而她无力离开，更不想离开。

在小鱼再次潜下去时，母亲慢慢走到一边，门高大的身躯挡住了她的身影。

她在迎接死亡。

我看着她，惊奇地发现，她并不害怕，自始至终都那么从容，她放弃的仿佛不是珍贵的生命，而是一件无足轻重的东西。只有她不经意间流露出的不舍和无能为力才让我知道她的不甘。

她消失了，被埋在层层沙粒之下，永不见天日，她再也没有办法去见她的孩子了。

我很难过，可是我甚至无法走过去安慰在水塘里哭泣的小鱼。

我踢了门几脚，为什么，为什么一天只能过去一个人呢？

为什么，我惊觉我问了这个相同的问题。

鹦鹉立在门槛上，它在生气。

我是不是做错了？

没有人回答我，鹦鹉也沉默不语。

我望着夜幕下连成一片墨色的树林，身后的门轻轻晃了一下，墙角处裂开几条细纹。

四

鹦鹦好几天没有和我说话了，它是不是想给我个教训？毕竟，只有它一直陪着我，鹦鹦肯定是为我好的。如果今天它还不理我，我就试着去哄哄它。说句实话，我并不会哄人，好在鹦鹦并不是人。

我和鹦鹦各自占据着一面门，等待着今天要过门的人。

低矮的灌木丛一阵轻微的骚动，两只漂亮的蝴蝶走了过来，他们很狼狈，其中一只的翅膀还受了伤，破损得不成样子。

我兀自猜测，他们一路走得多么辛苦。

他们站在我面前，说，他们要到另一边去。

为什么，为什么要到另一边去？我从未像现在这样惊讶。这边有繁盛的树木，充足的水源，吃不尽的食物，还有春水夏花，秋枫冬雪，那一边有什么，只有足以灼伤人的强烈阳光和永无止境的沙漠。

我竭力劝说他们，再慎重考虑考虑，不要做这么愚蠢的事情。

奈何他们很坚定。

我想让他们一起过去。

我看着鹦鹦，鹦鹦也看着我。

鹦鹦妥协了，它飞到我的左肩上，蹭着我的颈窝。它喜欢待在那里。

他们相互搀扶着走过去。沙漠里，阳光正毒辣。

我不知道他们能够走多远，也不知道他们还能活多久，但我知道，他们不会再回到这里。这扇门，一个人一辈子只能经过一次。

为什么？我不知道。

但无论如何，我祝福他们，朋友，一路走好。

五

　　门越来越不稳了,上一次剧烈晃动是在那两只蝴蝶过去后不久吧? 我记不清了。

　　我总是容易忘记一些东西,其实对我来说没什么,记不记得都不重要,我只要记得守好这扇门就够了。鹦鹉对于我的记性很不满,即使它也常常忘记。

　　放心吧,我总不会忘了你的,聒噪的鹦鹉!

　　鹦鹉有时候很烦人,可我习惯它了。

　　鹦鹉也一定习惯待在我身边了。

　　我托着下颚坐在门槛上,鹦鹉偏着小脑袋看着我,我看着绵绵的沙丘。

　　这样过了多久呢? 我从什么时候开始守在这里的? 我为什么在这里? 经过这扇门的人又有多少? 我还要守到什么时候?

　　我不知道,鹦鹉也不知道。

　　没有人回来回答我们。

六

　　门消失了。

　　我本以为它会坍塌的,那样我就可以继续守着它,哪怕它已经成为一片废墟,哪怕没有一个人会再经过它。可是,它消失了。

　　我和鹦鹉看着门上的裂纹一点点变大,在它土崩瓦解的瞬间,它消失了。

连一粒微尘都没有留下。

我站在我最常站立的地方,站了很多天,这些天里,没有一个人来过。

沙子在慢慢地侵蚀着草地。当水塘枯涸的时候,我问鹦鹦,那里是不是住过一尾小红鲤,鹦鹦扫了我一眼,不置可否。

或许,鹦鹦和我一样,都记不清了。

七

我带着鹦鹦离开了那个地方,我们可以离开了,同时,我们开始了流浪。我不知道这样究竟是好是坏,但值得庆幸的是,我知道,我要去找一扇门。

我遇到了很多人,他们问我从哪儿来,尽管很不礼貌,但我只能生硬地回答他们:我不知道。

我的确不知道。

我只知道,我是一个守门人,我曾经守着一扇门,后来,那扇门消失了,所以我要去找一扇新的门。

我不知道我为什么要一直寻找,但我正走在寻找的路上。

等我找到它时,我还是要做一个守门人。

我知道,我只是个守门人。

(作者学校:河南省洛阳市第八高级中学)

专家点评

文章虽然虚构了一个"黑白门"作为特定处境,但从"守门人"的角度,相当真实地把握了几个故事的不同寓意,从树、鱼和蝴蝶等的选择折射出对于"门"的意涵的深入思考,"门"的最终消失以及对"守门人"身份的执着,拓展了文章的深度,鹦鹉等细节的点染更增加了文章的灵动。

> 我是北京市第四中学高一年级的张涵之。
>
> 吾非好书者,未曾领略"古墨轻磨满几香,砚池新浴灿生光"之喜,但仍自诩与笔墨有缘,不为其他,只为笔墨已化为本心,无可分离。
>
> 书山稗海,文史苑圃,吾常于其中沉潜含玩,钩没抉隐,往往沉溺其中而不可自拔。偶有一日发而为文,虽不能纵横捭阖,却能发散心中所思。此间之趣,虽不足为外人道,却仍能激励于内,至于笔耕不辍。

张涵之

门,打开之后

这是一扇门。双开,红色,仅容一人通过。

但这可不是随随便便的哪一扇门。因为,它分离了已知与未知、卑微与高贵、短暂与永远、蝼蚁与伟大、我们与"他"。

无人知道"他"是谁,长得什么样子,有什么喜好,有没有家人。但,无人怀疑"他"的存在。我们知道,我们就是知道,"他"在那里,在门的外面,领导着我们,关照着我们。

当然,"他"也不是永远都不出来。在我们小的时候,我们的爸爸妈妈、爷爷奶奶都给我们讲过类似的故事,在最最危机的时候,"他"的出现,就是上帝的福音。"他"的出现让瘟疫得以治愈,"他"的哭泣让干旱得以缓解,"他"的许愿连天地都为之动容。是"他",让我们从灾祸横生的痛苦中走出来，并把我们领到现在这片沃土。又是"他"，建造了一扇门，将灾难关在门外，而自己成为了守门人，几代如一日，为整个天地保存了幸福。

对了，我们这个地方叫 D（DOOR——门）。在那场可怕的大灾难过后，我们是目前已知唯一存活下来的人类。虽然世界上应该只有我们一群人在"他"的带领下逃过了那场浩劫，但谁知道还会不会有其他人也在什么地方偷生呢？我们是谦虚的，就暂且自称为 D 国人，而不是 D"世界"人。但是，若没有"他"，整个人类可能早就惨遭灭绝了。

于是，我们的建国方针在一开始就无比地明确。为了求得最大限度的存活可能，坚决执行"他"的指示，不加质疑，不打折扣。

但是，我们看不到"他"了。于是，"他"的门，就被作为全国的圣物。

天啊，你应该看看那扇门，那扇伟大的、光荣的门。每年，我们都会举办两次"门节"和四次"小门节"。节日的那几天，全国的人都来朝拜我们伟大的门。大家争相亲吻门槛，抚摸门把手，设法收集门上的碎屑。当然，最后一项活动是非法的，因为 D 国宪法的第一条就是"严禁任何人，出于任何目的（即使是崇拜），以任何方式，破坏门——D 国的圣物。"所以，现在流传在市面的"门屑"基本是假货。

当然，"门节"和"小门节"的意义不仅仅在于庆祝，"门节"最重要的活动还是与"他"交流，解答 D 国人的疑问。D 国的领导人们，会在这一天将两个月以来国中发生的重要事务向"他"汇报，然后，"他"会给我们一些回应，指导我们下一步的行动。回应是什么？我也不清楚，反正包括很多——门在风中发出的声响啊，太阳光照在门上的样子啊，门阴影的深浅、长短、角度啊……什么？占卜？你能不能别把这种封建迷信的词汇套用在伟大的门和"他"身上？读门和"他"的回应，是有科学的流程和依据的。但是，这门科学又是如此的精妙，所以"门学"是 D 国最热门的学科，而门学家，则是最受欢迎的职业。

"哎，你难道不想知道门的那边是什么么？"她上课时给我传来的小纸条上，写着这么一句话。现在还在上课，阳光从窗户斜斜地映进教室，洒下一片温柔的光晕。每天下午的这个时候，人总是有些昏昏欲睡。我揉揉眼睛，抬头看了看她。她在隔我两行的位置向我挤眉弄眼，身上过大的校服衬得她格外地小。别看她现在这么普通，她可是 D 国最高行政机构"门委会"委员长的女儿。不过，我喜欢她并不是因为她的爸爸，而是她的脑子里总是装着各种各样疯狂的想法。虽然，我更多的时候是个中规中矩的学生。

"门那边是'他'"。我写完，把纸条扔回去。

我能想象她看到我的纸条时狡黠但是无奈的表情。这个话题我们谈论过很多次，不过每回都是她在畅想而我在泼冷水。这次也不例外。

按照常理，她应该很快把纸条扔回来，然后附赠一个"你怎么这么没劲"的表情。但是，这回她的回应时间却出乎意外地长。

"真的？"过了一会儿，纸条回来了，不过这是一张新条，上面只涂了这两个字，很大。

这与往常不同的反应让我隐隐有些不好的预感。她从来没有这么认真地思考过这个问题。事实上，我也从来没有。因为对这个问题思考的权利，在我很小的时候，就已经被剥夺了。

这……我当然没有思考过，因为我没有权利思考。估计在每个孩子小的时候,都问过这样的问题:"门后面是什么?""是'他'。""为什么?""没有为什么。""一定有个原因啊?""行了,你这个孩子烦不烦啊,门后边就是'他',这有什么可问的?一边待着去,我还要工作呢!"与爸妈的谈话总是这么结束。我们,我们的爸爸妈妈,我们爸爸妈妈的爸爸妈妈,都是这样。一代一代、一年一年,观念被一遍遍地固化。久而久之,也就接受了,虽然,不知真假。

"你刚才那个纸条是什么意思?"觉察到她的不同以往,我决定还是问问。

"嗯……没什么,只是我爸今天去门那边值班,要不要我们两个一起跟去?"下了课,她坐到我的旁边,显得有点儿犹豫。

"那又怎样,还能打开门去看吗?"她的表情就好像自己一定能够打开那扇门似的,我以一种逗乐的心态回答。

"可以试试啊,反正我爸说是值班,一到那儿肯定睡着,然后咱俩拿着我爸的卡偷偷溜过警卫室,最后到门边儿,如果那边不上锁的话,说不定喔……"她更加犹豫。

我突然意识到了问题的严重性。在没有可能的情况下说说总是容易的。现在,当那扇门真正毫无防备地敞开的时候。我、我们,做好准备了吗?

"去吧。"竟然是我说出的这句话。

我和她蹑手蹑脚地通过警卫室,卡划过最后一道铁门的感应器,"委员长您好。"机械的女生道过晚安,我们进入了D国的圣地"门区",只在"门节"和"小门节"时开放的门区,现在静静地被我们踩在脚下,而那扇门，那扇双开、红色，仅容一人通过的门，毫无防备地立在我们面前。

那扇门，双开、红色，仅容一人通过。

我愣住了，她也愣住了。

"要不，我们回去？"她的声音，在夜色中颤抖，然后，消散。

"不行。"我听见我的声音飘渺地散在空气中，"既然到这儿了，我们必须要看。"

"2019，你知不知道，这些都只是你的妄想！"

一位穿着白大褂、戴着金边眼镜的人看着我，她胸前别着的胸针上，银闪闪地刻着"神经科主任医师"的字样。我很讨厌她居高临下的眼神。

"嗯？妄想？"我挑眉，"我看是你们恐惧"。也许是我的样子，女医生一把扯过身边的对讲机，说："2019加大镇定剂注射量。"

我又被送了回去。两个壮硕的男护士一左一右地夹住我，把我送到自己的病房去。真搞笑，在学校的时候我们得四个人住一间宿舍，到了精神病院，我竟然有自己的"单间"。单间的条件相当好，如果不算上门口那四个血红的大字"极度危险"。雪白的病床，简单素净的家居摆设，还有个壁挂电视。这是我了解外面世界的唯一渠道，也是外面世界了解我的唯一渠道。对，现在就连我的父母都没法面对面地见到我，只能通过那个电视。

"2019，打针了。"一个穿白衣服的男护士不带任何感情地提醒，我自觉地将自己的胳膊伸了过去。静静地看着那管透明的液体进入我的身体，闭上眼睛，感受每日一次的迟钝和恶心。

倾听未来的声音

其实,我不需要镇定剂。镇定剂是给有暴力倾向的病人使用的,而我从来都没与任何医护人员产生过肢体冲突。不过,他说打就打吧,我无能为力。对于我而言,这种药物唯一的功效就是令我头脑不清、记忆衰退。也许,这才是他们的目的?也许,他们想让我变成傻子?也许……

门后的东西,那天我们看到的东西,是这一切的根源。

那天,我说完那句话,然后壮了壮胆,上前,伸手,将门一把推开。门后,门后……

重要的不是我看见了什么,而是什么都没看见。门后的世界和我们的世界,一模一样。

守门人呢?传说中的毒蛇猛兽呢?毒烟、瘴气和火山呢?门外,和门内,一样美好。

我呆住了,她也呆住了,我们两个人看着门外的世界。谁都没有说话,谁都没有走动,就这么看着、看着。我们站了很久,压根儿没想到离开。于是,我们被发现了。

直到我听见"两个人把门打开啦!"的警报,我的身体都没能做出任何反应。我只能任凭那些声音响在我的身后,我只能任凭警车的警笛声由远及近、由近及远地撕裂夜晚的天空。然后……然后我就到了这里。

他们说我病了,他们说我妄想,他们说我的每一句话都不可信,他们说我很危险。

也许吧。我是危险,如果门真的被打开,大家真的都知道门后的样子,那么"门委会"、"门学家"和千千万万以门作为营生的人,可怎么活下去?如果门后真的什么都没有,那有谁能够为之前所有的政策和法规负责？如果守门人只是一个很久之前的传说，那么那些"门委会"常常说的"以'他'之名担保"到底有没有公信力？我能想到，如果门真的打开，整个世界都不再会是现在的样子，所以，我必须是疯子。

于是，我就被送到了这里。

已经与外面的世界隔绝了大半年了。我早已不知道外面的世界真正是什么样子。但是，我想，没了我，别人的生活恐怕也照过不误。我现在唯一关心的，是她。她怎么样了？我不知道，因为我们两个甚至都不在一个医院。但是，有一点是确定的，她那在"门委会"的老爸也没能救得了她，因为他在女儿出事的第二天就没了踪影。有人说，他因为害怕身败名裂自杀了；有人说，他跑到了门的外面死掉了……

我所有的私人物品都没能带到医院里来，但是，我被捕的时候穿的衣服和衣服里的东西，依然在我手上。我的衣服，挂在门背后，成了屋子里唯一的色彩。我慢慢走过去，把手伸进上衣的口袋里，指尖触到了卷子纸粗糙的质感，我把它拿出来。

是那天她写给我的小条。

"真的？"我抹平揣在兜里的小条。拿着它，对着阳光看。细细的纤维扭曲、纠结爬满了整个纸面。她的字写得很一般，但是，就是这两个字加上一个符号，改变了我的一生。

"今天上午,某精神病患者跳楼自杀。据悉自杀者是前不久'门事件'中的女主角，前'门委会'委员长的女儿……"

奇怪，我记得我没开电视。原来，是医院在广播新闻。

"今天，反政府组织'破门党'与警方在多地发生冲突，此非法组织是在六个月前震惊全国上下的'门事件'发生之后产生的，他们的目标直指 D 国的建国核心。此非法组织要求政府将门打开，或将'他'从门外召唤进来，这种无知而危险的行为需要受到法律的严惩，同时，D 国警察局告诫各位民众，对于游行队伍……"

我从窗户向下一看，游行队伍刚好通过。最近几天，很多人来到这里，毕竟，这里关押着我国唯二，不，现在是唯一一个有可能看过门外的世界的人。很多人，踏着四方的步子，像长蛇一样，慢慢地走着。打着的标语，是他们的口号，"世界上没有一扇打不开的门。"

听起来很好，不是吗？

我躺在自己的病床上，看着病房惨白的天花板，微笑。

（作者学校：北京市第四中学）

专家点评

这篇文章的特色在于抓住"门"这个意象的特征"隔"，由"隔"想象出一个人所渴求的门外的世界。用散文式的文笔叙述了一个带有象征意味的故事。并善于采用"悬念"设置和延宕的方法，维持读者的兴趣。心理描写比较丰富。文中所呈现的怀疑、孤独、被审判的结局，呈现出一种隐喻的气息，令人遐想。

决赛现场

决赛现场

专家阅卷

专家阅卷

颁奖典礼

▽ 著名话剧导演、编剧田沁鑫宣读获奖名单

▽ 著名作家、北京大学教授曹文轩在颁奖典礼上寄语年轻一代

▽ 著名书画家、北京大学中国画法研究院院长范曾宣读获奖名单

△ 获奖选手接受主持人贺超采访

颁奖典礼

△ 全体获奖选手和评委、嘉宾合影

附 录

决赛获奖名单

决赛一等奖

☆ 高中组

南若晨（中国人民大学附属中学）
柳雨薇（清华大学附属中学）
江超男（上海市格致中学）
张涵之（北京市第四中学）
董苑佑（河南省实验文博学校）
秦　晗（河南省洛阳市第八高级中学）
高玮晨（北京汇文中学）
李泽翎（吉林大学附属中学实验学校）
雷金蒙（湖北省黄冈市蕲春县一中）

☆ 初中组

聂歆雨（山西大学附属中学）

决赛二等奖

☆ 高中组

陈　研（北京市昌平区第二中学）
尚　静（山西大学附属中学）
王露愉（江苏省锡山高级中学）
赵　格（辽宁省抚顺第二中学）
王暖盈（吉林省东北师范大学附属中学）
范雨亭（福建省福州第一中学）
宁佳璐（黑龙江省五常市高级中学）
李致尊（北京汇文中学）
孙　璇（北京市第二十中学）
刘　洁（西南大学附属中学）
陈楚君（北京市第四中学）
李雨垚（西南大学附属中学）
刘子歆（中国人民大学附属中学）
祁　暄（广东实验中学）
欧阳婧祎（广东省深圳市实验中学）
张婉露（云南省昆明市民族中学）
师鸿昕（山西大学附属中学）
那　朔（黑龙江省五常市高级中学）

☆ 初中组

柴　阔（黑龙江五常市第一中学）
章佩芷（北京一零一中学）

决赛三等奖

☆ 高中组

杨启彦（四川省宜宾市第三中学）
曹帅鹏（河南省巩义市第二中学）
郑昱彤（北京市第二十中学）
王　锐（山西省太原市第五中学）

茹怡多（山西大学附属中学）
林劲博（浙江省乐清市乐成寄宿中学）
宋璐媛（河南省郑州第二外国语学校）
赵伊丹（北京市第二十中学）
平　陆（中国人民大学附属中学）
李真胜男（吉林大学附属中学）
李豪珂（河南省巩义市第二中学）
孙　烨（天津市耀华中学）
郇钦宇（中国人民大学附属中学）
刘一锦（北京市第二十中学）
吴艳华（四川省乐山市沐川中学）
梁斯雯（北京汇文中学）
刘致丽（北京汇文中学）
巩子轩（山东省日照第一中学）
马心蕊（山西省太原市第五中学）
张紫媛（山西大学附属中学）
黄鑫鑫（吉林大学附属中学实验学校）
刘　昭（山东省临沂第四中学）
张津玮（山西省太原市第五中学）
张碧纯（东北师范大学附属中学）
赵远方（河南省洛阳市第八中学）
韩冬阳（山西大学附属中学）
张艺璇（山西省太原市第五中学）

☆ 初中组

王楚天（中国人民大学附属中学）
杜泱霆（浙江温州乐成公立寄宿学校）
徐思贤（江苏省常州市星辰实验学校）

决赛优胜奖

☆ 高中组

张思齐（东北师范大学附属中学）
孔　洁（浙江省乐清中学）
李博闻（清华大学附属中学）
崔歌平（北京大学附属中学）
侯　悦（北京大学附属中学）
傅于庐悦（Santiago High School）
闫　瑾（山西省太原市第五中学）
袁约瑟（山西省太原市第五中学）
贾怀喆（山西省太原市第五中学）
马朋丽（山西大学附属中学）
籍　佗（山西省阳泉第一中学）
曹亘炀（湖北省十堰市第一中学）
盛琳娜（湖北省十堰市第一中学）
冯清铎（山西大学附属中学）
荀李之浩（上海市第四中学）
陈紫晗（中国人民大学附属中学）
宗毅遥（中国人民大学附属中学）
曹雨晨（中国人民大学附属中学）
于雪竹（中国人民大学附属中学）
杨乐中（清华大学附属中学）
徐精禧（吉林省长春市第十一高中）
武梦妍（河南郑州市第二外国语学校）
岂　焕（长春市第十一高中）
王继野（吉林省长春市第十一高中）
于汇文（北京市一零一中学）

龚　浞（北京市立新学校）
张思宇（北京市立新学校）
焦安然（山西省太原市第五中学）
陈嘉睿（浙江省绍兴鲁迅中学）
杨一欣（浙江省乐清中学）
吴　森（浙江省温州市龙湾中学）
周昊东（山东省东营市第一中学）
王　馨（山东省邹城市第一中学）

☆ 初中组
路行健（山东省青岛大学附属中学）
李雅婷（辽宁省丹东市晓辰写作学校）
矫　阳（辽宁省丹东市晓辰写作学校）
马清溪（江苏省南京市第九初级中学）
毛思宇（上海民办新复兴中学）

大赛伯乐奖

张　悦（吉林大学附属中学）
张　娟（山西大学附属中学）
王玉杰（东北师范大学附属中学）
任素英（山西省太原市第五中学）
王　雷（河南省巩义第二中学）
黄　忠（浙江省乐清中学）
王　恺（河南省洛阳第八中学）
尹日高（辽宁省丹东市第五中学）
于金明（黑龙江省五常高级中学）
罗　杰（北京市第二十中学）

王士宝（吉林省长春第十一中学）
于鸿雁（北京市第四中学）
谢立虎（广东省深圳实验学校）
王　如（北京汇文中学）
贾惠青（河南省郑州市第二外国语学校）
陈媛媛（清华大学附属中学）
胡安武（湖北省十堰市第一中学）
徐翔宇（中国人民大学附属中学）

大赛组织奖

吉林大学附属中学
山西太原市第五中学
辽宁抚顺市第二中学
吉林长春市第十一中学
黑龙江五常市高级中学
北京立新中学
河南洛阳市第八中学
东北师范大学附属中学
湖北十堰市第一中学
清华大学附属中学
山西阳泉市第一中学
北京第二十中学
山西大学附属中学
中国人民大学附属中学
北京汇文中学

大赛组织机构名单

一、顾问

乐黛云　　北京大学教授、中国比较文学学会会长
谢　冕　　北京大学教授、著名文艺评论家
贺捷生　　著名军旅作家、少将
范　曾　　著名书画家、北京大学中国画法研究院院长
冯骥才　　著名作家、中国文联副主席
周其凤　　中科院院士、北京大学原校长
郭　枫　　台湾著名作家、出版人
顾彬［德］　国际汉学家、翻译家、作家

二、组委会

名誉主席：

王恩哥　　北京大学校长

主　席：

刘　伟　　北京大学常务副校长
高　松　　北京大学副校长
谢维和　　清华大学副校长

执行主席：

黄桂田　　北京大学校长助理

副主席：

李敬泽　　中国作家协会副主席

张丕民　　国家广电总局副局长、全国政协委员

潘凯雄　　中国出版集团副总裁

杨慧林　　中国人民大学副校长

曹卫东　　北京师范大学副校长

孙立军　　北京电影学院副院长

郑福田　　内蒙古师范大学副校长

董志勇　　北京大学教务部部长

蒋朗朗　　北京大学宣传部部长、新闻发言人

王　博　　北京大学社科部部长

黄怒波　　中坤集团董事长

谭晓白　　北大培文董事长

总策划：高秀芹

秘书长：朱　竞　杨大伟　丁　超

副秘书长：张　辉

执行组委：

王亚章　　北京大学招生办主任

王一川　　北京大学艺术学院院长

陈旭光　　北京大学艺术学院副院长

陆绍阳　　北京大学新闻与传播学院院长

陈　刚　　北京大学新闻与传播学院副院长、书记

万俊人　　清华大学人文学院院长

王中忱　　清华大学中文系主任

王明舟　　北京大学出版社社长

委　员：

张福贵　　教育部中文学科教学指导委员会委员、吉林大学人文学部部长
周　星　　教育部高校戏剧与影视学类教学指导委员会主任
　　　　　北京师范大学艺术学院院长
王兴东　　中国电影文学学会会长
王　强　　中宣部影视处处长
孙　郁　　中国人民大学文学院院长
刘　勇　　北京师范大学文学院院长
陈引驰　　复旦大学中文系主任
郑　春　　山东大学文学院院长
沈立岩　　南开大学文学院院长
涂险峰　　武汉大学文学院院长
王　尧　　苏州大学文学院院长
何锡章　　华中科技大学人文学院院长
刘川鄂　　湖北大学文学院院长、湖北省作协副主席
陶东风　　首都师范大学教授、文化研究院首席专家
金元浦　　中国人民大学文化创意产业研究所所长
祁述裕　　国家行政学院社会和文化教研部主任
吴冠平　　北京电影学院电影学系主任
黄　丹　　北京电影学院文学系主任
周　涌　　中国传媒大学影视戏剧学院副院长
盘　剑　　浙江大学中文系副主任、文学院文化创意研究中心主任
腾　威　　华南师范大学文学院院长助理
刘复生　　海南大学人文传播学院院长

薛永武	中国海洋大学文学与新闻传播学院院长
李一鸣	鲁迅文学院副院长
李　东	国家话剧院对外合作中心主任
蔡　可	北京大学国培计划总监察
杨　志	聚智堂教育集团董事长
宋明炜	美国卫斯理学院东亚系教授
王　炎	美国西东大学亚洲研究系教授
张英进	美国圣地亚哥加州大学中国研究中心主任
施战军	《人民文学》主编
陈东捷	《十月》主编
顾建平	《长篇小说选刊》主编
穆　涛	《美文》常务副主编
皇甫宜川	《当代电影》主编
商　震	《诗刊》常务副主编
黄玉峰	复旦大学附中特级教师
生玉海	北京大学附属中学党委书记
翟小宁	中国人民大学附属中学校长
程　翔	北京101中学副校长
王　华	北京师范大学第二附属中学副校长
常　菁	北京四中常务副校长
陈爱玉	北京171中学校长
熊孝广	华中科技大学附中校长
吴颖名	华南师大附中原校长
李宪文	北大培文学校郑州分校校长

三、评委会

主　席：

曹文轩　　著名作家、北京大学教授

田沁鑫　　著名话剧导演、编剧

副主席：

艾克拜尔·米吉提　　《中国作家》主编

陈思和　　复旦大学图书馆馆长

格　非　　清华大学教授、著名作家

吴义勤　　中国现代文学馆馆长

评委：（排名不分先后）

温儒敏　　北京大学中文系教授、北京大学语文教育研究所所长

李敬泽　　中国作家协会副主席

潘凯雄　　中国出版集团副总裁

杨慧林　　中国人民大学副校长

曹卫东　　北京师范大学副校长

孙立军　　北京电影学院副院长

郑福田　　内蒙古师范大学副校长

王一川　　北京大学艺术学院院长

陈旭光　　北京大学艺术学院副院长

陆绍阳　　北京大学新闻与传播学院院长

陈　刚　　北京大学新闻与传播学院副院长、书记

王中忱　　清华大学中文系主任

张福贵　　教育部中文学科教学指导委员会委员、吉林大学人文学部部长

周　星	教育部高校戏剧与影视学类教学指导委员会主任 北京师范大学艺术学院院长
王兴东	中国电影文学学会会长
王　强	中宣部影视处处长
孙　郁	中国人民大学文学院院长
刘　勇	北京师范大学文学院院长
陈引驰	复旦大学中文系主任
郑　春	山东大学文学院院长
沈立岩	南开大学文学院院长
涂险峰	武汉大学文学院院长
王　尧	苏州大学文学院院长
何锡章	华中科技大学人文学院院长
刘川鄂	湖北大学文学院院长、湖北省作协副主席
陶东风	首都师范大学教授、文化研究院首席专家
金元浦	中国人民大学文化创意产业研究所所长
祁述裕	国家行政学院社会和文化教研部主任
吴冠平	北京电影学院电影学系主任
黄　丹	北京电影学院文学系主任
周　涌	中国传媒大学影视戏剧学院副院长
盘　剑	浙江大学中文系副主任、文学院文化创意研究中心主任
腾　威	华南师大文学院院长助理
刘复生	海南大学人文传播学院院长
薛永武	中国海洋大学文学与新闻传播学院院长
蔡　可	北京大学国培计划总监察
李一鸣	鲁迅文学院副院长
李　东	国家话剧院对外合作中心主任

宋明炜	美国卫斯理学院东亚系教授
王　炎	美国西东大学亚洲研究系教授
张英进	美国圣地亚哥加州大学中国研究中心主任
漆永祥	北京大学中文系副主任、教授
戴锦华	北京大学电影与文化研究中心主任、中文系教授
陈晓明	北京大学中文系教授
韩毓海	北京大学中文系教授
孔庆东	北京大学中文系教授
张颐武	北京大学中文系教授
孟繁华	沈阳师范大学教授
何怀宏	北京大学哲学系教授
俞　虹	北京大学新闻与传播学院副院长
王岳川	北京大学书法研究所所长、中文系教授
吴晓东	北京大学中文系教授
邵燕君	北京大学中文系副教授
柳春蕊	北京大学中文系副教授
刘福春	中国社会科学院文学研究所研究员
李建军	中国社会科学院文学所研究员
郜元宝	复旦大学中文系教授
罗　岗	华东师范大学中文系教授
倪文尖	华东师范大学中文系教授
葛红兵	上海大学中文系副主任、教授
谢有顺	中山大学中文系教授
肖　鹰	清华大学哲学系教授
王彬彬	南京大学中文系教授
贺绍俊	沈阳师范大学中文系教授

李道新	北京大学艺术学院教授
顾春芳	北京大学艺术学院副教授
赵志勇	中央戏剧学院戏剧文学系副教授
杜庆春	北京电影学院电影文学系副教授
戴　清	中国传媒大学影视艺术学院教授
孙民乐	中国人民大学文学院教授
舒　婷	著名诗人
格　非	著名作家
苏　童	著名作家
马　原	著名作家
阿　来	著名作家
骆　英	著名诗人
西　川	著名诗人
萧立军	著名作家
迟子建	著名作家
刘醒龙	著名作家
毕飞宇	著名作家
臧　棣	著名诗人
毕淑敏	著名作家
赵　玫	著名作家
刘亮程	著名作家
任芙康	著名作家
李　洱	著名作家
麦　家	著名作家
兴　安	著名作家

龙　一　　著名作家
赵　瑜　　著名作家
李　彦　　著名旅加作家
姜　涛　　著名诗人
张清华　　著名诗人
白　烨　　著名文艺评论家
李云雷　　著名文艺评论家
徐则臣　　新锐作家
魏　微　　新锐作家
石一枫　　新锐作家
孙　睿　　新锐作家
张悦然　　新锐作家
步非烟　　新锐作家
江　南　　新锐作家
王　恺　　新锐作家
黄爱东西　新锐作家
赵　婕　　新锐作家
尚思伽　　新锐作家

施战军　　《人民文学》主编
陈东捷　　《十月》主编
顾建平　　《长篇小说选刊》主编
吴　玄　　《西湖》副主编
穆　涛　　《美文》常务副主编
皇甫宜川　《当代电影》主编
商　震　　《诗刊》常务副主编

王　山　《文艺报》副总编
彭　程　《光明日报》文艺部主任
孙　博（加拿大）　加拿大网络电视网总裁
欧阳雷　聚智堂教育集团副总裁
柳云虎　聚智优品科技发展有限公司总经理
牛　刚　聚智优品自主招生项目总监
舒晋瑜　《中华读书报》编辑
李　舫　《人民日报》文艺部副主任

田沁鑫　著名话剧导演
刘毅然　著名导演、作家
宁敬武　著名导演
姜　伟　著名导演
张　猛　著名导演
滕华涛　著名导演
陈　宇　著名导演
翟晓光　著名导演
汪海林　著名编剧
史　航　著名编剧
余　飞　著名编剧
毛　尖　著名影评人
陶庆梅　著名剧评家
张晴滟　著名剧评家
贺　超　著名主持人
木卫二　著名影评人
顾小白　著名影评人

大赛初赛/决赛命题

初赛题目

以下是两道开放性命题,要求参赛选手从中任选一题进行自由创作,文体不限,要求不超过 6000 字:

题目 1:请以"你已在远方"为题,创作一篇作品。

题目 2:"这是我的一个秘密,再简单不过的秘密:一个人只有用心去看,才能看到真实。事情的真相只用眼睛是看不见的"([法]圣艾克絮佩里《小王子》)。请根据你对这句话的理解或在文中用上这句话,创作一篇作品。

决赛题目

世界上有众多的门,有自然之门,如山门、柴门、佛门;有政治之门,如玄武门之变(中国唐朝)、水门事件(美国尼克松事件)……与门有关的事务可谓不胜枚举。请在题目中含有"门"这一意象写一篇作文,题材和体裁不限,要求不超过 4000 字。

名家谈创意写作

学习写作要从解放思想入手,要把自由的心灵、自由的思考表现出来。文学的希望,在未来,在青年。

北京大学教授、著名文艺评论家　谢冕

创意的核心在于一个"新"字,没有新如何有创意?韩愈曾讲"陈言务去",它提示着青年人对传统要有一种吸纳的能力,从而才能经过主观的思维产生一个"新",进而转化为心灵的盛果。

著名书画家、北京大学中国画法研究院院长　范曾

创意,就是要创出点儿意思,无论搞教育,还是写作。

中科院院士、北京大学原校长　周其凤

创意写作的核心是创新精神,是北大"常为新"精神在当代的继承和发扬。创意写作大赛的举办既呼应时代的精神,也契合了社会的需求。

北京大学常务副校长　刘伟

我们用文字创造了一种新的世界,我们既拥有造物者给予我们的世界,又拥有我们自己创造的世界。我们是这个世界上最富有的物种,某种意义上说,就是因为我们可以用神奇的文字,去创造新的世界。

能写一手好文章,这是一个人的美德。

著名作家、北京大学教授　曹文轩

这次创意写作的命题,不仅仅是考我们的文字能力,考我们的文体工夫,还考我们的思想力量。它还考我们有没有一种自由创造的精神,有没有一种活泼的思想力量。

中国作家协会副主席　李敬泽

创意首先是发现,然后让这种发现持续着产生一种梦想,并把这种梦想落实传播。写作就是落实组字,这个字组得怎么样,如果字组得好,可以作用于人的感官,再作用于人的心灵,要是能够成为人的精神那就挺棒的了。

著名话剧导演、编剧　田沁鑫

创意写作,就是把灵性的光线汇聚成一个强大的光源,它光芒四射。

北京大学艺术学院院长　王一川

写作是一个人生命的外化,中国历代乃至世界的大师们,都把写作看做是生命延续的一种方式,所以它被称为"立功、立德、立言"三不朽之一。

北京大学书法研究所所长、中文系教授　王岳川创意写作不光是"唯陈言务去",不光是"推陈出新",它是现代汉语在数码时代的一种全新的创造性实践,在数码时代改变了人的信息传播和交流的表达方式。

北京大学电影与文化研究中心主任、中文系教授　戴锦华

创意写作是在创意文化时代的一种自我表达。所谓创意首先是头脑运筹帷幄,然后是下笔决胜于千里之外。

北京大学艺术学院副院长　陈旭光

好的写作必须是有创意的。孩子们的创意写作带有青春的气息,好的创意写作必将有益于他们的人生。

中国当代文学研究会会长、著名文艺评论家　白烨

创意是一切艺术创作的起点,也是衡量其最终结果和价值的最重要的体现。

创意写作大赛在激发孩子们几乎被扼杀的天真、浪漫、纯真这些具有创意性的东西方面,可谓功莫大焉。

北京大学新闻与传播学院副院长　俞虹

创意写作蕴含着动人心弦的个性思想和奇特的想象。

清华大学人文学院院长　万俊人

创意写作就是在你想象的世界所能及的地方开始,在你想象已经再

伸展的时候停止下来。

教育部中文学科教学指导委员会委员、
吉林大学人文学部部长　张福贵

对于创意写作来说，再瑰丽的想象也需要有独特的细节作为支撑。

中山大学中文系教授　谢有顺

创意写作就是让我们倾听未来的声音。

中国人民大学教授　孙民乐

创意写作：给心灵一个说话的机会

赵婠娜　杨可

《人民日报》（2014年7月10日）

"有一种写作，既不为谋生，也不为赞赏，只为给自己的心灵一个说话的机会。让你的笔端成为一个心灵的捕手，带你发现未知的世界，聆听灵魂的呢喃，生命的原声。创意写作之旅，从内心深处出发，驶向无限可能。"

这样一段话，从事创意写作的人一定不会陌生。

创意写作，一项旨在"通过写作更好地了解自己"、让"写作从精英走向大众"的写作方式，从国外传到我国，如今已经越来越多地受到了高校，尤其是中文系学院派的认可与肯定。几天前，首届"北大培文杯"创意写作大赛启动仪式就在北京大学人文学苑举行，包括谢冕、曹文轩、戴锦华等在内的多名北大中文系知名学者济济一堂，大力推荐这种已在世界上引起广泛关注的写作方式。

写作，回归心灵

"大部分时候，作家等于作品，想到哪里想到多少都写出来，这样的作家能充分地把自己表达出来。还有的时候,作品大于作家,虽然有些东西没有想到,但是通过各方面的技术的训练,通过文学性的表达,产生的东西大于自己所想的,这才是最好的。"作家徐则臣在对创意写作进行阐释时,他的话很耐人寻味:

"就像我们理解哈姆雷特,一千个读者有一千个哈姆雷特,也就是说一千个读者有一千个莎士比亚,但是我们看到莎士比亚只有一个,在这个意义上,莎士比亚的作品远大于莎士比亚。"

这段话道出了创意写作的核心元素之一,让写作不再"端着",不再"戴面具",而是让作者真实地呈现心中的想法。

就在不久前,中国人民大学的一堂创意写作课受到了广大学生的好评。这堂课是以这样一种与众不同的方式呈现的:

课堂上,一位老师和若干位学生,每个人的经历不同、年龄不同、职业不同。在老师的启发下,一位学生随口想出一个词语,而后,老师要求全体学生,包括她自己,每个人用这个词语作开头,写下一段话。老师的要求很简单,不需要严密的结构、严谨的逻辑关系、精雕细琢的遣词造句,只要求原生态地呈现思想的真实活动。

于是,意想不到的事情发生了,短短5分钟之后,每个人的笔下都流淌出一篇令作者自己都感到惊讶的文字,意识流的呈现,内心深处最真实、最原生态的感受喷薄而出。苦涩的、甜蜜的、纠结的、焦灼的……是的,许多文字并不美,结构也不完善,但是,很多的文字都如此地打动人。

这就是创意写作与传统写作方式的不同。有专家曾谈到,传统的写作主要把精力放在遣词造句与谋篇布局上,倾向于把写作当作一种"如何运用语言"的问题。而创意写作则与此不同，它一是强调"创意"第一性，"写作"第二性；二是强调从文化创意产业的角度来看待写作。因此，它的重点不是作文本身，而是如何"实现创意"的问题。

因此，在很多致力于推广创意写作的专家的心中，创意写作真正强调回归写作本身，让写作摆脱约束，自由发挥。因为写作本身就是一种不受约束的艺术，在不受约束的同时，写作才有可能发挥它最大的魅力。

记者了解到，创意写作在英语中叫"Creative Writing"。"Creative"这个词在英语词汇中是指"创造性的，有创造力的；有创意的，创新的，创造的"的意思。"创意写作"发端于一战之后的美国，是指以文字创作为形式、以作品为载体的创造性文化活动，也被比喻为文化产业链最重要、最基础的工作环节。

思维，创意的源泉

乔布斯带给世界惊喜的同时，也带来了巨大的变化和人们对于"创意"与"创新"的巨大渴求。而在这样一个处处需要创意、时时呼唤创新的时代，创造性、复合型的创新人才已经成为优秀人才的基本要求。社会发展与进步的各个领域均如此，文化与文学领域自不例外。

"好莱坞电影为何能够称霸世界？它的整个电影生产的过程充斥了创意文化的精神：导演领导大家讨论剧本创作，而在其下则分别有一部分人讨论情节，一部分人讨论结构，一部分人讨论对话，一部分人讨论场景……在这里，创意写作让各部分的写作显现了各自的个性——个性化的语言、理念和架构被有效保留了下来，而平庸的想法则在创意工场中被剔除了出去。这对于中国的文化产业尤其是中国电影产业的发展无疑具有莫大的启示。"北京大学中文系教授张颐武介绍。

"创意写作的意义在于,它是文化产业发展的学科支撑点,是文化产业发展的基础和发动机。"有专家强调,"目前,我国的文化产业分为出版产业、广播电视电影产业、游戏产业与新媒体产业等门类。而创意写作基本都处在这些文化产业价值链的始发端,为其提供脚本或策划资源,也就是说,文化产业需要创意写作的灵感来承担内容的提供,没有创意的平庸文化产品就没有市场。好莱坞的《功夫熊猫》《花木兰》这样以东方题材为主要内容的电影在中国可以大获成功,但是中国自己却生产不了,追其原因,首要的一条就是缺乏对电影产品内容研发和创意的能力,缺乏优秀电影脚本的创意写作。"

是的,汉语表达的创新,首先是思维的创新,提倡创意写作,就是提倡思维的创新,表达的创新。而且,创意写作的意义不仅仅在于写作本身,由此引发的思维模式的变化以及对于整个文化事业带来生命力和活力,才是这项艺术的真正内涵。

教育,改革与推广

上海大学中文系副主任,上海大学创意写作研究中心主任葛红兵曾不无失望地说:"新形势下,传统写作方式迫切需要改革,中国文化产业年度平均增幅超过10%,但人文学科的毕业生就业艰难,传统中文教育强调语言文学通识、文学研究,却没有将创意写作提高到专业认识的高度。"

是的，放眼望去，传统人文学科以培养研究型人才、基础型人才为目标，对学生写作能力培养一直未有革新，很多学校只保留了公共应用写作，因为学科的目的不是培养作家，所以也未给具有写作兴趣的同学留出发展空间。这样培养出的学生，缺乏创造性，缺乏对文化风向的敏感度，自然很难在市场上竞争，他们制造的文化产品也势必容易缺乏创意，无法抗衡好莱坞的"创意梦工厂"。

对此，专家们一致认为，在文化产业和创意经济的大趋势下，发展创意写作学科，培养复合型、创造型写作人才是写作改革的一个可能途径。正如首师大文学院教授、首师大文化产业研究院首席研究员陶东风所说，"培养作家很难，作家需要天赋，但是新型复合型创意写作人才其实是可以通过训练进行培养的。"

而在这样的大背景下，才有了包括北京大学、中国人民大学、北京师范大学在内的若干所高校，尝试着创意写作的开展与实践。

而日前2014首届"北大培文杯"创意写作大赛的举办，则是希望创意写作不仅能够面向大学生，更能够将触角前移，培养广大中学生的文学创新思维。

对此，北大中文系教授、知名文化学者戴锦华指出："我们现在的现代汉语教育和现代汉语写作，文学的书写，几乎成为小学、中学教育的环节，进入大学以后，整个的人文环节几乎是缺失的。同时，在全球的时代，越来越多的孩子在高中以后就旅迹海外，到全世界留学，从某种意义上说，高中已经成为现代汉语教育、或者说中国文化教育最后的环节和最后的壁垒。"

专家们呼吁，面对这样严峻的形势，基础教育的写作训练和培养尤其重要，青年人对优美汉语的教育和表达训练显得尤其重要。同时，用创意写作打破既有的僵化的作文格式，使其适应当前人才培养的需要，更显得尤为重要。